Olga Flor

Die Königin ist tot

Roman

Paul Zsolnay Verlag

Die Arbeit an diesem Roman wurde gefördert durch das Elias-Canetti-Stipendium der Stadt Wien.

Zitate: S. 42: Dante Alighieri, *Die Göttliche Komödie*, Hölle, erster Gesang; S. 43: George Jones, *Bartender's Blues*; S. 48: nach dem Zauberspruch der Hexen aus *Macbeth*, IV, 1; S. 117: The Cure, *Lullaby*; S. 127 *Macbeth*, V, 3.
Foto S. 5: Lake Point Tower, Chicago © Mark Gillespie 2010

1 2 3 4 5 16 15 14 13 12

ISBN 978-3-552-05578-0

Satz: Eva Kaltenbrunner-Dorfinger, Wien
Druck und Bindung: Friedrich Pustet, Regensburg
Printed in Germany

FSC
www.fsc.org
MIX
Papier aus verantwortungsvollen Quellen
FSC® C014889

It is a tale
Told by an idiot, full of sound and fury,
Signifying nothing.
William Shakespeare: »Macbeth«, V, 5.

Die Lobby

1

Ich lasse mich immer gerne ficken von einem Krieger. Das ist es, was ich dachte, als ich an Peters kantiger Uniformjacke vorbeisah, gerade so, dass ich den winzigen Ohrring wieder fand, das einzige – und ein wenig deplatzierte – Schmuckelement an seinem völlig kahlgeschorenen Schädel unter der Türstehermütze. Ein Türsteher kommt ja weniger in Frage. Ich betrachtete ihn eingehender, während er die Dämmerung hinter mir im Auge behielt, das Mischlicht (halb Tageslichtrest, halb Nachtkunstlicht), das den runden Einfahrtsbereich ausfüllte, der zwischen Lobby und Parkhaus eingebettet ist.

Peters Züge waren härter, konturierter als zuletzt, doch ich hätte nachrechnen müssen, um zu sagen, wie lange es her war, dass ich den Turm durch die Drehtür verlassen hatte, diese Drehschleuse in Turbinenform, die ich eben in die andere Richtung passiert hatte (ein Vorgang, bei dem portionsweise Außenluft in das Gebäude eingearbeitet wird), während Peter damals wie heute so getan hatte, als ob er mich nicht sehen könnte. Doch diesmal wollte ich ihm das nicht durchgehen lassen: Schön, dich zu sehen, sagte ich, und zwang ihm meinen Blick auf, den er nach kurzer Gegenwehr erwiderte.

Ich erinnere mich, dass ich weiter dachte, dass es mit evolutionärem Vorteil zu tun haben müsste, was keine große Erkenntnis ist, denn so ziemlich jedes menschliche Verhalten lässt sich mit evolutionärem Vorteil begründen. Darauf haben Jahrmillionen zuchtwahlgetriebener Entwicklung uns hingetrimmt: Auf das Bild eines Mannes im Kampfanzug, eines offen kampfbereiten Mannes wird mit sexuellem Interesse reagiert, zumindest, wenn er halbwegs attraktiv ist. Mit Fluchtbereitschaft auch und Aggression, zugegeben, in einem Mischungsverhältnis, das nicht zuletzt von der eigenen Ausrüstung abhängt, doch jedenfalls mit sexuellem Interesse. So einfach ist das, stellte ich fest, als ich an Duncans Seite den Lift betrat, Türsteher und Portier außen vor lassend. Wie absurd es war, dass Duncan darauf bestanden hatte, mich zu begleiten, dachte ich noch, als ich ihn im Spiegel ansah, seine fast spiegelgleichen Hälften, die erst im weißen Haar am Oberkopf zusammen fanden, die krawattenbezeichnete Mittelnaht, entlang derer man so einen Mann idealerweise teilen können müsste.

Noch absurder war allerdings, dass es mir durchaus nicht ungelegen kam, von Duncan begleitet zu werden, als wäre er mein Vater, der mich einem Mann übergeben wollte, und das ist nun ein wirklich rückwärtsgewandter Brauch; ich glaube, ich wollte mich noch ein wenig an ihm festhalten, denn trotz allem, was zwischen uns vorgefallen war, seine Gegenwart war vertrautes Gelände, und das, worauf ich mich eben einließ (Alexander), war es nicht. Da traf es sich ausgezeichnet, dass Duncan und Alexander sich so gut verstanden und in den meisten Dingen einig waren. Auch in Bezug auf mich, hieß es das? Ich kam zu keinem raschen Schluss, also ließ ich die Sache auf sich beruhen.

Die Aufzugskabine fuhr an, nun war die Sache einfach, die Erreichung des Ziels vorgegeben und kaum noch zu verhindern: Eine neue Ehe. Und Alexander. Die Frauen, die ihr Heil in Fortpflanzung und Unterwerfung suchten, haben es gefunden und ihre Lebensweise weitergegeben in siebenfacher Ausfertigung und bis ins siebte Glied. Sind doch die klügeren Jungfrauen, am Ende des Tages. Das sagte ich mir, um mich in Stimmung zu bringen. Eine vermummte reingläubige Selbstmordattentäterin wäre ich gerne, die ihren Mann rächen kann, dachte ich und schenkte meinem feingliedrigen nunmehrigen Exmann Duncan ein großzügiges spiegelvermitteltes Lächeln (bereits aufgefahren in einen Himmel, dachte ich, während die Liftbewegung gerade so richtig in Schwung kam, einen Himmel, in dem man ihn nicht zu lange warten lassen will). Das gibt der Sache so was Ewiges. Wobei es dann evolutionär gesehen von Nachteil ist, wenn man sich umbringt vor der Reproduktion. Neben Duncans Mundwinkel zuckte ein kleiner Muskel. Du bist ja gut gelaunt, sagte er. Das ist schön.

Ich stimmte ihm zu, was sollte ich tun. Er hatte recht, ist doch schön, an etwas vorbehaltlos zu glauben. Auch wenn mich meine gute Laune selbst ein wenig verwunderte. Während die Stockwerkanzeige über der Tür spiegelverkehrt die 40 durchlief und ich mir ein Spiel daraus machte, mir zu überlegen, welche Ziffernkombinationen auch in gegenläufiger Darstellung einen Sinn ergaben, sah ich, wie Duncans Hand in der Nähe der Navigationsknöpfe ruhte, beiläufig, und doch auch wieder nicht, denn Duncan überließ selten etwas dem Zufall. Die Nichtzufälligkeiten setzte er allerdings kaum je bewusst, da leitete ihn sein Instinkt: Übertriebenes Nachdenken schadet der Wirkung. Ich starrte also auf Duncans Hand, an deren Außenseite die Adern wie Kabelstränge hervortraten, eine Strukturierung, die mir immer kraftvoll und anziehend erschienen war, denn Schönheit findet sich durchaus im Detail, wenn man sie finden möchte, und ich dachte daran, dass das 46. Stockwerk (unumkehrbar übrigens, spiegelverkehrt ohne Bedeutung) mir doch was sagt. Immer schon ein wenig früher ansetzen, auflaufen lassen: gut. Ich laufe glatt auf, was Besseres habe ich nicht zu tun.

Er weiß, wie er mich kriegt, und mir fährt heiß die Scham durch Mark und Bein (so sagt man das und so stelle ich mir das vor: ein Brodeln im Inneren der Röhrenknochen), wenn ich an den Moment denke, in dem der Portier Jeremias, Herr über die Empfangshalle, mir zu verstehen gab, dass er und Peter gesehen hatten, was im Lift passiert war. Das hätte ich berücksichtigen müssen, was dachte ich eigentlich? Nichts, oder vielmehr, dass Duncan nicht nur über den Lift gebieten konnte, der in das nur mit Geheimcode zugängliche und ganz und gar Duncan gehörende 68. Stockwerk fuhr, sondern auch über das Sicherheitssystem? Irgend so etwas musste ich wohl angenommen haben, und dass das ein Fehler gewesen war, begriff ich schlagartig, als ich hilflos versuchte, etwas zu sagen, das Jeremias' finstere Miene auflösen hätte können. Übrigens ist Jeremias nicht mehr da, ein neuer alter Mann thront hinter dem Empfangstresen, warum sie dafür immer Alte nehmen? Wegen des Anscheins von Seriosität wahrscheinlich, Alter hat ja meist so was Vertrauenerweckendes. So auch bei Jeremias, und ich glaube, dass Jeremias mich im Grunde mochte.

Trotz der ganzen Zeit, die seither vergangen ist und in der ich nicht mehr an den Turm gedacht habe, trotz unseres gemeinsamen Lebens in dem Haus am Meer kann Duncan mich mit einer einzigen kleinen Geste zurückkatapultieren in diese Szene, die ich vergessen möchte und auch wieder nicht. Ich lächle spielerisch in Richtung des schwarzglänzenden Kameraauges.

Da rufe ich lieber Peters Bild auf. In meiner Erinnerungsgeschichte kann ich wandern (ruhelos umgehen), wie ich will. Unter anderen Umständen, da bin ich mir sicher, hätte Peter mir gefallen können, weil ich einmal neben ihm gearbeitet haben könnte zum Beispiel, bei der Tür, nein, als Liftmädchen, das entspricht eher dem Einsatzgebiet weiblichen Personals, und überhaupt, immer schön lächeln und nicken, das müsste im Bereich meiner Möglichkeiten liegen. Aber das stimmt natürlich nicht, das ist alles nicht wahr. Und einmal, nach der Liftszene (Duncan und ich ganz allein im verspiegelten Fahrkorb, ich auf den Knien vor der geöffneten Mittelnaht: die Position unrühmlich und unbequem) hätte Peter mich vielleicht in die Ecke gedrängt, als wollte er etwas von mir, und was er wollte, war doch nichts anderes als seiner Verachtung Ausdruck verleihen: das Knie zwischen meine Beine und die Hand gegen die Brust gepresst, mein Rücken gegen die abwaschbare Wand der Unterwelt (die unterirdischen Turmstockwerke bleiben den Engerlingen vorbehalten, denen mit und vor allem denen ohne Uniform, die meisten von ihnen schwarz wie die Wächter der Lobby, die Fluchtwegssicherheitsleuchten wie Brotkrumen, die eingesammelt werden und möglicherweise aufgezehrt sind, bevor der glückliche Ausgang erreicht ist), dic grobkörnige Oberflächenstruktur der Wand gegenüber streut ein vages Neonlichtflimmern zurück, dann die Abstandnahme, die hellen Handinnenflächen leuchten: Du glaubst doch nicht im Ernst, dass ich mich mit so was wie dir abgebe. Nichts als Neid, denke ich heute. Die Liftszene wäre aber echt gewesen.

Die war echt und in gewisser Weise der Beginn des ernsthaften Teils meiner Beziehung zu Duncan, Mr. Duncan, der sagte, tu doch was für mich, und dann hielt er den Lift an, knapp über Nummer 46, erklärte mir, dass der Lift, einmal auf den 68. Stock eingestellt, auf kein äußeres Knopfdrücken mehr reagiere. Zurück zum Anfang, fragt sich nur, was ein Anfang ist, ein quellartig ausgezeichneter Ort? Und wie soll man den finden in so einem Erinnerungsknäuel? Muss man aber, wenn man erzählungsgläubig ist, damit man am Ende so was wie einen Handlungsfaden in der Hand halten kann, der Anfang und Ende in eine eindeutige Beziehung setzt, in eine Ursache-Wirkungsbeziehung, aber wer glaubt denn so was noch. Die Freiheit hatte jedenfalls ihren aufreizenden Geschmack verloren.

Und nun, auf dem Weg in ein anderes Leben (nach oben), sah ich wieder Duncans Hand, und sie griff diesmal nicht nach dem Notschalter, der den Lift zum Stehen bringen könnte. Der Anfang, dachte ich: dass das Wasser gestiegen ist und mich mitgenommen hat, könnte man sagen, mich hochgespült hat wie Dreck aus dem Überlaufbereich von Abflussrohren; man könnte auch sagen, dass das Ansteigen des Wassers erst zur Kenntnis genommen wurde, als es nicht mehr nur so unbedeutende Drittweltgegenden verschlang, sondern richtig zivilisierte Landstriche. Wobei im Fall der Drittweltgegenden, nebenbei bemerkt, der Bevölkerungsdruck auf diese natürliche Weise ein wenig reguliert wird. Es ließe sich auch so ausdrücken, dass ich auf dem Rücken eines Stiers dahergekommen bin, auf dem Rücken eines zähen Stiers mit gepflegtem weißen Fell. Und es ist nicht so, dass der Stier nicht gefragt hätte. Man wird immer irgendwie gefragt, auch wenn es vorkommen kann, dass man es erst bemerkt, wenn die Antwort längst gegeben ist. (Wen es nicht selbst erwischt, der filmt eben das Pech der anderen: das macht das eigene Überleben umso sicherer, man könnte sonst daran zweifeln.)

Jedenfalls ist der Augenblick an mir vorübergerauscht, unhaltbar wie der, in dem die Ziffern über der Lifttür umspringen. Das Haar vor mir ist weiß, und ich habe gelernt, mich daran festzuhalten. (Wir sind wohl darauf konditioniert, als hätten unsere Eltern gesagt, warte ab, bis einer mit ausreichend Stoff in den Füllhörnern daherkommt, und dann pack zu! Ist väterlicher Auftrag, vermittelt durch die Mütter, so war das immer. Und dann halt nicht zu zimperlich sein.)

Ich strahle Duncan an. Ich bin nicht zimperlich. Er durchkämmt die Haare mit den Fingern, lockert den wurzelnahen Bereich auf und schichtet die Strähnen mit einer automatisierten Bewegung über die dünner bewachsenen Stellen; dabei ist die Dichte insgesamt durchaus noch ansehnlich. Und Königstöchter können es sich nicht erlauben, zimperlich zu sein. Was immer man ihnen auch andichtet. Ich verfüge nämlich über eine ganze ungefilterte Persönlichkeit, sage ich zu Duncan, vielleicht um mein Gegrinse zu erklären, möglicherweise auch einfach so. Er zieht die rechte Augenbraue hoch, nein, die linke selbstverständlich, und der Ausdruck des Zweifels wird spiegelverkehrt erst recht zur Fratze. Ich greife nach seinem Gesicht, um ihn dazu zu bringen, sich ganz direkt mit mir zu konfrontieren. Ich folge der Kieferkante unter den sich aufstauenden Hautschichten mit der weichen Handinnenseite, mit den Fingern der blassen Haut um die nun geweiteten Nasenlöcher, deren Schwung ich von Anfang an gelungen fand: von strenger Eleganz vielleicht, könnte man sagen, und die Haarbüschel akkurat in Form gebracht. Manchmal sehe ich eines der beiden Augen, deren Pupillen das Meerwasser schwimmen lässt, so dass ich schwer sagen kann, wohin sie sich richten. Meerwasser, ich träume, wo soll hier Meerwasser herkommen. Vertrauenswürdige Augen, so scheint es. Und nur unter Aufbietung aller Bösartigkeit könnte man ihren Ausdruck als kuhäugig bezeichnen. Ach was. Übertriebenes Nachdenken schadet der Wirkung, weiß ich doch. Sagt er immer, und der 61. Stock gleitet vorbei. Die Aufwärtsbewegung wird allmählich eingebremst, wir wollen ja nicht das Dach durchstoßen.

2

Die sicherheitstechnisch bedingte Dokumentation der Liftszene tauchte natürlich irgendwann im Internet auf. Interessanterweise erst einige Zeit nach der Scheidung. Auch wenn man darauf nicht viel mehr erkennen konnte als eine Frau, die in einem glasverkleideten Raumwinkel vor einem an der Wand lehnenden Mann kniet, schräg von oben aufgenommen, so dass auch nicht der geringste Ausschnitt eines möglicherweise Anstoß erregenden Körperteils darauf zu erkennen war (wobei der selbst, sicher geborgen im letzten Winkel meiner Mundhöhle, sich entgegen meinen anfänglichen Befürchtungen jung anfühlte, sauber, die Haut glatt und weich am Gaumen, wird ja auch eher selten schädigender Sonnenstrahlung ausgesetzt, so hatte ich Gelegenheit, über die Freiheit meiner Handlungen nachzudenken, und die Freiheit, wie gesagt, hatte ihren aufreizenden Geschmack verloren). Selbst die Spiegelungen gaben kaum was her. Ich hatte ganz recht: die Sache hätte sich von alleine totgelaufen, doch wir – und dieser Begriff umfasst mich und Alexander ab einem bestimmten Zeitpunkt: der Übergabe an der Wohnungstür – sorgten dafür, dass der Schuss nach hinten losging. Aber da waren wir beide schon ein wenig besser aufeinander eingespielt.

Zurück zur Aufzugsauffahrt: die Übergabe an der Wohnungstür steht noch bevor, und ich will dort nicht hin. Ich habe nicht die geringste Lust, mich daran zu erinnern. Ich sehe die cremeweiße Couch vor mir, auf der wir uns gepflegt niederlassen werden, alle drei, Duncan und Alexander werden mich in die Mitte nehmen, einrahmen, so stelle ich mir das vor, die Form der Couch greift in subtiler Weise den Schwung der Außenhaut des Gebäudes auf. Ihre Größe kann es mit den Dimensionen der Liftvorhalle aufnehmen.

Als ich mich zum ersten Mal neben Duncan an die Fensterfront stellte, hinter der unter einem grauen Himmel ein grauer See lag, fragte er mich, ob mir die Aussicht gefiele (das Dienstmädchen, das ihm entgegengetreten war, scheuchte er weg mit dem Auftrag, jemandem Bescheid zu geben, dem Koch vielleicht). Ich bestätigte, dass sie mir gefiele, noch ganz erfüllt von der Ungeheuerlichkeit meiner Handreichung, Mundreichung. Ich danke dir, sagte er später im Sitzgruppenbereich, mit diesem nachlässigen Nuscheln, das wohl eine höhere Ausbildung in englischem Umfeld suggerieren sollte, als er mir ein Glas in die Hand drückte und sich neben mich fallen ließ. Das Leder schmatzte unter ihm.

Mundschenk, dachte ich und lachte und erwiderte Duncans irritierten Blick, entschuldigte mich und musste doch weiterlachen. Du bist seltsam, sagte er. Ich weiß, sagte ich, während mein Brustkorb sich immer noch spastisch hob und senkte. Er legte den Kopf auf meinen Schoß und schloss die Augen, als ob er einen langen Weg hinter sich hätte, und ich begann, mit dem kurzen Haar der Nackenpartie zu spielen, das sich den Fingerkuppen struppig entgegenstellte, bedeutete dem Dienstmädchen, das im Hintergrund auftauchte, dass er schliefe, und winkte sie weg, wobei ich sicherlich seine Geste von vorhin nachahmte. Dabei ist es ja nicht so, dass mir solche Gesten fremd wären. Ich bin gut ausgebildet. Nur dass das wenig zählt, wenn man überstürzt den Standort wechselt. Doch darüber kann ich gerade nicht nachdenken. (Wenn das Netzwerk reißt, in das man sich sorgfältig eingearbeitet hat, weil rundherum nichts als Fehlstellen sind, die sich aus dem Staub machen.) Der Nebel ließ die Scheibe spiegeln, hinter der zwei Gestalten in greller Regenkleidung auftauchten, die das Glas mit ihren Stangen in zügigen Bewegungen abzogen, die Unterleiber fest verankert in einem schmalen Korb, der mich an die Passagierkabine eines Zeppelins denken ließ, während ich still dasaß und Duncans Kopf behütete.

Der Putztrupp absolvierte seine wöchentliche Tour, wie ich mittlerweile weiß, sehr gut weiß, nur in den wenigen lichtlosen Räumen im Wohnungskern hat man ihn nicht im Blick. Standortunabhängig lässt sich der Aufbau der gegenläufigen Wischmuster beobachten, was gut ist, denn man weiß ja nicht, was man mit all dem Raum tun soll. Die mäandrierenden pelzigen Endstücke, mit denen das Glas gesäubert wird, treffen bei jeder zweiten Kehre in der Mitte der Scheibe gerade nicht aufeinander, eines lässt dem anderen elegant die Vorfahrt, sie geraten nur selten aus dem Takt. Auftretende Anomalien werden von den Reinigungskräften im allgemeinen auf der Stelle korrigiert, es sind immer zwei, sie existieren nur paarweise und ununterscheidbar, man kann ihnen dabei zusehen, wie sie Bahn um Bahn vorbeiziehen, von unten nach oben, von oben nach unten seitlich versetzt um die Breite des beinahe selbstfahrenden Arbeitsbehälters (und das dafür erforderliche Wendemanöver wird knapp über der Oberkante meines Sichtfeldes ausgeführt, ich habe nie herausgefunden, wie es genau funktioniert).

Ich überlegte, wie ich vorzugehen hätte, um Duncan zu beeindrucken (der Ehrgeiz hebt den Kopf und übt sich, ein wenig spielerisch zwar noch, doch unverkennbar in freudiger Erwartung zukünftiger Errungenschaften). Währenddessen begann es in meinen seitlich eingeschlagenen Beinen bereits zu kribbeln und die zunehmende Dunkelheit ließ vergessen, dass vor den Fenstern jemand war. Die Außenhülle würde frisch glänzen in der Morgensonne, wenn man sich die Mühe machte, darauf zu achten, doch dazu hätte man vom See her kommen, sich aus größerer Entfernung annähern müssen, um das Glasgehäuse in seiner vollen Schönheit zu würdigen. Im Moment hatte ich andere Interessen und kam zu dem Schluss, dass ich mich so schnell wie möglich entfernen müsste, verfügbare Frauen hatte Duncan mit Sicherheit in ausreichender Menge zur Auswahl, ich musste eine klare, identifizierbare und aussagekräftige Handlung setzen. Ich hob also sacht seinen Kopf, der aus der Nähe besehen so alt nicht war, die Haarfarbe täuschte, eine strahlend weiße Farbe, die so uniform war, dass sie künstlich wirkte, und flüsterte ihm ins Ohr, dass ich ihm danke, er wunderbar gewesen sei und ich jetzt leider gehen müsse.

Das Haus

3

In das erste Stadium, wie soll man sagen, bin ich so reingerutscht. Ich würde mir gerne eine dramatische Geschichte ausdenken, irgendeine Zwangslage, in der ich steckte und die mein Vorgehen rechtfertigen könnte. Tatsache ist, dass ich mich gar nicht so schlecht eingerichtet hatte in meinem Leben, ebenso, dass ich zielgerichtet an Mr. Duncan herangegangen bin. Das Manöver hatte nämlich Wirkung gezeigt, kurze Zeit später rief er wieder an und lud mich zum Essen ein oder irgendetwas in der Art, was man halt so macht.

Duncan, den ich schon damals nur Duncan nannte, erklärte mir die Grundzüge seines Werdegangs über einem vollen Teller, an das erinnere ich mich mit Bestimmtheit; als ich Genaueres über die verschiedenen Fernsehsender und sonstigen Medien wissen wollte, die zu seinem Firmenkonglomerat gehörten, lachte er; über die Konzernstruktur, sagte er, werde ich mir keine Gedanken machen wollen, statt dessen schilderte er in der vertrauensbildenden Art eines Fehlereingeständnisses, dass er den Firmenhauptsitz aus reiner Sentimentalität in Chicago belassen habe, er grinste verschämt, als käme er aus einer Familie von Schlachthofarbeitern. Er küsste meine Fingerspitzen, und mir begann die Herausforderung zu gefallen.

Dabei würde man mir diese Zielgerichtetheit gar nicht ansehen. Ich bin auch keine Frau, deren Schönheit sich auf den ersten Blick erschließt, doch weiß ich, dass ich auf die meisten Männer eine ziemlich unmittelbare Wirkung ausübe. Es ist einfach so, dass man mit Zeit und Vergänglichkeit haushalten muss. Und wenn ich Notwendigkeiten erkenne, dann handle ich danach. Das sah er sofort, denke ich, und das gefiel ihm. Er war auch nicht der Draufgänger, für den ich ihn hätte halten können, nur einmal, als er mir schilderte, dass sein Büro im Wallstreetableger über einen eigenen Aufzug samt Nebeneingang verfüge, grinste er anzüglich, besann sich aber sofort, sonst hätte ich die aufgeblasenen Froschbacken bemerken müssen, die er dabei machte, das sei sicherer, nur zwei, drei Sekunden in Kontakt mit der Außenwelt. Ansonsten verhielt er sich so, als hätte ich ihn eingeschüchtert. Als hätte ihn eine frühzeitige Anstrengung verausgabt. Er hoffe, sagte er, dass er mir auch diese Aussicht einmal zeigen könne, der Blick auf den Finanzmarktdistrikt sei beeindruckend, selbst wenn das Büro sich nur im 42. Stock befinde.

Vielleicht nicht so spektakulär wie die Sicht aus dem Turm, setzte er nach. Doch sich zu vergegenwärtigen, dass sich die Finanzleute darin für die Herren der Welt hielten, sei doch immer wieder ein Grund zur heimlichen Erheiterung; dabei waren wir es, er legte bescheiden die Hand aufs Revers, die ihnen den gesetzlichen Rahmen für ihre Geschäfte verschafft haben. Interpretation und Verbreitung sind der springende Punkt, merk dir das, sagte er. Unser Hoheitsgebiet: Deutung und Verkündigung der Frohbotschaft. Ein Hochamt, genau betrachtet.

Ohne uns hätten sie das nie geschafft, wenigstens nicht so schnell, stellte er fest. Mehr Geld bliebe bei den Familien, haben wir gesagt, sagte Duncan, bei den kleinen Betrieben, den ehrlich arbeitenden Menschen. Er lachte, ich sah ihm in die Augen, aus seiner Haltung sprach offener Stolz über den gelungenen Streich, und ich fragte mich, ob er diese Lesart am Ende selbst zu glauben begonnen hatte. Er muss meinen Zweifel gesehen haben: aber diese Art von Humor verstünde ich vielleicht nicht? Doch, doch, beeilte ich mich zu erwidern. Hielt er mich für blöd? Möglicherweise gar kein Schaden, dachte etwas in mir, etwas anderes wollte allerdings ernst genommen werden, so ganz ohne Selbstbestätigung geht es ja doch nicht, so sagte ich: Deutungshoheit. Er nickte nachdenklich und betrachtete mein Gesicht.

Bald darauf ließ er sich zu so etwas wie einem Eheversprechen hinreißen. Das muss während einer der Unruhen gewesen sein, die ihm den Aufenthalt im Turm verleideten, wie er sagte: doch nicht nur diese Stadt wird unwirtlich. Ich kann mich noch genau an die Ausgestaltung des Schiffsinnenraums erinnern, in dem er mir das Angebot unterbreitete (glänzende Holzknäufe und Modelle von Segelschiffen, deren historische Bedeutung man ihnen ansah), vom vorgelagerten Balkon aus konnte man theoretisch das staunende Fußvolk am Pier und auf den Fährschiffen bewundern, nicht dass wir je in die Nähe von Fährschiffen gerieten. Ich schnitt natürlich mit, Hände in die Tasche und auf Aufnahme gestellt war eins. Tatsächlich lag vor uns eine völlig unbevölkerte Insel, und ich trat ins Freie und ging auf einen der Leibwächter zu, der eben einen Zigarettenstummel ins Wasser warf, und fragte ihn, ob er ein Bild von uns machen würde, da rief Duncan mich zurück und tadelte mich wie ein kleines Kind, und das belebte ihn sichtlich. Sein Stimmungsumschwung erwischte mich kalt, und ich nahm an, dass das Publikum in meinem Rücken erfreut der Darbietung folgte. Ich schwieg und ließ ihm seinen Spaß, und das Essen an diesem Abend war besonders stimmig komponiert; die Forderung nach dem Einsatz der ganzen Härte des Gesetzes gegen diese jugendlichen Gewohnheitsverbrecher, gegen die Vandalen und Plünderer klang übrigens in allen Medien einigermaßen gleich, da war die Linie von Duncans Sendern nicht ungewöhnlich. Allerdings bescherte ihm die Sache besondere Zuwächse, vielleicht, weil bekannt wurde, dass Duncan gewissermaßen ortsansässig war, dabei verlor er gerade in dieser Zeit die Freude an der Wohnung im 68. Stock; das New Yorker Büro und sein Eintrittszeitfenster bekam ich im Endeffekt nie zu Gesicht. Ich müsste Alexander danach fragen.

Die Strandnähe des Dünenhauses war für ihn eine rein ideelle, dabei hatte er sie doch so lobend hervorgehoben; schon damals sollte ich nicht am Strand entlanglaufen. Ich tat es dennoch. Auch jetzt ist es keine gute Idee, wie der Haushofmeister mich wissen lässt, doch seine Anwürfe stören mich schon lange nicht mehr. Und Alexander kümmert sich nicht um das, was der Haushofmeister sagt.

Es war wohl der Stil. Ich denke, es lag an dem Haus in den Dünen und seinem offenen Kamin und dieser wunderschönen amerikanischen Wirtschaftskrisen-Moderne, dass Duncan an Ehe dachte. Ich komplettierte das Bild auf vorzügliche Weise, das war mir klar, und im übrigen setzte mein sportlicher Ehrgeiz alles daran, ihn auf die Leerstelle aufmerksam zu machen, die mein Fehlen darstellen würde, und er biss an, ich gab keine Ruhe, bis ich ihn davon überzeugt hatte, dass ich nicht mehr wegzudenken war. Duncan sah auch, dass ein für heutige Begriffe relativ bescheidenes, wenn auch architekturhistorisch bedeutsames Haus in einsamer strandnaher Lage ein Hintergrund war, zu dem ich passte.

Und natürlich lag es nicht zuletzt daran, dass ich ziemlich bald schwanger wurde. So etwas wie ein Erbe begann ihn auf einmal zu interessieren, er habe keine Kinder, hatte er erzählt, das habe er bisher vermeiden können.

Ich mochte das Haus. Die Dimensionen waren überschaubar, das Haus war durchaus wohnlich, und ich stellte fest, dass die Macht von innen betrachtet erstaunlich kleinräumig ist. Das dachte ich wirklich. Der niedrige trockene Bewuchs der Dünen duckte sich seeseitig, so dass sogar die Hecke, die das Haus umgab, dort, wo sie von der Zufahrtsstraße oder dem Weg zum Strand durchschnitten wurde, einen typischen dreieckigen Querschnitt aufwies, unter dem Druck des vom Meer kommenden Luftansturms nur zögerlich zur maximalen Wuchshöhe anstieg und dann steil abfiel an der windabgewandten Seite. Ein klar strukturiertes, handhabbares Areal, ganz anders als das Turmstockwerk, dessen leere Weite sich wunderbar als Traumkulisse eignet, und Träume entlassen meist in ein verstörtes Erwachen. Das Komische ist, im Nachhinein betrachtet, dass ich mich ausgerechnet in dem völlig isoliert gelegenen Haus nie einsam fühlte. Duncan hatte viele Wohnsitze, ich hätte durchaus eine Wahl gehabt. Ich hätte ihn bei seinem Vornamen nennen sollen, doch es gelang mir nicht. Irgendwann gab er es auf, mich zu korrigieren und lächelte stattdessen, zumindest gelegentlich. Er hatte sich sogar einen Hund zugelegt für lange Spaziergänge entlang der Brandung. Es war das Haus und das Ölzeug und der Hund und die Vorstellung, dass er nach einer langen Ausfahrt siegreich in einen familiär gepflegten Hafen einfahren wollte, denke ich, was ihn schließlich bewog, konkrete Schritte zu einer Eheschließung einzuleiten.

Das tat er nicht direkt, er ließ mir ein Paket von einem seiner Anwälte zuschicken, der mir die Sache telefonisch auseinandersetzte. Was für ein einmaliges Zugeständnis das sei. Dass ich nicht zögern dürfe. Und ich sah ein, dass er recht hatte, ich umrundete mehrfach die riesige metallene Kücheninsel, über der die absenk- und schwenkbare Lüftungseinrichtung mich immer in leisen Schrecken versetzte, sobald ich sie einschaltete, was ich aber nur selten tat (was die Küche betraf, so hatte das Bedürfnis nach Funktionalität gesiegt über die Werktreue in Bezug auf die historisch authentische Grundausstattung). Eigentlich lähmte mich schon der bloße Anblick des Saugstutzens in Kombination mit der metallischen Oberfläche, ich stellte mir einen darauf ausgestreckten auszuweidenden Leichnam vor, dessen Flüssigkeiten abgesaugt werden wie der sich in der Mundhöhle sammelnde Speichel während eines zahnmedizinischen Eingriffs. Den Hund sah ich nicht wieder.

Das Haus war autark, das konnte ich mir weismachen, eine autarke kleine Ansiedlung am Meer. Von dort kommt der Wind, der das Haus eingrenzt und aus der Welt trägt, eingekapselt in ein Rauschen der Vegetation, ein Buschrauschen, ein Heckenrauschen, das man sehr bald nicht mehr wahrnimmt und das dennoch so sehr Teil des Ortes ist, dass sein Fehlen von existenzbedrohender Bedeutung wäre.

Den großzügigen Pool im Garten ließ ich abdecken: die Vorstellung, ein zukünftiges Kind könnte in schultertiefes Chlorwasser fallen, ertrug ich nicht. Aufschwimmende Kinderleichen in meinen Träumen.

4

Ich sehe Alexander und denke, dem wird beizukommen sein, und sein sich entziehendes Lächeln lässt mich auf erfreuliche Weise aus dem Tritt geraten: wo Unzugänglichkeit ist, ist Herausforderung, ist Verlockung.

Nicht beim ersten Mal. Da lagen die Dinge anders. (Duncan nimmt mich manchmal mit. Er zeigt mich her. Zu irgendwas muss ich ja gut sein, von seinem Standpunkt aus betrachtet. Von meinem: Schwangerschaft bedeutet immer schon Einschränkung der Möglichkeiten, und die wirft die Frage auf, ob man sich nicht zu früh festgelegt hat.) Duncan hat Alexander und mich gleich zweimal miteinander bekannt gemacht, und wie immer lag hinter der Dopplung Absicht, zum zweiten Mal in den Dünen, bei selbstgeschossenen Wildvögeln und in Begleitung von ein paar weiteren Statthaltern in seiner Firmengruppe. Nichts geschieht bei Duncan zufällig, am allerwenigsten das Sich-Anvertrauen.

Doch das war später. Noch sah ich keine Alternative, noch sah ich den Kindern beim Wachsen und den Angestellten dabei zu, wie sie ihren Tätigkeiten nachgingen, und manchmal beneidete ich sie darum, dass sie Beschäftigungen hatten, die zu ihnen gehörten. Bei der Auswahl des Personals hatte ich freie Hand, das war Duncan ganz egal, nur die sicherheitstechnische Überprüfung des Hintergrundes überließ er einem Mitarbeiter namens Stuart.

Manchmal unternehmen wir etwas gemeinsam wie eine kleine Familie. Wir verbrachten ein paar Tage in einer steinigen Berglandschaft, die Duncan wohl an Schottland erinnern sollte, und es stellte sich heraus, dass ich für das Fliegenfischen ungeeignet war. Obwohl ich die Wurftechniken rasch erlernte, Bogen oder Hakenwurf gegen den Strom für ein natürliches Abtreiben der Nymphe: mir fehlte die Geduld dafür, in der Gummistiefelhose im eiskalten Wasser zu stehen. Wir übernachteten auf einer kleinen Insel in einem Fluss, während die Leibwächter die Ufer sicherten. Wir brieten Fische, die wir nicht gefangen hatten; der Jägermeister, so nannte ich ihn, ein unangenehmer breitgesichtiger Mann mit sich lichtendem dunklen Haar, das ihm in die Stirn hing, stellte sie bereit, bevor er wieder zum Wagenkonvoi zurückkehrte; das Insellagerfeuer begeisterte die Jungen erwartungsgemäß, sie bewunderten ihren Vater, der auf der Gitarre spielte, Geschichten von Bergbesteigungen erzählte und von Wochenendgrillausflügen und schließlich versuchte, uns ein schottisches Lied beizubringen. Ich stocherte in der Glut und wurde dabei doch ein gewisses Unbehagen nicht los, auch wenn der Reiz der hochzüngelnden Flammen und des Knackens in der Hitze berstenden Holzes mich ebenso wenig kalt ließ wie die anderen, ich hatte das Gefühl, Teil einer Inszenierung zu sein, die nichts mit mir zu tun hatte.

Duncan stand auf und verschwand im Gebüsch, ich hörte den Stimmen der Kinder zu, die eine gemeinsame Melodie zu finden versuchten und etwas von einem Strom sangen, und ich stellte mir vor, dass am Ufer, wenn es sich in Europa befände, vermutlich ein verlassenes Dorf läge mit einem aufgelassenen Gasthof, über dessen noch als Negativ im Fassadenputz sichtbaren alten Namen jetzt Romantik-Villa stand und in dessen Nebenräumen illegale Prostituierte ihre unfreie Tätigkeit ausübten, während ein Schild über dem Eingang zum Parkplatz verkündete, dass das Gebäude klimatisiert sei.

Und dann kehrte er zurück, neben ihm einer der Sicherheitsleute, der mit seinem Nachtsichtgerät herumspielte, Duncan teilte uns mit, dass dies John sei, und nötigte ihn, sich zu uns zu setzen. Was soll hier schon passieren, sagte er, und warf dem Mann eine Bierdose zu, und tatsächlich passierte nichts, nicht einmal ein Ranger tauchte auf, trotz des charakteristischen Aufreißgeräusches der Blechlaschen, das man sicher meilenweit hören konnte und das als verbotener akustischer Fremdkörper jeden hellhörigen Wildhüter angelockt haben müsste. Auch als drei weitere Leibwächter, von John herbeigerufen, nacheinander erschienen und sich in einigem Abstand niederließen, passierte nichts, außer dass einer von ihnen begann, auf der Gitarre zu spielen und zwar wesentlich besser, als Duncan das getan hatte. Die Kinder fragten John nach seiner Ausrüstung, und der, ein kräftiger Mann Mitte Dreißig, erteilte ihnen bereitwillig Auskunft, ließ sie die Stücke begutachten, Nachtsichtgerät und Waffe und einiges Kleinzeug, das ich nicht näher zuordnen konnte, und ich war froh, dass der Jägermeister nicht zu uns stieß. Duncan ließ sich zeigen, wie man einen Revolver abfeuert, und einer der Jungen fragte John, warum die in die Nachtluft verschossenen Kugeln uns nicht auf den Kopf fielen. Zwei der Sicherheitsmänner unterhielten sich gedämpft, während der Gitarrist leise klimperte, ein Hintergrundgeplätscher, das unvermittelt abriss. Niemand kam, um nach dem Rechten zu sehen.

Dann doch lieber Helicopter-Skiing in Kanada. Lieber ehrlich dekadent als unehrlich naturnah, das sagte ich zu Duncan, später, und er lachte und sagte, das sähe mir ähnlich. Sein schottischer Name war nur das Vermächtnis eines Urgroßvaters, wenn ich mich recht erinnere.

Als die Jungen eingeschlafen waren, klammerte er sich plötzlich an mich und begann vor den sicherlich weit offenen Ohren der Leibwächter, die immer noch an den Glutresten herumsaßen, zu schluchzen, kleine, tiefe Unglückswellen erschütterten seinen mageren Oberkörper. Sein Ausbruch machte mich sprachlos, ich wusste nicht, wie ich ihm begegnen sollte, und kratzte an meinen Mückenstichen herum; dass man keinem Menschen trauen könne, sagte er. Und ich dachte, dass er recht hatte, dass man sich nicht einmal selbst trauen könne, doch das sprach ich nicht aus, ich wartete darauf, dass er mir erzählte, worum es ging, doch nichts kam mehr; er beruhigte sich, ging zum Fluss und wusch sich das Gesicht, dann sprach er wieder von den Bergen. Gegen Morgen erwachte der Ältere und kroch in meinen Schlafsack, die Mücken hatten uns zerfressen, und die Laute aus den Bergen waren fremd; als ich schließlich steifgliedrig vor das Zelt trat, stellte ich fest, dass Duncan schon weg war, und meinen Zorn darüber hätte ich höchstens an den verbliebenen Sicherheitsleuten auslassen können.

Stattdessen zog ich mich aus und stieg in den Fluss und freute mich über den Schock des eiskalten Wassers auf der juckenden Haut. Ich ging vorsichtig vor, dennoch wurde mir rasch klar, dass ich die Stärke der Strömung unterschätzt hatte, die heftig an der Rumpffläche angriff. Nur einen Schritt vom letzten gesicherten Stand auf den Flusskieseln entfernt packte sie mich, ich versuchte auf allen Vieren Halt zu finden an glattgeschliffenen Steinen, doch es gelang mir nicht, nur flüchtig glitten Muschelbärte, Algen, Flechtenteppiche durch die Finger. Sobald ich mich aufrichtete, schob das Wasser mich weiter, und die Kälte hatte nichts Erfreuliches mehr. Natürlich war ich zu stolz um nach Hilfe zu rufen, ich glaube, in dem Moment war ich bereit mich aufzugeben; die Kinder waren in sicherer Obhut, was sollte passieren. Auf mich kam es wirklich nicht an. Dann wurde ich ins Flache gedrückt und bekam eine vom Wasser freigelegte Wurzel zu fassen, ich zog mich hoch ohne lang zu überlegen, hätte ich nachgedacht, ich weiß nicht, ob ich das instinktive Zupackenwollen meiner Hände nicht unterbunden hätte, und jetzt erst, auf der Suche nach meiner Kleidung, begann ich wirklich zu frieren. Da stand schon einer der Leibwächter, der sich das Grinsen so ostentativ verkniff, dass es beleidigend war, und wickelte mich in eine Jacke.

Dann gab ich den Befehl, zum nächsten Theme Park zu fahren (ich mache mir nichts vor: die Männer hielten sicher sofort Rücksprache mit ihrem Auftraggeber, und der war nicht ich). In einer altenglischen Dorfkulisse fanden wir ein Spukhaus, in das die Kinder unbedingt hineinwollten, und in den verspiegelten Räumen betrachteten wir unsere verzerrten Gesichter, sahen unsere zersplitterten und unter seltsamen Winkeln zusammengesetzten Körper; nur dem Älteren war die Sache ein bisschen unangenehm; er ging hinaus und rief vermutlich seinen Vater an.

Duncan sagte später nur, mich könne man wirklich nicht mit den Kindern alleine lassen, und im Grunde gab ich ihm recht. Irgendwas machte ich falsch.

5

Es ist auch nicht so, dass ich explizit etwas gegen Duncan hatte oder etwas Explizites in der Hand. Dass er dem Bürgermeister seiner Heimatstadt Chicago (einem Mann, dem die Wichtigkeit von Duncans Firmensitz für die Stadtentwicklung ausgesprochen bewusst war) Stuart als Polizeichef ans Herz legen konnte, war elegant und naheliegend, auch wenn die Seitenwechsel meist umgekehrt vor sich gehen, vom öffentlichen Amt in die Privatwirtschaft: Lohn des Staatsdieners für sein offenes Ohr. Doch die Dinge sind längst in Bewegung geraten, auch solche Regelwerke erodieren. Stuart ist schließlich ein privatwirtschaftlich äußerst erfahrener Sicherheitsexperte, und wer, wenn nicht das private Kapital, hätte Anspruch auf Sicherheit. Zudem ist Stuart anständig verheiratet (Katholikin, sagte Duncan, macht sich immer gut) und verfügt sogar über eine militärische Ausbildung. Was will man mehr? Stuart will mehr. Der Posten befriedige noch keinesfalls Stuarts Ehrgeiz, sagt Duncan wohlgefällig.

Ich weiß schon, ich hätte Duncan für das taktische Geschick bewundern können, mit dem er das durchgezogen hatte, ehe er sich mit seinem rituellen Landjunkeranzug bekleidete und uns besuchen kam, in umgekehrter Reihenfolge natürlich. Ich hätte ihn bewundern sollen, ich verstand nur nicht recht, was er von dem Manöver hatte. Ihm war nichts vorzuwerfen, außer eben diesen seltenen Momenten der Schwäche, und die waren legitim, dennoch ärgerte ich mich darüber, dass sie so unvorhersehbar kamen und gingen, dass er sich in sie fallen ließ wie ins Leere. Kleine Irritationen wie der Blick, mit dem er mich anstarrte, stierte, und sich zu keiner Handlung entschließen konnte. Während ich noch dachte, dass das nicht er sein konnte, nicht der Mann, den ich kannte, kam auch schon der Umschlag, das plötzliche Hochfahren wie aus dem Sekundenschlaf, der Ausbruch von Hyperaktivität, die er in Ermangelung eines greifbaren Zielobjekts – ich lernte rasch, aus sicherem Abstand zu winken – an seinem Endgerät ausließ, während er die Manschettenknöpfe öffnete und schloss.

Obwohl mir durchaus nicht alles entging, was sich so abspielte (am Telefon gab er gerade vor, wie viel an Mehreinnahmen für die Anzeigenkampagnen zu lukrieren sei, die ein Präsidentschaftskandidat in diversen Sendern schaltete, schalten musste, wie man leicht begreifen konnte, um sich die richtige Berichterstattung zu verdienen), stimmt es doch, dass Duncan mir keinen Grund gab, große Gefühle für ihn zu entwickeln. Das ist vielleicht das Markanteste, was ich über ihn sagen kann, und das macht meine Sache womöglich noch schlimmer. Ich weiß es nicht. Sollen andere urteilen. Oder lieber nicht, denn warum sollte ich mich auf das Urteil anderer eher verlassen wollen? Also: Keine

Gefühle, nur Zielorientiertheit: hier das Ziel, dort das Hindernis. Zum Mittel war es nicht weit. Das Mittel zur Hindernisbeseitigung auf dem Weg zum Ziel war Alexander. In gewisser Weise.

Nein. Alexander. Was sage ich da. Zurück zu diesem Abend im Dünenhaus. Das erste, was mir auffiel, war sein Lachen, als er mir zu verstehen gab, so deutete ich es, dass ihn diese ganzen Spielchen an dem schon ein wenig abgegessenen Esstisch nicht berührten, dass er sie als unbeteiligter Zuseher betrachten konnte, wobei er mir gleichzeitig, auf dubios unterschwelligem Weg vermittelte, dass er allerdings an einem Spiel mit mir interessiert sein könnte, eben, weil frei von Bindung und eins mit mir im Beobachten, bei dem er mich ertappt hatte. Ich beobachtete ebenso wie er, wie die Pferdeschwänzige sich mit Stuart (noch in seiner alten Rolle) amüsierte, während dessen Frau fachkundig die Einrichtung begutachtete. Dabei war das junge Mädchen mit dem Pferdeschwanz, das Melissa hieß, allen Tischordnungsgesetzen zufolge Alexander zugedacht, offiziell. Duncan, der sie in einem seiner weniger wichtigen Sender entdeckt hatte, hatte sie als vielversprechend beschrieben und stellte ihr eine zentralere Rolle in Aussicht. Vor dem Essen war er ganz beschäftigt damit gewesen, ihr die Schwerpunkte des in Frage kommenden Aufgabenbereichs zu erklären, begeisterte sich dann für ihre jüngste Reportage über das umweltpolitische Engagement einer Ölfirma, während ich Stuarts Fähigkeit (seine Frau still neben ihm) bewundert hatte, sich wortreich jeder Festlegung zu entziehen und mir dabei doch immer das Gefühl zu geben, dass er mir zustimmte. Was er nicht tat, das war mir bewusst, und doch konnte ich den Punkt nicht ausmachen, an dem dieses Wissen festzumachen gewesen wäre, und ich ärgerte mich zunehmend, auch wenn seine Freundlichkeit mich warm umfing und nur gelegentlich eine versichernde Geste zu seiner Frau hinüber einschloss; auch das, denke ich nun, amüsierte Alexander, und das entfachte meine Wut gleich doppelt, und ich dachte, dass ich jetzt, sofort, an diesem Abend noch jemanden brechen wollte, und dass ich die Dinge in die Hand nehmen würde. Genug getrieben wie ein Bündel zusammengeschnallter Baumstämme, die flussabwärts transportiert werden sollen.

Schon während der Vorspeise wurde deutlich, dass Stuart tatsächlich über einen ordentlichen Satz Goldzähne verfügte: ein Fehler. Ansonsten bleiben wir unter uns und ziehen unsere Grenzen feinsinnig, denn die Kenntnis der Grenzziehungsformeln ist es schließlich, die uns auszeichnet. Auch wenn Europa den Bach runtergegangen ist, Grenzziehungsformeln sind leicht zu adaptieren. Und um mich ein bisschen abzulenken, begutachtete ich Alexander, während ich nun meinerseits Stuart mit allen Anzeichen der Verbindlichkeit zustimmte, und das wirkte überraschend schnell. Stuart begann auf seinem Sitz zu wetzen wie ein Schüler, und seine Frau schien leicht beunruhigt durch sein Verhalten, sie schielte seitwärts, genau wie ich, während Duncan noch schräg über den Tisch hinweg das sitzordnungsmäßig eingeparkte blonde Mädchen in Beschlag nehmen hatte können und glatt zum Lachen brachte, wobei er sicherlich davon ausging, dass sie ihn tatsächlich für geistreich hielt, sie blinzelte mit Heiterkeitstränen in den Augenwinkeln und schlang ihren Zopf dabei um das linke Handgelenk, als wollte sie sich selbst im Zaum halten: was für ein Bild.

Alexander sah mich zum ersten Mal ganz eindeutig an, ohne dass irgendetwas in diesem Blick Raum für Sicherheiten gelassen hätte, trotz des Brillenrahmens. Wir sind alle käuflich, sage ich ja. Ich begann mich zu fragen, ob Sicherheit etwas wäre, das ein erstrebenswertes Ziel für mich darstellte, und musste zugeben, dass ich sie wohl irgendwann einmal angestrebt haben dürfte; allerdings konnte ich mich nicht mehr an das dazugehörige Bedürfnis erinnern. Sicher ist höchstens der Stillstand, sagte ich also verschwörerisch und kaum hörbar zu Alexander, und der lächelte; ob er verstanden hatte, was ich sagte, oder höflichkeitshalber so tat als ob, konnte ich nicht sagen, es war mir auch vollkommen gleichgültig.

Und dabei dachte ich, dass ich durchhalten müsste, bis die Kinder so weit fertig wären. (Übrigens ist das mit dem Stillstand nicht durchdacht. Sicher ist nur der finale Stillstand, jeder Stillstand davor kommt in einem ständig sich weiterbewegenden Bezugssystem auch einem Rückschritt gleich.)

Was meine eigenen Gefühle betrifft, habe ich manchmal den Eindruck, als seien sie von mir abgetrennt und sicher unter Glas verwahrt, in kleinen musealen Glasbehältern wie interessante Tierpräparate, die ich hervorholen und bewundern kann auf ihren gedrechselten Bodenplatten: Es gibt da ein paar hübsche Gefühlsminiaturen, die Duncan betreffen, immer noch, seiner Fürsorglichkeit beispielsweise habe ich ein kleines Denkmal gesetzt und seiner durchaus professionellen Wertschätzung meiner Fortpflanzungsleistung.

Dass der Tod schließlich nichts Unnatürliches sei, hatte Duncan zu dem Mädchen gesagt und war sich mit gekrümmten Fingern, heugabelgleich durch die diesmal kürzer geschnittenen Haare gefahren, was sie abstehen ließ. Auch wenn man immer so täte, als ob der Tod nicht vorgesehen sei im System. Und er verstünde nicht, wie man auf die Idee kommen könne, sich einfrieren zu lassen. Ganz abgesehen davon, dass man das ja gewissermaßen noch zu Lebzeiten machen müsse, wenn es sinnvoll sein solle, denn mit dem Eintritt des Todes beginne der molekulare Zersetzungsprozess. Nein, sagte er, abgesehen von solchen technischen Details, die sich lösen ließen, verstünde er nicht, wie irgend jemand annehmen könne, die Menschen in hundert, zweihundert Jahren könnten ein Interesse daran haben, diese meist nicht in der Blüte ihrer Jahre, sondern lange danach konservierten Körper aus der Gefrierkammer zu holen und wiederzubeleben. Natürlich sei damit Geld zu machen, und am Geldmachen sei er, Duncan, naturgemäß immer interessiert. Allerdings lohne der Sektor noch nicht wirklich, auch wenn es stimme, dass sich das meiste Geld mit unerfüllbaren Sehnsüchten machen ließe. Das Mädchen hatte leicht gequält gelächelt.

Doch nun am vorgerückten Abend umfing Stuart die Zopfträgerin mit eben derselben Freundlichkeit, die er zuvor an mir versucht hatte, und Duncan war verstimmt, wie man, wenn man ihn kannte, aus der ausgesuchten Aufmerksamkeit schließen konnte, mit der er uns allen aus einer Karaffe mit dunkelgoldener hochprozentiger Winterflüssigkeit nachschenkte, solange, bis sich Stuarts Frau (Mabel) schließlich auf ein Gespräch über Einbalsamierung einließ. Dabei schwenkte Duncan sein Glas, an dessen Wänden die

Flüssigkeitsschlieren jede seiner Bewegungen honiggelb nachleuchten ließen, das Zerfallen des Körpers in der Erde, sagte er, stelle er sich gerne vor. Die Idee der Rückführung seiner Überreste in die Verwertungskette des Lebens gefalle ihm. Fürsorglichkeit kann was Hinterhältiges haben, das habe ich schnell verstanden. Alexander quittierte die Szene mit einem feinen Mundwinkelkräuseln in meine Richtung. Ich sah ihm in die Augen, nur kurz, und kein Gedanke an Kuhglockenläuten durchströmte mich: Ich dachte an Dünen, an die Nacht und die Dünen. Kälte kam in dem Bild nicht vor.

6

Statt dessen die Vorstellung von Vollständigkeit, die ich gleich bis zum Hals in Sand begrub. Duncan hatte in Vorbereitung dieses Abends Vögel und auch ein paar Stück Wild selbst geschossen, Elche, Hirsche, gibt's hier nicht, nicht hier, anderes Revier. Kann man gar nicht alles wegessen. Der Jägermeister weidet aus (manche Leute bleiben einem einfach nicht erspart), während ich daneben stehe und mir von Duncan die Handgriffe erklären lasse und die Geräusche, die sie verursachen. Sand auf Schleimhäuten erhöht die Reibung in kontraproduktiver Weise, denke ich jetzt, in diesem Raum mit integriertem Pool (offener Nasszelle) und Blick über die Seeoberfläche, an ihr entlang, um genau zu sein, parallel zu ihr, von der Badewanne aus gesehen. Und weit und breit keine Dünen. Beim Ausweiden kann ich das noch gar nicht gedacht haben, denn die Verbindung von Sand und Schleimhäuten stellte ich erst nach dem geschäftsfördernden Essen her, und dieses Essen muss logischerweise, dem Prinzip von Ursache und Wirkung zufolge, nach der Jagd stattgefunden haben. Im übrigen lässt man das Fleisch gerne ein bisschen abhängen.

Schon wieder ein Versuch zwischen uns beiden. Die jagdtechnischen Ausführungen haben einen Hintersinn, Duncan beobachtet mich und ist enttäuscht, dass ich keine Regung zeige angesichts der bloßliegenden dampfenden Eingeweide. Ich stelle mir vor, wie der Jägermeister vorsichtig ein Ei in die Darmschlingen bettet. Zum Ausbrüten, könnte er sagen, zum Ausbrüten, ich starre den Jägermeister, der übrigens Archibald heißt, an, das kann ich gut, und es verfehlt selten seine Wirkung. Und dabei denke ich, dass es mindestens einen Ort in mir gibt, der nicht mehr zugänglich ist. Ich könnte ihn bestimmt lokalisieren, wenn ich wollte. Im übrigen sorgt er schon dafür, dass ich ihn nicht vergesse. Die Interpretation, sagt Duncan, dürfe man sich nicht abnehmen lassen.

Die Versuche mag ich. Ich bin Duncan dankbar dafür. Es zeigt mir immerhin, dass wir etwas miteinander zu tun haben. Manchmal frage ich ihn, was es eigentlich ist, das wir miteinander zu tun haben.

Die Kinder, ich weiß nicht, die sind mir irgendwann abhanden gekommen. An dem Tag wahrscheinlich, als ich in der Zeitung las, dass bei einem führenden Mitarbeiter (Programmverantwortlichen) in einer von Duncans Firmen, einem Trumpfblatt in seinem Firmenportfolio, um genau zu sein, kinderpornografisches Material gefunden worden sei. Und gleich darauf ein Firmensprecher auf allen Kanälen, der eine solche Abscheulichkeit als Vertreter einer Firmengruppe, die für familiengerechte Unterhaltung stehe, auf das Schärfste verurteilte. Und der gleichzeitig festhielt, dass dieser Fund ein reines Zufallsprodukt bei einer hausinternen Untersuchung gewesen sei, bei der es um den Verdacht des Insiderhandels im Vorfeld der Übernahme einer konkurrierenden Firma gegangen sei (ein mir unbekannter Firmensprecher Duncans vermittelte beherrschte Fassungslosigkeit, neben ihm, da bin ich mir sicher, stand Alexander, man sah zwar nur den Arm ins Bild ragen, doch ich habe einen Blick für Hände). Das inkriminierende Material habe man auf dem Tisch des Beschuldigten hinter einem Bilderrahmen mit einem Familienfoto gefunden (der Sprecher wand sich sichtlich vor Ekel). Ich wusste, was das in mir wecken sollte. Ebensolchen Ekel, Neid, Bewunderung, doch nichts dergleichen, ich stellte einfach nur fest, dass der Kronprinz ausgetauscht worden war. Einer der Kronprinzen, vielmehr, denn nie würde Duncan alles auf eine Karte setzen. Das hieß das. Wie plump.

Stuart absolvierte inzwischen erste glänzende Auftritte als kompromissloser Vertreter des Gesetzes, und ich muss zugeben, dass die Goldzähne nicht unschön blinkten. Für einen Polizeichef auch gar nicht ungeschickt, das sah ich jetzt ein: ein bodenständiges Statussymbol mit deutlichem Unterschichtbeigeschmack.

Dass Duncan sich manchmal, unvermittelt, um so etwas wie Vertrautheit bemühte, hatte offenkundig Methode, dennoch rührte es mich. Ich konnte eintauchen in Vertrautheit und mich darin suhlen. Er streicht mir beispielsweise sanft mit dem Handrücken über die Wange.

7

Es geht um unser Liftmädchenspiel, das verstehen nur Duncan und ich (wenn man von den Auswertern des Videomaterials einmal absieht). Als ich das Schlafzimmer betrete, sehe ich, dass er mir eine Dienstleistungsuniform auf dem Bett zurechtgelegt hat, deren Farben mit denen der Brokattagesdecke harmonieren, und ich verstehe. Die Antwort auf meine Frage, was wir miteinander zu tun hätten: er zeigt mir das Objekt seiner Begehrlichkeit. Und ich bekleide mich wunschgemäß, der Schnitt passt, natürlich, was habe ich erwartet. Ich gehe ins Wohnzimmer, ein erwartungsfrohes Dienstleistungslächeln auf den Lippen, schon im Gang bemerke ich, dass er telefoniert, er dreht sich um, als er mich kommen hört. Aufgehängt, sagt er, sieht mich an und schüttelt langsam und bedächtig den Kopf. Ich drapiere mich ein bisschen auf der Sitzgruppe (Wohnlandschaft hat man das in der Entstehungszeit dieses Einrichtungsstils genannt).

Er lässt sich knöchern neben mich fallen und teilt mir mit, dass dieser Dummkopf – Dummkopf? ich frage nicht – dass der sich doch tatsächlich umgebracht habe, was seine Überlegungen gewissermaßen noch im Nachhinein rechtfertige. Dass er einen solchen Schwächling in einer Entscheidungsposition nicht brauchen könne. Und das alles jetzt, sagt er, es sei zu grotesk, statt dass er sich stelle und kämpfe, gebe der einfach auf. (Dickhead, sagt er, genaugenommen.) Duncans Zorn steigert sich, und das jetzt, sagt er noch einmal, ausgerechnet, wo sich zeige, dass die Zweifel an der Authentizität des Kinderpornoszenarios, das den Selbstmörder als Konsumenten richtig harten Materials (Snuffvideos auf der Festplatte) erscheinen habe lassen, sich soweit verdichtet hätten, dass verfeindete Medien schon ihre Geschütze in Stellung brächten. Und nicht nur die von den Übernahmeplänen betroffenen, für die sei das natürlich ein Gottesgeschenk. Gottesgeschenk, sagt Duncan, und dass er sich bereits genötigt gesehen habe, der mit der internen Untersuchung betrauten externen Sicherheitsfirma öffentlich schwere Konsequenzen anzudrohen. Externe Sicherheitsfirma natürlich, um auch wirklich die Objektivität der Untersuchung zu gewährleisten. Nein, im Ernst, sagt er in mein süffisantes Lächeln hinein, Pfusch könne er nicht vertragen, auch wenn der Chef dieser Sicherheitsfirma, die man (Stuart? nein, wohl schon ein anderer, den ich schon wieder nicht kenne und in meine topografische Karte erst einordnen muss) da organisiert habe, ihm wirklich kompetent erschienen sei, und ich frage ihn, warum man annehmen könne, mit einer so plumpen Inszenierung durchzukommen, und er fährt mir durch das Haar: je plumper, desto besser, sagt er. Hast du das noch nicht begriffen? Das ist der Moment, wo er mir behutsam über die Wange streicht, und ich küsse das Aderngeflecht auf seinem Handrücken. Er bemerkt meine Kostümierung, steh auf, sagt er, bitte, und ich stelle mich vor ihn hin und lächle, streiche die Haare zurück, wie es mir entspricht. Und irgendwo in meinen abgeschiedeneren Regionen spüre ich einen sich ausbreitenden fiebrigen Infektionsherd.

Und er sagt, nett sei das, aber nicht mehr dasselbe, das verstünde ich sicher nicht falsch, aber die zwei Kinder (gut, dass er mich erinnert, manchmal vergesse ich, dass ich Mutter bin), und überhaupt, ganz generell, und ich gehe, gehe aus dem Haus, ich weiß nicht, wo ich hingehen soll, die Frage ist immer nur, nach links oder nach rechts, in jedem Fall den Strand entlang, und ich passiere die Sicherheitsschranken Richtung Meer. Ich habe übrigens auch gänzlich falsche Schuhe an, wie das nach spätestens zwei Schritten in den Dünen offensichtlich wird, als ich schlicht nicht mehr weiterkomme mit den einsinkenden Stöckeln, ich ziehe sie aus und trage sie mit mir, der raue Sand wird mir die abgeschliffenen Fußsohlen durchbohren, die ausgedünnte Haut, doch was tut mir das. Ich weiß, dass ich ein (einigermaßen teuer eingekauftes) Möbelstück bin, das habe ich schon bald verstanden, das versteht sich von selbst. Und wenn ich jetzt die Fußteile ein wenig beschädige, ist das nicht so schlimm, das repariert sich beinahe von selbst, ich bin ein Möbelstück mit garantierter Selbstreparaturfähigkeit, zumindest im Rahmen der naturgesetzlich vorgegebenen Lebenserwartung. Ich erreiche den Strand und stehe nun wirklich vor der Entscheidung: links oder rechts, das ist in etwa mein Handlungsspielraum. Weil ich mich nicht entscheiden kann, werfe ich die Schuhe ins Meer, nicht mehr mich selbst, davon habe ich anscheinend genug, aber ich weiß es nicht so genau, ich beobachte nur. Mit Hingabe, möchte ich sagen, tue ich das, mit hingebungsvollem Hass, den ich so an mir nicht gekannt habe, aber jetzt, wo ich dastehe und den Schuhen bei ihrem Untergang zusehe, einem nach dem anderen, und friere unter der viel zu dünnen Jacke und einem dunklen Himmel, den der Wind pflügt, scheint er mir auf einmal so selbstverständlich ein Teil von mir zu sein, so vertraut, dass ich mich wundere, dass ich diese Tröstung nicht schon früher entdeckt habe: ich bin geborgen im Hass wie die Kinder in Gottes Hand. Da ist ja Gott schon wieder. Wo kommt der auf einmal her, und dann so hartnäckig? Ich setze mich an die Festlandkante, dorthin, wo der Sand feucht wird, die Füße im wandernden Saum angespülter Muscheln und Algen, und bilde mir ein, von Zeit zu Zeit Musikfragmente zu hören, wie etwa von einem in hundert Metern Entfernung spielenden Akkordeon. Doch wer sollte Akkordeon spielen am Strand an einem derart unwirtlichen Abend. Wenn ich mich konzentriere, kann ich so tun, als fröre ich nicht. Ich kann sogar mitsingen: es war in meines Lebensweges Mitte. Und vielleicht stelle ich mir vor, dass da eine spezielle, speziell dunkle Welle sich auftürmt, die kommt und sich in Richtung Strand wälzt, nur für mich.

Der Tod ist ja nichts Unnatürliches. Hätte ich tatsächlich eine Vergangenheit als Turmangestellte, hätte ich sicher gerne Zweizeiler aufgesagt.

Es war in meines Lebensweges Mitte

Und dann fehlt mir wieder die zweite Zeile. Und diese Fehlstelle hilft mir, wenn ich mir vorstelle, dass das Stehen in der Lifthalle eine Ganztagsbeschäftigung hätte sein können. Sein könnte, immer noch. Mehr denn je, wenn auch nicht für mich. Ich bin heute zu alt für sowas, da kann ich noch so sehr lächeln und nicken, die Liftgirloption ist ausgereizt. Ein anderes Leben, in dem ich mich mit Peters Rückenansicht beschäftigen wollen würde (scharfkantiger denn je), die ich allerdings von meinem Platz in der Lifthalle nicht sehen könnte; und ich weiß schon, dass seine Verachtung für mich nicht mehr steigerbar ist. Nur Jeremias, der als Portier mein direkter Vorgesetzter wäre, hat ein bisschen Mitleid mit mir und versucht sich in gelegentlichen Nettigkeiten: vielleicht kann er ein bisschen Verzweiflung in meinem perfekten Lächeln und meiner sauberen Kleidung erkennen. Dabei gebe ich mir wirklich Mühe, nicht den Halt zu verlieren. Ich hätte ja ein eigenes Zimmer, ein Studio, in dem ich mich abends abschotten, nachfüllen, zustöpseln und verkabeln könnte bis zur Befriedigung sämtlicher Bedürfnisse. Ich liege in meiner Schlafkoje wie ein gekapptes Gehirn in Nährlösung. Ich versuche, mich nicht zu erinnern, was mir nicht schwerfällt, denn ich habe Unterhaltungs-, Bildungs- und Einkaufsmöglichkeiten von hier aus im Griff. Und Einkaufsrahmen, doch die haben mich nicht zu interessieren, auch wenn sie eng sein sollten, was sie nicht sind, hier im wirklichen Leben, ich habe vorgebaut: Ein unbehaustes Gehirn, mit Nährstoffen versorgt und durch die richtigen elektronischen Reize stimuliert, wunschlos glücklich und ohne Wissen um seinen Zustand. Das Glück rührt vermutlich daher.

I need four walls around me to hold my life
to keep me from going astray.

Es sind nur drei in der Lifthalle, muss ich sagen, und die dreiseitige Lifthalle könnte man abgehen wie ein Zootier, und ich denke, die zweite Zeile müsste lauten:

to keep me from falling apart.

Denn das ist es, was bei mir der Fall ist, ich zerfalle in meine Einzelteile. Abgehen wie ein Zootier könnte ich die Wände aber gerade nicht als Liftgirl: Stillstehen wird erwartet, Stillstehen, Warten, Grüßen, nach dem Stockwerk Fragen und einen erfreulichen Anblick Bieten und Lift Zuweisen, denn jeder Strang bedient einen anderen Sektor. Du bist verschwendet, da unten, würde Duncan sagen, der weißhaarige Mann mit den dünnen, schnellen Lippen, das sagt er am liebsten. Und ich denke, dass es unübersehbar ist, dass ich dem Weißhaarigen gefalle. 68. Stock, sagte er, und ich wusste noch nicht, was das bedeutete: nur mit speziellem Schlüssel und Code ansteuerbar. Nur dass mir der Code im Moment nicht einfällt, dabei kenne ich den Code, im Schlaf kenne ich den. Und wenn der Aufzug einmal auf diese Destination eingestimmt ist, reagiert er nicht mehr auf äußere Zurufe. Nur der Notschalter funktioniert noch, aber das ist eine andere Geschichte.

So ein freundlicher Mann, hätte Jeremias gesagt, und Peter sah finster aus, was erwartete ich, und am Abend versuchte ich, mehr über Mr. Duncan herauszufinden: er war im Web so gut wie unauffindbar, ein einziges dürres Interview mit einem Management-Magazin fand ich, in dem er sich zur Frage illegaler Immigration äußerte (er vertrat den Standpunkt, dass sie das Schmieröl der Wirtschaft sei, und das war gut, wie sich später herausstellte: auch mein Immigrationsstatus war nicht ganz sauber; Duncan hat die Säuberung später spielend bewerkstelligen können). Allerdings wusste ich bereits, dass er gerne ein Glas ausschenkt. Da ist er spendabel. Mehr will ich im Moment über ihn nicht wissen, und er fragt, wie ich die Aussicht fände.

Und ich kenne die Versorgungsinfrastruktur (die zeigt mir Jeremias in einer ruhigen Stunde), Liftstränge, die die Kunden sonst nicht kennen, und unterirdische Löschwasserpumpanlagen, die das Wasser aus dem See saugen. Was der Turm mehr an Bausubstanz zu bieten hat als das Haus in den Dünen ist der See kleiner als das Meer, das gleicht sich aus. Doch selbst vom 68. Stock aus betrachtet ist der See uferlos.

Dann standen unvermittelt zwei unserer Sicherheitsmitarbeiter zwischen mir und dem Meer, und hinter ihnen steigt Duncan aus dem Auto, hier kann man den Strand pflügen mit dem Vierradantrieb, und im richtigen Leben (kein falsches im richtigen, das ist das Schöne dran, ich weiß) ist er nur ein wenig vorwurfsvoll, geduldig legt er eine Wärmedecke um mich und lässt mich nach Hause bringen, mich vor dem offenen Feuer im Kamin auf die Wohnlandschaft betten, dann flößt er mir Hot Whisky ein, so nennt er das, ein Gebräu aus jedenfalls sehr viel Whisky und Zucker, das ein nicht unangenehmes Magenfeuer zündet, und dann sagt er doch tatsächlich: Ich hätte wissen müssen, dass du das nur so aufnehmen kannst. Später streicht er mir über die feuchten Haare (die sich lieblich ringeln, ich weiß das, und es ist nicht so, dass das jetzt unbedingt sein müsste, diese Lieblichkeit, doch ich kann es nicht verhindern: auf den Anstieg der Luftfeuchtigkeit reagieren sie immer mit erhöhtem Lockenaufkommen), was für seine Verhältnisse einer Entschuldigung gleichkommt. Und das Väterliche, das er an den Tag legt, mag ich sogar, und ich frage nach den Kindern, bevor er sich neben mich legt und mich mit einem sanften Flattern seiner Hände aus der Uniform löst. Alles an ihm zeigt mir immerhin, dass er sich hier und jetzt zu bemühen bereit ist. Als meine Arme sich aus der Kälteumklammerung lösen, kann ich ihm ebenso sanft über den mageren Rücken streichen und durch die Haare. Das ist tatsächlich der Anfang einer unserer schöneren Nächte. Ich nenne mich Lilly.

8

Bei der Wahl der Hausangestellten gehe ich strukturiert vor. Ich suche mir die schwächsten aus, zumindest meistens. Dreimal pro Woche kommt eine riesige schwere Gärtnerin, oft in Begleitung eines schmächtigen Gehilfen, der aussieht, als habe sie ihn sich aus der Seite geschnitten, seine Hüften sind so schmal, dass sie locker in einem ihrer Oberschenkel Platz hätten. Sie hat nichts Schwächliches an sich, und dennoch fühle ich mich von ihrer Gegenwart nicht bedroht. Manchmal stelle ich mich neben sie und halte sie von der Arbeit ab, sie lacht dann und sagt, das sei schon in Ordnung, so lange wir zahlten. Übrigens lässt sie sich gar nicht wirklich von ihren Tätigkeiten abhalten. Sie schneidet zurück und sagt ihrem Gehilfen, wo er Löcher ausheben soll, sie lässt ihn schleppen und setzt dann die neuen Pflanzen. Sie trägt hohe Gummistiefel in Moosgrün oder Schlammbraun, genau solche, wie Duncan sie trägt, wenn er uns besucht und das Bedürfnis hat, sich als englischer Landjunker zu verkleiden und auf Fuchsjagd zu gehen. Nicht, dass es hier welche gäbe, doch die korrekte Ausrüstung für die Jagd auf sie hätte er. Sie wirft ihre langen braunen Haare nach hinten (so habe ich mir immer eine Indianerin vorgestellt: ich bin sicher, sie kann fischen und schießen und versteht sich im Notfall auf das Aussitzen von Belagerungen), und teilt mir ganz unverhohlen mit, dass es der helle Wahnsinn sei, den Dünen einen Garten abtrotzen zu wollen, aber dass ihr das schließlich nur recht sein könne, denn an Arbeit mangle es nie.

Ich würde der Gärtnerin, die sich ihrer Sache so sicher ist, gerne zur Hand gehen, um mich kontaminieren zu lassen von ihrer Sicherheit. Statt dessen betrachte ich den Gehilfen, wie er sich in einer versteckten Ecke eine Zigarette anzündet; ich frage mich, was er mit dem Stummel machen wird, doch sie bemerkt es nicht, sie erklärt mir etwas, das mit Wuchsgeschwindigkeiten und Blattknospungen zu tun hat, und ich denke daran, dass Duncan mich nur einmal geschlagen hat, zweimal, eigentlich, zwei trockene Schläge ins Gesicht, nachdem er mich am Strand aufgelesen hatte, und nicht einmal vor den Leibwächtern, so rücksichtsvoll war er, erst am Kamin schlug er zu, nicht sonderlich heftig, doch völlig überraschend. Genaugenommen bin ich sicher, dass der eine von ihnen, dessen Namen ich vergessen habe, das Klatschen gehört hat (und wer weiß, das Kindermädchen, dessen Raum neben dem der Kinder im Obergeschoß liegt, und der wiederum in unmittelbarer Nähe des Kaminstrangs, der das Haus wie eine akustische Rohrpostleitung durchläuft, womöglich auch), und während ich still da saß und das Geräusch nachklingen ließ, das Auftreffen von Haut auf Haut, stellte ein Teil von mir fest, dass es nicht wirklich weh tat, dass der symbolische Schaden größer war als der physische. Der symbolische Schaden könnte allerdings erheblich sein. Sofern er das ernst meinte, was ein anderer Teil von mir durchaus bezweifelte und die Hypothese aufstellte, dass ein weiterer Hinweis auf Duncans Art von Humor sein müsse, sich zu benehmen wie ein Ehemann aus einem Schwarzweiß-Spielfilm, wie man sie in einem anderen Leben im Samstagnachmittagsprogramm begutachten hatte können, sinnstiftendes Mutter-Tochter-Fernsehen, bei dem Nägel lackiert werden konnten; dazu passte, dass er mich danach aufmerksam und voller Interesse betrachtete, er schenkte mir Whisky in den Becher mit dem bereits erkalteten Getränk nach und strich mir behutsam über die Haare, die sich ringelten. Das Zurückzucken vor der Berührung konnte ich unterdrücken. Und ich wusste, dass ich mir nicht sicher sein konnte, dass mir das Ganze nicht gefiel. Oder dass ich mir das Ganze nicht nur eingebildet hatte. Ich traue mir schon lange nicht mehr.

Ich lächelte der Gärtnerin zu und nickte in Richtung des Gehilfen, der hinter einer Baumgruppe hervortrat, als hätte er sich dort erleichtert.

9

Die Einsamkeit kommt wie Nebel vom Meer. Vom Meer mit dem Ölbohrloch, das sie schon wieder nicht stopfen können. Ich weiß, dass es an der Zeit wäre, eine enge Beziehung zu den Kindern aufzubauen, doch es gelingt mir nicht, ich sehe mir selbst dabei zu, wie ich Gefühle konstatieren muss, ohne zu wissen, wie sie empfunden werden.

Zumindest glaube ich das, den Jüngeren vor Augen, wie er auf einem Stuhl vor dem (minimalistisch plan in die Stahlplatte eingelassenen) Spülbecken stehend seine Hände unter den lauwarmen Wasserstrahl hält und Obststücke wäscht, das Obst dann in einen wassergefüllten Becher tunkt und verkündet, er mache Zaubertrank. Potion, sagt er, und

Double, double,
Fire bubble

Das mit den Zweizeilern hat er von mir.

(Duncan stoppt den Lift knapp über dem 46. Stock, und mit der Eichel eines alten Mannes, so sah ich das damals, sechsundzwanzigjährig, in der Kehle, dort, wo die tiefen Laute entstehen, dachte ich über die Freiheit des menschlichen Willens im allgemeinen und im besonderen nach und kam zu keinem speziellen Schluss, wie denn auch, die Vorstellung, jeden Moment die Stimme des Portiers durch die Gegensprechanlage zu hören, machte mich nervös, doch es kam kein Ton, ich versuchte, mich auf meine rhythmische Tätigkeit zu konzentrieren; als es mir schließlich angebracht schien, das Tempo zu steigern, spannte sich Mr. Duncans Körper plötzlich, und ich blickte hoch, doch er sagte nur, ich solle mich nicht stören lassen, und streckte den Arm aus, um die Steuerleiste zu erreichen und die Kabine wieder losfahren zu lassen, was mich kurzfristig aus dem Takt brachte. Dennoch schaffte er es noch vor dem Erreichen der Zahl 68, mir in den Mund zu spritzen, und das schien ihn mit Stolz zu erfüllen. Ich erhob mich, wischte mir die Lippen ab und schluckte nach kurzen hygienetechnischen Bedenken, doch die, das sah ich ein, kamen zu diesem Zeitpunkt ohnehin zu spät. Er bot mir ein Glas Wein an, zum Nachspülen, und so kam ich zum ersten Mal in seine Wohnung, und die ging tatsächlich über alle drei Gebäudesegmente, riesenhafte Räume, deren geschwungene Glasverkleidung über das Meer hinausragte. Ich weiß, es ist kein Meer, doch ich nenne es so.)

Ich will meinem Sohn sagen, dass das nicht stimmen kann, dass Feuer keine Blasen wirft. Doch er ist so fasziniert von seiner Tätigkeit, dass ich es nicht über mich bringe, ihn zu stören und zu zwingen daraus aufzutauchen, und außerdem, denke ich, dass es auch nicht der Kessel ist, der blubbert und Blasen wirft, sondern die Flüssigkeit darinnen, ich schweige und sehe ihn an, wie er mit noch kindlich runden Handrücken in seinem Trank rührt, und mir geht das Herz auf. Ich spüre am ganzen Körper eine Liebe, wie man sie, das weiß ich, nur für ein Kind haben kann, so bodenlos und grenzenlos und ohne jede Bedingung. Und dabei schon so voller Trennungsvorahnungen: dieses Kind wirst du verlieren, so wie noch alle Eltern ihre Kinder verloren haben, es geht seiner Wege, es hört einfach auf damit, Kind zu sein, und so verlierst du es in jedem Fall, und diese vorweggenommene Verlustangst mischt sich wehmütig ein in das Liebesgefühl und macht es noch heftiger. Ich sage es ja, ich misstraue meinen Gefühlen und lagere sie gerne in sicheren Behältern.

Zaubertrank, sage ich, er dreht sich um, ein tropfendes Apfelstück in der Hand. Saubertank, sagt er nachdenklich. Noch kann ich mich verständigen mit dem eigenen Kind. Das wird sich ändern, die Verständigungsmöglichkeit hat ein Ablaufdatum, seine Sprache wird sich irgendwann endgültig von der meinen entfernt haben. Sauberer Tanker, sage ich. Panzer, eher.

Vom Obstwaschen kann er gar nicht genug bekommen. Ich sitze da weiterhin und lasse ihn an meinem offenen Herzen hantieren, und erst als das Kindermädchen energisch einschreitet und meint, das sei schlecht für die Haut (wo Feuer sehr wohl Blasen werfen kann), und überhaupt, das Kind werde gleich vom Stuhl fallen, sehe ich, dass sich das gegen mich richtet und dass sie mir sagen will, ich sei eine verantwortungslose Aufsichtsperson. Bin ich auch. Es ist nämlich nicht meine Aufgabe, eine verantwortungsvolle Aufsichtsperson zu sein, und ich versuche, diesen Sachverhalt dem Kindermädchen auseinanderzusetzen, aber sie hört gar nicht zu.

Und nicht nur deshalb wechsle ich Kindermädchen regelmäßig aus. Zuwendung muss man wohl dosieren, überhaupt die der anderen. Sonst wachsen sich die Bindungen zu ungesunder Bedeutung aus, ich weiß das aus eigener Erfahrung. Am eigenen Leib habe ich alles gekappt, was mich festhalten und in mir eine warme Sehnsucht nach dem Verweilen wuchern lassen könnte: überschüssige lichtscheue Unterholztriebe.

10

Alexander traf ich zum ersten Mal bei einer Feierlichkeit, was dabei eröffnet oder unter Umständen auch beendet werden sollte, weiß ich nicht mehr. Jedenfalls befanden wir uns im klimatisierten Inneren eines Gebäudes von spektakulärer Architektur, selten hielten wir uns woanders auf. Den Transfer zwischen den Schauräumen und Wohnsalons absolvierten wir in Autos, deren abgedunkelte Scheiben die Schattenwelt zwischen den Hochhausrümpfen verhüllten. Wir wählten appetitlos aus akkurat angerichteten Kleinigkeiten und tranken sicherlich irgendwas Passendes. Die Umhüllung der Stehtischchen ergänzte die Wandgestaltung: überfälliges Rokoko. Vermutlich betrachteten wir Ausstellungsgegenstände und Beleuchtungskörper. Und dass Reden gehalten wurden, ist anzunehmen.

Von Alexander möglicherweise; er sprang mir nicht sofort ins Auge, der Typ ist er nicht, nur sein volles dichtes dunkles Haar fiel mir auf, dicht sogar am Hinterkopf, vor allem dort, und das führte dazu, dass ich ihn zunächst für jünger hielt, als er war, und das ließ mich genauer hinsehen: Wenn Duncan ihm in diesem Alter eine solche Rolle (Kronprinzenrolle) zugedacht hatte, musste was an ihm dran sein. Tatsächlich war er zu diesem Zeitpunkt Ende dreißig, doch das erfuhr ich erst später.

Er drehte sich um, als Duncan ihn rief, und sein Blick wanderte beiläufig über mich, streifte die neuralgischen Stellen, als wäre ich nicht weiter der Beachtung wert. Vielleicht war ich das ja auch nicht. Dennoch tut Resonanzmangel weh, wenn man es gewohnt ist, Interesse zu erregen. Und sicher nicht nur dann, doch das kann ich nicht beurteilen. Später begriff ich, dass seine Aufmerksamkeit auf nur ein Ziel gerichtet war, auf Duncan, und solcherart fokussiert hatte er keinerlei Wahrnehmungskapazitäten frei. Mittlerweile sehe ich das durchaus als Qualität. Er kam langsam auf Duncan zu, schüttelte ihm die Hand, wartete, bis ich an der Reihe war und bedachte mich mit einem strahlenden Lächeln, das an einer Seite leicht verrutschte, was ihm eine unmittelbare Note verlieh (heute frage ich mich, ob er das absichtlich herbeiführen kann, selten ist dieses Detail geworden, das jedenfalls), und doch konnte ich das Lächeln nicht halten. Er vertiefte sich in ein Gespräch mit Duncan. Diese zielorientierte Unterwürfigkeit: da erkennt man gleich den Fachmann, und wenn ich etwas zu bewundern bereit bin, dann ist es Könnerschaft, die Expertise auf dem Gebiet der nonverbalen Kriegsrhetorik. Ich begutachtete Alexander, der meinen Blick offenkundig spürte, so angestrengt wich er ihm aus, und dabei rötete sich der frisch rasierte Hals.

Es wäre übertrieben zu sagen, dass ich da schon ein Mittel sah, denn noch hatte ich keine Ahnung von dem Zweck, den ich verfolgen könnte, ich sah Potential, ich sah Willen und Unterordnung der gesamten Handlungspalette unter diesen Willen, und das gefiel mir. Dabei entging mir allerdings, dass die beiden mich ganz allmählich an den Rand der Dreieckskonstellation drängten, kleine Veränderungen der Körperhaltung, Standbein-Spielbein-Wechsel, die von einer ein wenig eckigen Schulterdrehung begleitet wurden, wobei mich die Kante eines feingewebten Ärmels frontal in Brusthöhe berührte, mich konfrontierte, wie mir schien. Doch Alexander tat so, als hätte er es nicht bemerkt, und schon sah ich mich ausgeschlossen neben zwei Männern stehen, die sich ganz einander widmeten, der eine davon mit leicht schräggestelltem Kopf so zustimmungsbereit, dass es peinlich war. Zumindest mir.

Was blieb also: zurückweichen, was einfach war. Ich entfernte mich und überlegte, zu wem ich mich stellen könnte, wo Andocken und Anknüpfen möglich wäre. Doch der einzige, der mir bekannt vorkommt, ist einer der Leibwächter, und nicht einmal bei dem bin ich mir sicher. Vielleicht will ich ihn nicht kennen.

Wissen Sie, sagt eine Stimme hinter mir, für ihn rollt man ja immer den roten Teppich aus, ich drehe mich um, aus den Augenwinkeln sehe ich Alexander, der sich von Duncan gelöst hat, und ich lächle sicherheitshalber die Umstehenden an, die ich nicht kenne. Er braucht das, sagt eine Frau mit üppigen langen rotgefärbten Haaren, und wo bleibe ich? Und der Mann an ihrer Seite sieht betreten drein, mindestens so betreten wie der zweite Mann in der Runde, und vielleicht ist auch er derjenige, von dem sie spricht, wer will das sagen, ich kehre der Gruppe rasch den Rücken zu und gehe weiter; ich könnte aus dem Fenster steigen, wenn sich ein Fenster öffnen ließe. Nur ein Schritt ins Freie, so einfach wäre das, und so sehr sehne ich mich auf einmal nach dieser Möglichkeit. Dabei geht es mir nicht schlecht, man könnte sagen, dass ich am Ziel dessen bin, was ich einmal für meine Wünsche gehalten haben muss. Erst später begreife ich, dass die Frau den Satz auf Deutsch von sich gegeben hat. Doch das Verfolgen dieser Fährte ist mir zu mühsam.

Auch wenn mir Duncan sicherlich den einen oder anderen Sicherheitsmann oder Gärtnergehilfen oder Haustechniker gegönnt hätte, er war da nicht so, nicht kleinlich in solchen Dingen, im Gegenteil, er war an mir und meinem Wohlergehen interessiert, solange es seinen Plänen dienlich war, und wäre sicherlich bereit gewesen, das, was gemeinhin als sein eigenes Interesse betrachtet werden könnte, hintanzustellen. Sexuell bin ich durchaus selbstbestimmt, meine Auswahlkriterien folgen allerdings eher strategischen Prinzipien. Es wirft ein wenig schmeichelhaftes Licht auf mich, das zuzugeben, doch in diesem Punkt habe ich schon meine Ansprüche, und so gesellschaftlich irrelevante Optionen interessieren mich nicht, da mag der dazugehörige Mann noch so nett, jung, trainiert und hübsch sein, und, von mir aus, eine prallgespannte Stoffverpackung die Dürftigkeit des sonstigen Angebotes Lügen strafen: das interessiert mich nicht. Da juckt zu wenig, kitzelt nichts, dafür sorge ich schon.

Natürlich tue ich das, möchte ich sagen, sonst wäre ja die ganze teure Ausbildung umsonst gewesen (irgendwann hat Duncan mich abschätzend angesehen und einen Snob genannt, selten, sagte er, in deinem Job, und ich habe ihm nicht widersprochen, und das auf hinterhältig exzessive Weise, auch wenn ich mich fragte, woher er das wissen wollte und welchen Job er überhaupt meinte: Liftgirl? Königstochter?). Doch, ich denke, dass ich den Sicherheitsmann kannte. Auch wenn ich mich diesbezüglich öfter täusche: ich erkenne die Funktion, den Berufsbildträger, und jetzt wäre es wieder einmal an der Zeit, über andere Lebensoptionen nachzudenken, ergebnislos wie üblich, darüber, wo ich jetzt stünde, wenn ich andere Entscheidungen getroffen hätte. Doch ich weiß, dass bei solchen Gedankenspielen nichts Relevantes herauskommt, dass sie Zeitverschwendung sind, so sah ich lieber zu Alexanders Kopf hinüber, und wirklich straffte sich seine Haltung und er erwiderte meinen Blick, so dass ich mich abwenden und ganz allein vor mich hin lächeln konnte. Dann riss ich mich zusammen und hing zur Abkühlung noch ein wenig meinen hinlänglich abgenutzten Tagträumen von Berufsfeldern und zwischenmenschlichen Kontakten nach, dabei weiß ich doch, dass mir solch ehrgeizlose Sozialromantik fern ist.

Warum ich so plötzlich verschwunden sei, fragte Duncan später. Er denke, bemerkte er, während er seine Hemdknöpfe verstaute, Alexander finde mich sehr nett. Und wir drei hätten doch ein schönes Familienfotomotiv abgegeben, sagte er und stutzte, dann holte er einen der beiden Knöpfe wieder aus seiner Schachtel und begann, daran herumzupolieren. Aus dem oberen Stock hörte man schnelle Kinderschritte. Ich sah aus dem Fenster: Der Nachthimmel war von eisiger Klarheit, unangekränkelt von den Vorzeichen eines Wetterwechsels. Doch am Meer weiß man nie.

Tatsächlich sind Duncans eigene Interessen selten die, die man vermuten würde: Vielleicht hätte er ein durchaus voyeuristisches Vergnügen daran zu sehen, wie ich mich schlagen würde unter den Bedingungen eines heimlichen Verhältnisses. Vielleicht war das überhaupt der Grund dafür, dass er eine so junge Frau wie mich gewählt hatte, bei der man davon ausgehen konnte, dass sie an der Seite eines alternden Ehemannes früher oder später ihrer sexuellen Wege gehen würde. Doch das ist nun wirklich zu weit hergeholt.

11

Duncan schätzt meine Begleitung. Zu irgendwas muss dieser Ehevertrag ja gut sein, dessen Unterzeichnung er schon bald zu bereuen begann, das war offensichtlich. Nein, ich bin nicht fair. Er lässt mich selten so etwas wie Unzufriedenheit spüren. Und ich: Schwangerschaft: Zuchtwahl getroffen, zumindest fürs Erste, und dieser Umstand wird noch dazu ziemlich bald offensichtlich. Das kostet, vor allem Möglichkeiten, all die anderen ausgeschlossenen Möglichkeiten, zumindest bis zur nächsten Fruchtbarkeitsperiode. Und unauffällig unterschwellig regen sich Zweifel, ob ich wirklich schon bereit war, meine Sichtweise solcherart einzuschränken, das Spektrum meiner ausschöpfbaren Möglichkeiten einzuengen auf die ausgeschöpften, und den Rest so vor sich hintrocknen zu lassen. Vollkommen sinnlos, darüber nachzudenken. Das liegt hinter mir, und ich kann mich bereit machen für neue Entscheidungen. Duncans Gegenwart ist mir vertraut. Diese stets frisch gebügelten Hemden. Die Art, wie er seine Manschettenknöpfe schließt. Seine abwesende Art, über die Dinge zu verfügen, gibt mir ein ordentliches Maß an Sicherheit.

Er brachte mir ein Fahrrad mit, einen Hometrainer, den ich im Schlafzimmer aufstellte: der Blick durch das riesige Fenster auf den struppigen Dünenbewuchs hinter der Gartengrenze ist von dort am schönsten. Ich weiß schon, er will mich davon abhalten, an den Strand zu gehen, doch ich besuche weiterhin Quallen, Kleidungsstücke, einen kleinen toten Wal, der im Lauf der Zeit von den Möwen skelettiert wird, alles, was das Meer so anspült, und manchmal bringe ich den Kindern etwas mit aus dem Schwemmgut, das ihnen gefallen könnte: Schneckenhäuser, Weichtierschalen. Kleintierschädel sind rar. Manchmal lese ich ihnen aus Kinderbüchern vor. Keiner meiner Schuhe ist übrigens zurückgekommen.

Duncan war es wichtig zu wissen, dass es einen Ort gab, an dem er uns finden konnte, und alle paar Wochen findet die einvernehmliche Beziehungsarbeit statt. Und wenn ich mich periodenmäßig entschuldige, scheint ihn das nicht sonderlich zu stören. Im Unterschied zu Alexander ist er da heikel, die Vorstellung von Blut zwischen unseren Körpern stößt ihn ab.

Auch wenn der körperliche Anteil nicht allzu groß war: ich mochte es, Duncans nicht unansehnlichen zähen Körper zu umarmen und an mich zu drücken (die altersbedingt ein bisschen zu weite Haut, die wie ausgedehnt und nicht ganz zurückgeschrumpft über den dünnen drahtigen Muskelsträngen lag), nur kann ich im Nachhinein nicht sagen, dass dabei mehr berührt worden wäre als meine Körperoberfläche, meine Hände, mit denen ich über den stetig zunehmenden Flaum an seinem Rücken fuhr, meine Schleimhautauskleidung, meine Darmwand, denn mit der Zeit fand er Gefallen daran, mir das eine oder andere Objekt in den Hintern zu schieben. Der Schmerz frisst sich hinterhältig das Rückgrad entlang. Kein Wunder: Oralsex ist ausgereizt, macht ja mittlerweile so gut wie jede. Oder, wie eines der Magazine für die gehorsame Frau schreiben würde: Anal ist das neue Oral. Aber mit meiner Gehorsamkeit ist es nicht weit her, das habe ich ihm nur nicht verraten.

Von allen Orten, an denen ich theoretisch hätte wohnen können, war mir das Haus am Meer am liebsten. Ich war dort tatsächlich nicht allein. Das ständige Rauschen gab mir ein Gefühl von Vertrautheit: windumschlossen, schalldicht abgetrennt von der Außenwelt in meinem sandigen Windauge, dessen Grenze nur von den Fahrzeugen anderer durchbrochen wurde, ich war nicht allein: Kindermädchen Butler Chauffeur Koch Gärtnerin Hausmädchen und bestimmt noch ein paar andere, die ich vergessen habe, sie alle kamen und gingen und wurden von den Sicherheitsleuten dabei kontrolliert. Und die wechseln so häufig, sehen eigentlich auch immer gleich aus, so dass sie mir vorkommen wie eine einzige Einheit, ein einziger Sicherheitskörper mit ausgreifenden Tentakeln. Ein Chauffeur brachte die Kinder (die innerhalb von zwei Jahren beide die Schulpflicht erreichten) in eine nicht allzu weit entfernte Schule, und hier war endlich meine Tätigkeit gefragt: ich fuhr verschiedene in Frage kommende Bildungsinstitutionen ab, ich suchte aus, auch wenn Duncan schon längst festgelegt hatte, welche davon seinen Sicherheitsanforderungen entsprachen, und am Ende blieb eine einzige, die noch in vertretbarer Zeit zu erreichen war. Ich nutzte also den Handlungsspielraum und sprach noch einmal mit der Direktorin, die mich königlich empfing und eine großzügige Spende erwarten durfte: da konnte noch etwas nach Duncan benannt werden. Ich besuchte sie überhaupt, so oft es ging, dabei war sie mir nicht einmal sympathisch, auch wenn ich durchaus anerkannte, dass sie ihre Sache nicht schlecht machte. Irgendwas gab es immer zu besprechen.

Ich hätte natürlich auch all den anderen Tätigkeiten nachgehen können, die mir offenstanden: Ausgestaltungsarbeit, Ausbesserungsunternehmungen, an mir und am Haus, doch das interessierte mich nicht. Schulfeste waren Höhepunkte, bei denen ich Bazare mit von unserem Koch selbstgemachten Süßspeisen bestücken konnte und im Verkauf tätig wurde. Ersteres wurde zunächst mit Verwunderung zur Kenntnis genommen, da ich jedoch beim Verkaufen und im Fundraising ein solches Talent an den Tag legte, wurde stillschweigend und großzügig über den von mir naiverweise erwähnten Umstand hinweggesehen, dass ich patisserietechnisch nicht ganz den erwartbaren Mutterpflichten nachgekommen war. (Ich hatte ja doch nicht so unrecht mit meiner Vermutung, dass ich in einem Berufsfeld, das direkten Kundenkontakt bot, nicht so schlecht gewesen wäre.)

Die Gärtnerin habe ich nur einmal fassungslos gesehen: als nämlich sorgfältig eingelegte Pflanzenkeime von einem eigens für eine von Duncans Gesellschaften angeschafften

Jagdhund aus der Erde gewühlt worden waren. Die Gärtnerin stellte den Haushofmeister zur Rede, den sie für das Fehlverhalten verantwortlich machte, und ich muss sagen, die folgende Szene, die sich im Windschatten des Hauses neben einer der Garagen abspielte, genoss ich vorbehaltlos vom Vorhaus aus, wo ich mich vermutlich damit beschäftigte, ein Gesteck zu arrangieren, das den Eingangsbereich der Jahreszeit entsprechend dekorieren sollte. Nicht dass ich das besser beherrscht hätte als das Backen. Als ob ein Hund Pflanzen fressen würde, knurrte der Mann.

Ich versuchte mich eine Zeit lang im Einkaufen, doch das war noch uninteressanter; ich fand eine Spezialistin, die mir meine Garderobe zusammenstellte: sie hinterließ mir bebilderte Outfitbeschreibungen, die ich an die Wand des Schrankraums klebte. Gesellschaftliche Auftritte meinerseits sollten keinerlei Anlass zur Klage geben. Und das taten sie auch nicht. Duncan schien zufrieden mit dem Arrangement. Nur wenn er über Mitarbeiterführung sprach, dann wusste ich nicht, wohin ich schauen sollte.

12

Diese Kinderpornosache sei Alexanders Idee gewesen, sagte Duncan. Auf meinen überraschten Blick hin: Der komme aus sehr einfachen Verhältnissen, Mutter Zimmermädchen oder so. Das verleihe ihm Biss und unbedingten Erfolgswillen. Wenn auch eine Schlagseite zum Unbedachten. Leise Herablassung trieft aus Duncans Mundwinkel. Jedenfalls: das eigentlich vereinzelt und gezielt im Büro des späteren Selbstmörders platzierte einschlägige Material habe sich natürlich post mortem zu einer ganzen Flut ausgewachsen, sodass der medial allseits geschätzte Begriff des Rings, des Kinderpornorings nämlich im Raum stand, wobei wiederum äußerstes Geschick Duncans erforderlich gewesen sei, um zu verhindern, dass er selbst noch in den Dunstkreis dieses Rings geriet (hat das Kind erst einen Namen, wird es eigenmächtig). Und ich hatte Stuart im Verdacht gehabt. Das wäre naheliegend gewesen. Stuart mit den Goldzähnen hätte sich hervorragend für die Erfindung eines solchen Plots geeignet. Bin ich dumm: nein, Stuart hat die Seiten gewechselt, Stuart ist Polizist und hat die Sache aufgedeckt, natürlich, bin ich vergesslich, hat sich medial damit geschmückt, was zusätzlich den Vorteil hatte, dass allfällige Gerüchte über eine allzu große Nähe zwischen Duncan und Stuart gar nicht erst aufkommen konnten. Nur weil der Lieblingsfirmensitz Duncans zufällig in der Metropole liegt, deren Bürgermeister beschlossen hatte, Stuart als Polizeichef einzusetzen. Wie konnte ich das nur wieder vergessen, und in solchen Augenblicken, wenn bei mir der Groschen fiel, war meine Bewunderung für Duncan aufrichtig, was sich auf unsere Bettroutinen durchaus positiv auswirkte – zumindest, so lange der Eindruck frisch war.

Dass Duncan mir von dem ganzen Plot so freimütig erzählt hat, wundert mich im Nachhinein. Als ob er mich vor sich selbst hätte warnen wollen, und, ja, diese Warnung ist angekommen. Alexander stellt den Sachverhalt ganz anders dar, doch das ist eine andere Geschichte, und ich weiß nicht, welche Variante ich vorziehen soll: sie waren in den Interpretationen dieses Themas jeder auf seine Weise sehr überzeugend.

Nun könnte ich mir die Wohnungstür im 68. Stock ansehen, meinen persönlichen Wendepunkt, und schon deshalb würde ich gerne behaupten, es sei der 69ste, doch das ist falsch. Dort verabschiedet sich Duncan überraschend und freundlich, fast schon liebevoll, lässt mich in aller Form stehen, während Alexander bereits einen Schritt zurücktrat, um ihn einzulassen. Dass wir sicher einiges zu besprechen hätten, merkte Duncan an, und ich denke, er ging dabei so weit, in die joviale Verbindlichkeitsgeste des Zwinkerns zu verfallen. Und dann sagte er noch, dass er vorhabe, etwas mit den Jungen zu unternehmen. Männersache. Doch ich greife besser nicht vor, so verlockend das freie Schweben über der Erinnerungslandschaft auch sein mag, das Ausschauhalten und Herabstoßen, wenn sich ein besonders attraktives Fundstück zeigt. Solange ich noch ein Konzept habe vom Aufeinanderfolgen der Ereignisse, sollte ich im Stande sein, sie zu schildern. (So lange ich rede, sage ich, lebe ich.) Ich bleibe also dabei, wie Duncan mir die Geschichte mit dem kinderpornographischen Material endlich detailliert schilderte, und vor allem, wie es dazu kam:

Eines Morgens hob der Jägermeister den Blick zu spät, als ich vom Laufen kam und ihn vor einem geöffneten Garagentor in seinem Auto sitzen sah und mich noch fragte, was er so allein dort trieb; bevor er es schaffte, die Bilder mit geübter Geste und unter tadelndem Zungenschnalzen wegzuwischen (in den Ablagebereich unter dem Armaturenbrett), hatte ich die Szene am Smartphonebildschirm schon entdeckt, und auch in der verzerrten Darstellung des Seitenspiegels war sie unschwer zu entschlüsseln.

Als ich Duncan davon erzählte, verließ er wortlos die Küche, ich hörte die Tür zuschlagen: dieses Geräusch suggeriert immer eine gewisse Endgültigkeit, vielleicht, weil das Schwingen des Türblatts den Knall vorwegnimmt. Dabei ist es mit dem Türzuschlagen nicht getan, nichts ist getan damit, um genau zu sein, und ich wusste nicht einmal, was ich mir eigentlich von Duncan erwartete. Er tauchte erst nach dem Frühstück wieder auf, das wir fast schon auf der Terrasse einnehmen hätten können, doch in Hinblick darauf, was sich draußen eventuell abspielen würde, war es bei der Küche geblieben; die Kinder waren längst fertig und gingen ihren Wochenendbeschäftigungen nach, noch nicht im Freien, wo die Spuren ihrer Spiele später stillschweigend von der Gärtnerin eliminiert werden könnten. Ich hatte mit Temperaturüberlegungen argumentiert, und sie hatten sich nach einem kurzen skeptischen Blick, so kam es mir vor, in den Keller verzogen. Ich wartete auf Duncans Rückkehr, wofür ich mich hasste, während ich so tat, als sei das Festhalten der Tasse über dem Zeitungstitelblatt mit dem Standbild eines Mannes, der in schlechter Qualität gefilmt worden war, eine zeitfüllende Beschäftigung. Vielleicht war die Grobkörnigkeit noch betont worden, um die Illegalität der gezeigten Handlungen (nichts weiter Auffälliges erkennbar: der Mann saß an einem Tisch) zu verdeutlichen; über den Körper des Mannes, die Gläser und die Tischdecke gleichermaßen liefen einebnend die Buchstaben des mitgeschnittenen Gesprächs, das einen Bestechungsvorgang dokumentierte. Und, fragte ich, als Duncan den Tee eingoss. Und, sagte er und äffte dabei meinen Ton nach, ohne sich auch nur nach mir umzudrehen. Nichts und.

Ich ging ihm nach, er ging schweigend zum Angriff über: er setzte sich an den Wohnzimmertisch und ließ mich wissen, dass ich störte, indem er begann, Unterlagen zu durchforsten. Den Rest des Tages verfolgte er jeden meiner Schritte durch sein Umfeld mit einer kleinlichen Grausamkeit, die mir neu war; er hob den Kopf, wenn ich mich näherte, und beäugte mich aus dem Hinterhalt, könnte man sagen. Ich war mir nicht sicher, worauf er wartete: auf eine Schwachstelle in meinem Tagesablauf vermutlich. Doch ich bot ihm nichts Anstoßerregendes, statt dessen setzte ich mich an die Kücheninsel und zwang mich, die Zeitung zu lesen, die auf der Stahloberfläche unter den Händen rutschte. Printmedien gehörten jedenfalls in Duncans Revier, keine Angriffsfläche also in der Beschäftigung damit. (Ich hätte die Kinder einpacken sollen und gehen. Mit dem richtigen Anwalt zwar immer noch kein Honiglecken, doch machbar. Alles was ich vorbringen kann: ich war noch nicht so weit. War ich nicht.)

Ein Leben außerhalb des Gewohnten schien mir nicht vorstellbar, so musste ich versuchen, innerhalb der selbstgesteckten Grenzen (der hingeduckten Hecken) etwas auszurichten; ich gab den Leseversuch auf, das Schriftbild erschien mir immer unverständlicher. Ein anderer Skandal, das begriff ich, ein anderer Verdächtiger. Die folgenden Rundgänge durch Haus und Garten (immer in Reichweite der Lebenszeichen aus dem Keller, wo nun anscheinend Videospiele im Zentrum des Interesses standen, das Kindermädchen hatte seinen freien Tag, ich sollte nach den Jungen sehen) unterbrach ich erst gegen Abend, baute mich vor Duncan auf, der nun so tat, als folgte er aufmerksam einer Nachrichtensendung, während er immer noch den

Papierstapel durchblätterte und Anmerkungen einfügte zur Kennzeichnung der Marschroute. Und endlich redete er: Eine Journalistin hatte einen Fall anrüchiger Geldannahme durch einen gewählten Volksvertreter auf die Titelseiten gebracht, eines Volksvertreters, der im Gegenzug versprochen hatte, für die wunschgemäße Anpassung eines Gesetzestexts zu sorgen, worum es ging, weiß ich nicht mehr. Als ob das nicht alle täten, sagte Duncan, nur dass die Kundschaft diesmal eine investigative Reporterin gewesen sei. Duncan hatte Grund zur Freude, die Reporterin war seine Entdeckung gewesen, und die Tollpatschigkeit des überführten Mandatars erheiterte ihn.

Seine Hochstimmung müsste ich doch nutzen können; ich gratulierte ihm zu seiner erfolgreichen Mitarbeiterin und versuchte verzweifelt, mich an den Namen der Zopfträgerin zu erinnern, während Duncan ins Schwärmen kam: Ein nettes kleines Nebenprodukt einer anderen Recherche sei das gewesen, einen ganz anderen Anschluss habe man angezapft. Als ich ungläubig schaue, sagt er: Abgehört, Voicemail gehackt, was glaubst du. Das staatliche Abhörmonopol ist längst gefallen, sagte er und lachte, aber sag es nicht zu laut.

Dann nahm ich einen Anlauf. Ich stellte fest, dass man einen solchen Mann nicht in die Nähe der Kinder lassen könne; den?, fragte er und hielt das Cover mit dem ertappten Senator theatralisch in die Höhe, und ich konnte endlich lachen und die Sache richtig stellen: den Jägermeister. Den Jägermeister, sagte ich noch einmal (tatsächlich nannte ich den Mann beim Vornamen, doch der ist mir längst entfallen), könne er doch nicht in die Nähe der Kinder lassen wollen. Und er sah mich endlich an und sagte, dass ich das alles falsch verstünde, völlig falsch.

Ich stand nur und starrte, das ist meine Erinnerung; ich hätte ein verächtliches Pfeifen von mir gegeben, meinte Duncan später an dem Abend, wie er es noch nie von mir gehört habe und hoffentlich auch nicht mehr hören müsse, dabei lächelte er schmerzlich, wie auch immer: er legte die Papiere endlich weg, stand auf und griff nach meinem Arm. Ich entzog mich und warf mich auf die Couch, ganz zufrieden mit meinem unterkühlten Zorn.

Aber sicher, sagte ich. Ich höre. Irgendwer müsse immer zahlen, sagte er. Dann erzählte er etwas von operativen Einsatzgebieten und Frontverläufen und seiner Position darin, und von Loyalität, um die ging es vor allem, und auch wenn er wisse, dass Loyalität dort aufhöre, wo die eigenen Interessen anfangen, gäbe es doch Grenzen, und so weiter, und ich sah aus dem Fenster, wischte mir den Feuchtigkeitsfilm von der Oberlippe und sagte, er solle endlich auf den Punkt kommen, einen Punkt machen, und er war nicht einmal böse, er schien ein Bedürfnis danach zu haben, sich zu erklären. Er legte die Hand auf meine, beiläufig, leicht, und ich ließ mich beschwichtigen und betrachtete die Bügelkante des Wollstoffs der Hose, der natürlich nie gebügelt wurde, dampfgepresst, nehme ich an, in einem speziellen Anzugsglättungsverfahren eines darauf spezialisierten Reinigungsunternehmens: auch dieser Oberschenkel zweigeteilt wie der ganze Mann. Duncan starrte versonnen in Richtung Kamin, in dem allerdings nur malerisch drapierte Holzscheite ganz unentflammt herumlagen, und seufzte.

(Am Bildschirm erläuterte soeben ein anhand seiner Kragengestaltung als katholischer Priester erkennbarer Mann seiner Interviewpartnerin, einer ebenso eleganten wie eloquenten jungen Frau mit dunkler Haut und kurzgeschorenen Haaren, warum der staatlich induzierte Tod eines Mörders bejubelt werden dürfe. Dass man sich gerade als Christ über das Ende des Bösen freuen dürfe. Von Rachegedanken hingegen solle man sich als gläubiger Mensch fernhalten, sie stimmte ihm zu und dankte ihm. Diese Begeisterung für die Todesstrafe hierzulande habe ich nie verstanden. Diesen Glauben an die Wiederherstellung des Gleichgewichts, des unversehrten Weltzustandes vor der Tat.)

Dann wieder: Loyalität. Dass Loyalitätsaufbau Zeit brauche, und Loyalität demnach zeitabhängig und dass er selbst der letzte wäre, der nicht wisse, dass man zuallererst sich selbst verpflichtet sei. Ich stellte fest, dass der nächststehende Baum austrieb, ein Zimtrindenahorn, dessen rötliche Herbstfärbung mich allerdings enttäuscht hatte: nicht so spektakulär, wie die Gärtnerin versprochen hatte, die Bäume, glaube ich mehr und mehr, sind das einzige, das mir wirklich ans Herz gewachsen ist.

Der Mann (er sprach vom Jägermeister) habe nur Material besorgt. Ja, sagte ich, das habe ich gesehen; gesehen vielleicht, entgegnete Duncan, doch nicht begriffen, und ungeduldig drückte er seine rundgefeilten Nägel mit einer schnellen feinen Bewegung in meine Haut, vielleicht bemerkte er es nicht, jedenfalls tat er so, als ob nichts gewesen sei. Das konnte ich auch so halten: Und das Material dann gründlich überprüft, vermute ich. Ganz selbstlos, fügte ich hinzu.

Duncan schnaubte ungläubig, sein Körper hielt sich nicht mehr neben mir, froh, ein Ventil zu haben, sprang er auf und wies mich noch einmal äußerst trocken darauf hin, dass ich den Sachverhalt völlig falsch verstünde. Dann ging er dozierend auf und ab, als wolle er gleich die Finger verwenden, um die einzelnen Punkte des Plots abzuzählen.

Auf die Einsicht, dass ein Mann seines Vertrauens, ein über Jahre hinweg sorgsam aufgebauter potentieller Nachfolger (nicht der einzige, beruhigte er mich, so einen Fehler würde er niemals begehen) zentrale Informationen weitergegeben hatte, und nicht einmal an den Meistbietenden, das sei bei Übernahmeverhandlungen aufgeflogen, nicht am Telefon, wenigstens keine Hinweise in den Telekommunikationsdaten, so klug sei der Mann immerhin gewesen. Duncan lachte, das müsse man sich vorstellen, da verkauft jemand seine Seele und dann holt er nicht einmal ein Vergleichsanbot ein! Auf diese Einsicht gab es natürlich nur eine Reaktion. Idee: Alexander, der nunmehr in der Erbfolge nachgerückt war, wie ich erfuhr. Umsetzung: Stuart, eine der letzten Leistungen Stuarts vor seinem Ausscheiden, wenn man so wollte (Duncan lachte, diesmal fröhlicher), respektive die Leistung eines von Stuart organisierten externen Mitarbeiters. Evidenzmittelbeschaffung durch einen weiteren, und der war, wie sich herausstellte, auch noch als Wildhüter und Jäger zu gebrauchen und saß vor unserer Tür: der Jägermeister.

Da hast du jetzt einen kleinen Einblick in Mitarbeiterführung bekommen, sagte er. Trotzdem, sagte ich, ich will nicht; ja, unterbrach er mich, ist ja gut. Ich habe das unterbunden. So schlicht, sagte er. Dann lachte er. Leise und zufrieden sagte er, dass es darauf ankomme, zu wissen, wo man am besten arbeite, am meisten Wirkung erziele, die Frage des Einsatzgebietes, ich würde mich sicher erinnern? (An der Stelle hatte ich nicht so genau zugehört, ich konnte nur nicken, doch meine Reaktion interessierte ihn zum Glück ohnehin nicht sonderlich, er fuhr mit zunehmendem Feuer fort:) Dass er selbstverständlich Schweißperlen lieber erzeuge, oder vielmehr, er deutete in Richtung der Zeitung, die auf dem Tisch geblieben war, erzeugen lasse, von gar nicht unbegabten Leuten, und die Auswahl dieser Leute, die sei eben die Kunst, und dass nichts dümmer sei als Eitelkeit, die einen auf falsche Fährten locken könne und womöglich auch noch dazu verleiten, um ein politisches Amt zu kandidieren, nichts dümmer als das, sagte Duncan, niemals an vorderster Front, an der Front müsse man Befehle entgegennehmen, das sei nun einmal das Wesen der Front, Befehle von seinem Nachfolger oder wem auch immer, einem Mann wie ihm jedenfalls. Dumm. Ob er eigentlich Beweise für die Mitwirkung Stuarts habe, fragte ich, und das entlockte ihm ein zufriedenes Lächeln. Vorhersehbar zufrieden darüber, dass die gelehrige Schülerin vor ihm so gut mitdachte. Ein kleiner Beigeschmack von Verachtung für die beifallsheischende Unterwürfigkeit mischte sich ein, während ich wartete: doch er ließ sich zu keiner konkreten Auskunft hinreißen. Nur dass Alexander seines Erachtens unberührt sei von ungesunden Sentimentalitäten, stellte er fest.

Setz dich, bat ich, und er setzte sich und strich mir über den Kopf, und ich wusste auf einmal, wer ich war, die mit dem Stier, und ich fuhr ihm über die Beine und öffnete sie und setzte mich in die Koje dazwischen, mit dem Rücken zu ihm, und ließ die Arme aufschwimmen auf seinen Oberschenkelknochen, während die Kennmelodie des Werbespots eines Transportunternehmens die Szene ehelichen Glücks stimmungsvoll untermalte.

13

Beziehungsarbeit, beispielsweise: Wir gehen spazieren, vermutlich am Rand eines Gewässers, in meiner Erinnerung ist der Himmel zum Beispiel klar, ich bitte ihn, die Leibwächter auf Abstand zu halten. Dabei sprechen wir über nichts Besonderes, über Schulen und damit einhergehende gesellschaftliche Aktivitäten, was Duncan auf petroleumgetränkte selbstentzündliche Grillkohle bringt, die den Geschmack des Grillguts einfärbte; Fleisch ohne diese Note habe er lange für unvollständig gehalten. Sind geeignete Ausbildungseinrichtungen einmal gefunden, dann müssen Halloween-Partys ausgerichtet werden, Tischdekoration gebastelt und überhaupt der Quellcode für die ganze gruppenkonforme Ausgestaltung entschlüsselt werden (Goldzähne sollen unseren Kindern ja nicht passieren). Mütterarbeit, doch wir haben Mitsprachemöglichkeiten, das Programm wird durch das Setzen immer neuer Standards laufend von uns angepasst. Teergeruch lässt mich schwanken, und ich sehe Duncan sich entfernen, seine Männer im Schlepptau. (Krieger: Nicht an vorderster Front, sagte Duncan, niemals.)

Tatsächlich rührt Duncan mich mittlerweile so selten an, dass ich mich frage, wie er je so direkt und ohne körperliche Umschweife etwas von mir hat wollen können. Ich frage ihn, aber er antwortet mir natürlich nicht, ich erwarte nicht einmal, dass er antwortet, ich sehe erwartungslos in das dunkle Schweigen vor seinem (seitlich gelagerten) Rücken, unter der felsartig aufragenden Schulter und höre seinen ruhigen Atem. An das Nicht-mehr-allein-Sein kann ich mich gewöhnen, doch das ist nicht gut. Dieser Mann hat einen guten Schlaf. Einen provokant demonstrativ guten Schlaf sogar, aber das können nur schlaflose Menschen wie ich denken, dass das provokant ist, vor allem nach Streitereien und Zornausbrüchen, die ihn zu entleeren scheinen, jedenfalls entlassen sie ihn zufrieden und schwerelos in die Nacht, während sie in mir arbeiten und Blasen werfen bis zum Morgen.

Schillernd wabern darin Fragen wie die, ob er auch meine Voicemail überwachen lässt – warum sollte er das ausgerechnet bei mir nicht tun, aber er findet nichts Interessantes drin, was denn: Nachrichten der Gärtnerin? Ich sehe mich ausgesetzt und allein, die Geschmacksnoten von Tang und Teer haften immer noch in der Nasenhöhle, am Gaumen, ich stoße einen kleinen Schrei aus, wie im Schlaf, Duncan dreht sich um und legt mir einen Daumen auf die Stirn, als wollte er einen Aschenabdruck hinterlassen.

Schlaflos war ich von Anfang an. In meinen Wachträumen steigen Menschen aus dem Wasser. Am Morgen (dieser Ekel des nächsten Morgens): Duncan schafft es tatsächlich zu telefonieren und sich dabei anzuziehen, und zwar konventionell, altertümlich das Telefon zwischen schräggestellten Kopf und hochgezogener Schulter eingeklemmt, dass die Halswirbelsäule sich kränklich krümmt, und dabei den Arm in einen Hemdsärmel zu schlängeln und die Manschetten mit ausgesuchten Knöpfen zu schließen, die er sorgsam gustierend aus einer flachen Lade nimmt, schnell, noch am Weg, heißt das. Und das bedeutet etwas anderes, als wenn er die Freisprecheinrichtung aktiviert, die das Schlafzimmer großzügig beschallt: dann vergisst er selten, mich mit einer flüssigen Geste vor die Tür zu schicken. Dennoch höre ich etwas von firmenintern, undichte Stellen, Zuspielung, aber vermutlich geht es um etwas ganz anderes, und ich höre es nur, weil ich mir nichts anderes mehr vorstellen kann, und dabei sehe ich eine öffentlich-rechtliche Frühstücksszene zwischen Duncan und Alexander im nächstgelegenen Bildschirm (Badezimmer, glaube ich). Und öffentlich-rechtlich: was sage ich da, was für eine Kategorie soll das denn sein, so was gibt es schon lange nicht mehr, hat es noch nie gegeben, wenigstens nicht hier. Eine Sicherheitskategorie aus einer staatsgläubigen Zeit, öffentlich-rechtlich, das kann ja nur moralisch, sauber und familienfreundlich sein, und das ist mittlerweile ohnehin das alles entscheidende Kriterium.

Jedenfalls lassen sie sich bei einem gemeinsam eingenommenen Arbeitsfrühstück filmen, das sorgt für hemdsärmelige Unmittelbarkeit und gegebenenfalls für Flecken auf der Krawatte, doch ich kann nichts dergleichen erkennen, ich nähere mich dem Bildschirm, die Zahnbürste in der Hand, Alexander ist makellos wie immer, mit brokatartig in sich gemusterter weißer Krawatte, mutig, muss ich sagen, angesichts des Rahmens, weiß in weiß auf weißem Untergrund. Duncan (Krawatte: dunkel, schmal, wie immer) beugt sich vor und sagt etwas, das man nicht verstehen kann. Alexander nickt zustimmend. Die aufgeschäumte Zahnpasta-Speichel-Mischung tropft von meinem Kinn. Die Krawatte, denke ich, ist der ausgedünnte Platzhalter zwischen den Spuckbedeckungen von Kleinkindern und Greisen. Ein Mahnmal der Vergänglichkeit, um das ich sie schon fast beneide. Vielleicht tun Duncan und Alexander auch nur so, als ob sie sich unterhielten: Statisten in der eigenen Inszenierung, die sich jetzt wohl oder übel an das von ihnen in Auftrag gegebene Skript halten müssen. Der Frühstücksraum, die Kulisse für die verbindungsstiftende Nahrungsaufnahme kommt mir vage bekannt vor, ohne dass ich sofort realisiere, was ich sehe.

Dann folgt die Kamera dem Schwung einer weißen Couch im Raumhintergrund, meine Hand schlägt ganz von selbst Wellen, und ich frage mich, warum ich nicht gleich begriffen habe, in welchem Setting hier gespielt wird. Die Umgestaltungsmaßnahmen waren nur oberflächlich, ein Bücherregal entfernt, das schon, Bilder an den Wänden, die ich nicht kenne und die auch nicht den Eindruck erwecken, als seien sie mehr als bloße Ruhepunkte in einer kahlen Fläche, deren Farbe allerdings neu ist. Das Licht kenne ich: der angeschnittene Winterlichteinfall ist immer noch derselbe im 68. Stock. Das wohltemperierte Betriebsklima ist mit bloßen Händen zu greifen.

Die Kinder (diesseits des Schirms) werden ausgehfertig gemacht, hinter mir; ich höre ihre Stimmen, die gegen die viel zu warme Bekleidung protestieren.

Und Duncan greift nach Alexanders Oberarm, als der sich nach etwas streckt (der Marmeladenrequisite). Einen Sekundenbruchteil lang entgleist Alexanders Gesicht, denke ich, aber vielleicht ist das nur Wunschdenken, stellvertretend für mich soll Alexander zusammenzucken, das weiß ich schon, doch eines ist sicher zu erkennen: die Ungeduld des Protegés (wildwucherndes Unterholz).

14

Dann hatten wir noch eine recht schöne Zeit miteinander. Im Nachhinein ist man natürlich immer schlauer, aber auch mit meinem heutigen Wissen muss ich sagen, die Zeit war nicht schlecht. Er zeigte sich öfter im Fernsehen als zuvor, und diese Änderung seiner Gewohnheiten begründete er damit, dass er nichts mehr beweisen müsse, nicht einmal mehr Zurückhaltung. Und dass ihm das einfach Freude mache, seinen Geist und seine Schnelligkeit zu trainieren. Ich vermied es, seine Auftritte anzusehen, und nur selten fiel ihm das auf, er ließ mich allerhöchstens eine leise Verwunderung darüber spüren, doch ich begründete meine Medienabstinenz mit allgemeiner Müdigkeit, und das war nicht einmal gelogen. Keine Lust mehr auf Nachbarschaftsschießereien und Massaker in staubigen Ländern mit hoher Rohstoffkonzentration. Er blühte auf, das muss ich sagen, das Nuscheln gelang ihm eleganter denn je.

Duncan zeigte sich nicht einmal sonderlich beunruhigt über die jüngsten Vorgänge in seiner Heimatstadt. Dass die Polizei einen jungen Schwarzen erschossen hatte bei irgendeinem Antidrogeneinsatz war nun wirklich nichts Ungewöhnliches, und niemand hätte gedacht, dass ausgerechnet sein Begräbnis mehr Folgen haben würde als ein paar Steine auf die Ordnungskräfte, die sich unter Stuarts neuer Führung aber nicht einmal über Gebühr provozieren ließen. Warum die rituelle Zerstörungswut im Anschluss daran diesmal auf benachbarte Stadtgebiete übergriff und der Plünderungscharakter mehr und mehr in den Vordergrund trat, ließ sich nicht klären. Fest steht, dass die Plünderungen schließlich auf das Stadtzentrum ausgeweitet wurden, was vom wirtschaftlichen Standpunkt her betrachtet durchaus sinnvoll war (ein Sekundärhandelssektor mit dem Beutegut wurde in Windeseile aufgezogen, und das Dokumentieren dieser Vorgänge forderte Todesopfer in den journalistischen Reihen). Als die Ruhe wiederhergestellt worden war, blieb an den Straßenrändern der Goldcoast ein Saum von Glasbruchstücken zurück, den ich allerdings nicht persönlich in Augenschein nahm, doch die Bilder waren eindrucksvoll: Goldsplitter, Sternenstaub, der innerhalb weniger Tage verschwunden war.

Ich verstand, so meinte ich, dass die Härte niemals Selbstzweck war, sondern dass Duncan einfach nur konsequent bereit war, seiner Funktion gerecht zu werden. Der Ruf nach einem Militäreinsatz war übrigens nicht nur auf Duncans Sendern erhoben worden. (Er erwähnte noch, dass für das Frühstückstreffen nicht zufällig der Turm als Kulisse gewählt worden sei: Beweis genug für die ungebrochene Kontrolle über die Lage.) Funktionsmäßig entsprach Duncan nämlich durchaus meinen Erwartungen, und dass ich schon vor einiger Zeit damit begonnen hatte, das Funktionsmäßige an den Funktionsträgern zu sehen, war mir klar. Ich verfüge durchaus über Selbsteinsicht. Und was Duncan betraf: Seine Kompromisslosigkeit und Konsequenz anerkannte ich, vielleicht begeisterte ich mich sogar dafür, und er war aufmerksam wie selten. Er schickte die Kinder in ein Ferienlager (das wird ihnen gut tun, sagte er, da lernen sie

Selbstständigkeit) und verbrachte ein paar Tage mit mir in der benutzbaren Zone des Mittelmeers, von dem mir nur ein kroatischer Hafen in Erinnerung blieb; die Küstenstädte zeigten sich generell unberührt. Duncan bestand darauf, einige Gassen vom Renaissance-Hauptplatz entfernt in einem ganz authentischen Fischlokal essen zu wollen; dumm war nur, dass der Wirt sich weigerte, uns zu bekochen, wir seien zu viele, meinte er, auch wenn zwei der drei kleinen Tische im Freien unbesetzt waren und Duncan klar machte, dass die Sicherheitsleute nichts essen würden. Doch die Art, wie der Wirt sich aufstellte mit verschränkten Armen und leicht gespreizten Beinen vor seinem Lokal, aus dem warmes Licht und ein volkstümlicher Schlager sickerte, sollte verdeutlichen, dass mit ihm nicht zu verhandeln war. Ich lachte und versuchte, das Lachen geräuschlos aus meinem Gesicht verschwinden zu lassen, nach innen zu saugen, doch Duncan bemerkte es, sicher bemerkte er es, auch in dieser Hinsicht ließ seine Aufmerksamkeit nicht zu wünschen übrig.

So endete die Suche in einem dieser überteuerten und nichtssagenden ersten Häuser am Platz, wenigstens blähte sich der dunkelblaue Himmel über der Dachterrasse erwartungsgemäß, während die Grillen im nahen Macchiabewuchs ihren sirrenden Geräuschteppich ausbreiteten, unter dem das leise Wellenschwappen gegen die historische Hafenmauer nur mehr schwach zu hören war, und als ich das Klo suchte (unbewacht, alleine), sah ich beleuchtete Konturen über der Stadt, eine napoleonische Befestigungsanlage auf einem mediterranen Feldherrenhügel, die die allnächtlichen Flotten seeuntauglicher düsterer Flüchtlingsboote versinken sah.

Als ich zurückkam, telefonierte er gerade, sah kurz auf und mir ein wenig spöttisch, wie mir vorkam, in die Augen und setze dann sein Gespräch fort, bis die Fische aufgetragen wurden, und die waren von erfreulicher Schlichtheit in der Zubereitung. In dem Moment (das elegante Entfernen der Gräten durch den Kellner bewundernd) erkannte ich, dass ich keinerlei Vorstellung davon hatte, wie man es anstellte, etwas gemeinsam zu tun. Nicht allein zu sein. Alexander, sagte Duncan später, wolle mich gerne kennenlernen. Und ich dachte, erwiderte ich, er kenne mich bereits. Duncan lächelte nur schwach.

An dem Abend ging ich nicht mit ihm nach Hause, nach Hause, was für ein Unsinn: ich kehrte nicht mit ihm zurück zu unserem temporären Schlafplatz auf dem Schiff mit fragwürdigem Heimathafen, vor der Küste eines Kontinents, der einmal, in der Tat, mein Zuhause gewesen war, muss wohl so sein. Statt dessen spielte ich in einer rustikalen Schenke mit mäßigem Einsatz die Amerikanerin, doch das ist eine andere Geschichte. Und dass mich am schließlich doch angetretenen Heimweg (die Schuhe hatte ich ausgezogen: wer soll denn auf dem Pflaster gehen können mit diesen Absätzen) plötzlich Blitzlichter blendeten, deren Urhebern, die aus einer Seitengasse auf mich losstürmten, ich meine Schuhe an die Köpfe warf, erst recht. Also gut, ich versuchte in Richtung ihrer Köpfe zu zielen, erwischt habe ich sie wohl nicht. Natürlich wusste ich in dem Moment bereits, dass das keine besonders gute Idee gewesen war, und ein Teil von mir musste Duncans rasche Reaktion anerkennen.

15

Ich glaube, es war am Rad. Ja, es war am Rad, als ich gerade mein übliches Programm absolvierte, meine gewohnten Runden drehte, die mich doch nicht vom Fleck brachten, als ich ihn vor mir auf dem Schirm auftauchen sah, dem Schirm, der die halbe Wand bedeckt (der Schweiß rinnt in die Augen und schränkt das Gesichtsfeld ein) und die tägliche Plackerei versüßen soll mit Vampirgeschichten zum Beispiel und Nachrichtenschnipseln und allem, was die brave Frau so an blutigen Appetizern begehrt; Werbepausen, obwohl man beim Workout so schwer bestellen kann. Aber es bleibt ja immer was hängen.

Ich erkannte seine Silhouette, bevor ich sein Gesicht sah; neben ihm stand eine junge Frau, der er behutsam auf den Rücken griff, nicht die mit dem Zopf, der mich an ein Schaukelpferd denken ließ, weswegen ich sie nie ganz ernst nehmen hatte können, nicht einmal als Konkurrentin, nein, eine junge Schwarze mit apart kurzgeschorenen Haaren, einem leuchtenden Lächeln in einem erwartungsfrohen Gesicht, das sie Duncan zuwandte und das mir vage bekannt vorkam. Der kommentierende Begleittext stellte die Frage, ob bald zum fünften Mal die Hochzeitsglocken läuten würden. Da zählte ich nach, ja, ich zählte tatsächlich nach und kam zu dem Schluss, dass ich Nummer drei sein musste und mich nun offiziell auf der Abschussliste befand. (Er dürfte wohl enttäuscht gewesen sein, dass die Fotographen mich allein erwischt hatten.)

Es tat nicht wirklich weh, es traf mich vorbereitet, das muss ich sagen, ich hatte die Vorzeichen gesehen und richtig gedeutet (das Ei in den Eingeweiden) und, darauf konnte ich stolz sein, ich hatte ihm keine Munition geboten für den Scheidungskrieg. Obwohl, für eine kleine mitleidsselige Seitengeschichte hatte es allemal gereicht: betrogene Ehefrau tröstet sich mit mediterranem Wein. Mann wäre zwar besser gewesen, aber was kann man machen. Dabei hätte ich mir durchaus ausmalen können, dass der Wirt (Mittvierziger, trainiert über einem leichten Bauchansatz und nachlässig rasiert) vielleicht in einem der lokalen Kriege gewesen war, dass er in einem Hinterzimmer in einem unversperrten Aktenschrank noch seine Waffen lagerte, doch diese Möglichkeit war zu real (ich war noch jung, sage ich heute). Das blockierte mich, genau das Gefühl, an einem schmutzigen Verstümmeln und Sterbenlassen, Vergewaltigen und Töten so nah dran zu sein, dass es nach Angstschweiß stank, den nicht nur Opfer absondern. Dass es nicht bloß um dieses abstrakte Wissen ging, dass irgendwelche Leute in irgendeiner Mine verrecken oder beim Endverwerten unserer Abfallprodukte, um unser Leben zu finanzieren, das weiß man im Grunde und nimmt es hin, und außerdem, sagt man sich, würden sie selbst es genauso machen. Ich suchte die stumpfe, poröse Haut des auf eine erschöpfte Art attraktiven Mannes wohl nach Narben ab. Und so musste ich mich nicht einmal mühsam selbst überzeugen, dass es saublöd wäre, so etwas in aller (wenn auch mitternachtsblau-handwarmen) Öffentlichkeit zu tun, ein gesichertes Ambiente brauche ich schon, der Ekel griff um sich: ich sah den Wirt hart an und verließ das Lokal unter spöttischen, so klang es, Kommentaren von Männern, deren Sprache ich nicht verstand, versuchte einen würdevollen Abgang und spürte doch, wie sehr ich schwankte.

Am Kai fing mich einer der Sicherheitsleute ab, ein neuer, er war offenbar abgestellt worden, um auf mich zu warten, er trat aus der Dunkelheit von hinten an mich heran und führte mich ohne weitere Blitzlichtzwischenfälle zum Beiboot, in das ich mich fallen ließ, den Blick zum sternklaren Himmel gerichtet, enttäuscht darüber, dass mir nichts anderes eingefallen war, als zurückzukehren. Er half mir, wieder aus dem Boot zu steigen, und griff nach meinem Arm, den er nicht losließ, bis wir im Inneren der Yacht, in sicherer Fotografendistanz verschwunden waren. Dort wartete schon ein zweiter auf uns, ich glaube, es war der, der mich aus dem Fluss gefischt hatte. Doch ich sah nur kurz seinen Umriss, dann stülpten sie mir etwas Sackartiges über den Kopf und schnürten es in Taillenhöhe zusammen, wobei sie meine Unterarme mit einer Extraschleife bedachten. Sie zerrten mich durch die engen Gänge, und da ich mich wehrte, stieß ich gegen alle möglichen Wände. Ich schrie, doch spürte ich, wie der Sack den Schall schluckte und bei jedem Luftholen gegen den Mund gezogen wurde, wo er fasrig an der Zunge klebte; keiner von den wasserdichten Packsäcken jedenfalls, die beim Segeln benutzt werden, der hätte mich in kürzester Zeit erstickt. Die Verschlussart übrigens auch ganz eine andere. Ein Postsack vielleicht oder ein Sammelsack für zusammengerechtes Laub. Der Geruch erschien mir bekannt. Schließlich öffneten sie eine Tür, schoben mich in einen Raum und warfen mich zu Boden; sie zerrten mir die Jeans vom Unterkörper, was kein einfaches Unterfangen war, blöd für sie, dass ich ausgerechnet an dem Tag enge Hosen trug. Der Gurt schnitt in die Handgelenke, die in ungünstigem Winkel übereinander lagen, Knochen auf Knochen ohne jede Dämpfung, während ein helles Neonlicht durch die Lücken des Gewebes drang. Als ob mir nicht ohnehin schon klar gewesen wäre, dass sie den Auftrag hatten, das zu tun, was Männer eben tun, wenn sie eine Frau brechen wollen, und ebenso begriff ich, dass ich auf diesem öffentlichkeitsfreien Schiff völlig in Duncans Hand war, und das hier war die Handschrift. Doch nichts geschah, als dass sie sich neben mich setzten und die Frage erörterten, ob es nun besser wäre, den Sack zu entfernen oder nicht. Ich hoffte, sie würden mir diese Hülle lassen, besser wäre es, nicht sehen zu müssen. Dann musste ich über diese Idee lachen, nun gut, fast, ich blieb stumm in meinem Beutel: die Gedanken einer Hinrichtungskandidatin. Wovor sollte mich das schützen? Ich stellte mir vor, dass sie mich mit Steinen beschwert ins Meer werfen könnten, doch dann fiel mir ein, dass der Kai bevölkert gewesen war; zumindest meine Abholung musste bemerkt worden sein, und das beruhigte mich. Dann sah ich den schlichten Verschlusskniff eines ölzeuggelben Packsacks vor mir, genial in seiner Schlichtheit, ein Wulst aus zwei ineinander gedrehten Lagen der Abschlusskante, gehalten nur durch den Zug der Verschlussspange, und sagte mir, dass ich ein anderes Leben bräuchte. Das wiederholte ich, leider war der Satz sehr kurz, kaum zu gebrauchen, um ihre Stimmen zu übertönen.

Ich hörte sie also, und das Schiff ließ meinen Körper spielerisch hin- und herrollen. Das Anonyme sei schön, sagte der eine, die Vorstellung, einfach nur ein Loch zu benutzen. Doch dann stünde der Mund nicht zur Verfügung, sagte der andere, und überhaupt denke er, dass es ganz interessant sei, das Gesicht dabei zu sehen; schließlich zogen sie mir den Sack vom Oberkörper, wobei sie die Fesselung schmerzhaft nach oben rissen, und ich erkannte, dass ich im Badezimmer lag. Duncan stand in der Tür und blickte mild lächelnd und allmächtig auf mich herab. Das reiche, sagte er, und dass man mich losbinden solle. Die Männer gehorchten, doch war offensichtlich, dass sie sich mehr erhofft hatten, die Idee einer risikofreien Gruppenvergewaltigung hatte sie anschwellen lassen unter den Verschlussleisten ihrer Privatarmeeuniformhosen. Sie rollten meinen Körper zur Seite und versuchten den Gurt zu lösen, was mehrerer Anläufe bedurfte, schließlich durchschnitt ihn einer der beiden. Ihre überraschende Ungeschicklichkeit erfüllte mich mit einer gewissen Befriedigung, sie lenkte mich davon ab, dass ich mir jetzt, ohne den Sack, erst recht vorkam wie der zur prüfenden Ansicht freigelegte Paketinhalt eines gewinnversprechenden Lagerbestandes.

Während die Privatarmee zögernd zur Tür ging, um für alle Fälle einmal den Ausgang zu bewachen, kam Duncan auf mich zu und griff nach einem meiner Unterarme, begutachtete die Druckstellen und begann, sie vorsichtig zu reiben. Ich schlug ihm ins Gesicht, was er kurz auflachend hinnahm; als die Sicherheitsmänner ihm reflexartig zu Hilfe kommen wollten, winkte er ab. Solche Geschichten haben wir nicht nötig, sagte Duncan, was denkst du? Obwohl das Badezimmer der richtige Ort dafür wäre, fügte er ein wenig keckernd hinzu, da könnte man den Dreck nachher gleich abwaschen. Bei dem Sack, das sah ich jetzt, handelte es sich im übrigen um einen der vom Bordpersonal benutzten Wäschesäcke, ungeeignet, nehme ich an, um einen Körper darin zu versenken.

Die Nacht überstand ich zitternd. Am nächsten Morgen verlangte ich die sofortige und alleinige Abreise, er hinderte mich nicht, er wirkte sogar ein wenig verunsichert, als er sagte, er hoffe doch, ich würde ein wenig Spaß verstehen.

16

Ich zog mich in die Dünen zurück und versuchte mir darüber klar zu werden, was ich nun für Optionen hätte (ein anderes Leben, das sagt sich so einfach); erst ein paar Wochen später kam Duncan vorbei und behandelte mich ein Wochenende lang mit ausgesuchter Höflichkeit. Auf einmal erschien er mir lächerlich mit seinen zurückgestrichenen Strähnen und der überschüssigen Haut. Ich suchte die Lächerlichkeit, das war offensichtlich, und ich sagte zu ihm, dass er wohl seine Tarnkappenhelfer vermisse; ich glaube nicht, dass er mich verstand.

Er war längst schon wieder weg, als ich von der Sache mit der fünften Frau erfuhr, und es erleichterte mich beinahe, es nahm mir die Entscheidung ab. Das Rätsel mit der Ehefrauenzählweise habe ich übrigens nie lösen können. Auf das Fahrradfahren vergaß ich. Die junge Frau, mit der er sich soeben zeigte, war jedenfalls ein aufstrebendes Talent, Nachrichtensprecherin (sofern Nachrichten das richtige Wort dafür war, egal) und nun frischgekürte Gastgeberin einer eigenen Aufklärungsshow mit dem Titel *Ask Ann*, ein Umstand, der dafür sorgte, dass ich mir den Namen merkte. Ann, das frische, unverbrauchte Fernsehgesicht, das trotz der Frische auf eine solide Ausbildung und eine beachtliche Liste journalistischer Erfolge zurückblicken konnte, auf der

der Fall des über eine Korruptionsgeschichte gestolperten Senators nur der letzte, wenn auch spektakulärste Glanzpunkt war. Ich sah Duncans Notizen vor mir.

Ich hatte ihm damals gratuliert, als er über den Notizen brütete, daran erinnerte ich mich, sicher mit irgendeinem Hintergedanken, doch der ist mir entfallen. Zufällig sei ihnen dieser eigentlich kleine Fisch ins Netz gegangen, hatte Duncan dann erläutert, durchaus geschmeichelt, denke ich. Nachdem sie in einer abgehörten Nachricht den Hinweis auf die Bestechlichkeit des Senators gefunden hatten, hätten sie nur noch handfeste Beweise einsammeln müssen. Ein herzhaftes Lachen aus tiefempfundener Quelle: Derart aufgefundenes Material sei für die mediale Auswertung leider nicht zu gebrauchen. Da müsse man dann andere Fallen aufstellen, und das investigative Fallenstellen sei dieser ausgeschlafenen Jungjournalistin wunderbar gelungen. Und zwar auf eine Art und Weise, die den Fokus von der Abhörpraxis weglenke, was der eigentlich springende Punkt sei.

Die Jungjournalistin also. Die Abhörpraxis, hatte Duncan noch hinzugefügt, die immer wieder in Zusammenhang mit Teilen seiner Unternehmensgruppe ruchbar gemacht würde, also der Verdacht des gezielten Anzapfens der Anschlüsse politischer und wirtschaftlicher Schlüsselfiguren, habe schon genug Staub aufgewirbelt, und nur mit Mühe habe er den Deckel auf der Sache halten können.

Jedenfalls war mir die voraussichtlich zukünftige Ehefrau schon persönlich begegnet, dieses Rätsel war rasch geklärt, es hatte durchaus gesellschaftliche Anlässe gegeben, bei denen ich Ann aus der Nähe gesehen hatte und mir nichts dabei gedacht, und sie hatte sogar, wenn ich mich recht erinnere, ausdrücklich den Garten gelobt, und im Garten hat sie nichts verloren. (Die Gegenwart der Gärtnerin ist das einzige, um das es mir wirklich leid tut, rückblickend betrachtet, diese große unabsehbare Frau hätte ich gerne in meinem Leben gehalten: keine Native American, übrigens, bloß eine eingewanderte Mexikanerin, eine von vielen, deren Aufenthaltsstatus man in einer gar nicht so weit zurückliegenden Vergangenheit noch halbwegs großzügig legalisiert hatte, mit allerdings weiter zurückliegender indigener Einmischung unklarer prozentualer Höhe, wie sie mir darlegte, wie bei den meisten Hispanics.)

Ich sah die Szene, die vertraute Geste, manchmal schärfer, manchmal verschwommen aufgrund des digitalen Zooms, auch die Farbgebung unterschied sich leicht in verschiedenen Sendern, und es wurde nicht einfacher für mich das Bild zu sehen, in der Wiederholung, solange, bis ich jedes Detail kannte und aufhörte, darin die Anteilnahme, die besorgte Aufmerksamkeit um das Wohl seiner Gefährtin zu sehen, weil die Gesten, die Blicke ihre Wirkung verloren, wenn man sie zu genau analysieren konnte, und das tat ich. Es half ein wenig.

Die Sache mit dem Freundebleiben ließen sie aus, überraschenderweise. Nur, dass die Ehe schon lange Makulatur gewesen sei (diesbezüglich boten sich einschlägige Aufnahmen von mir an, und sie wurden verwendet: ich, wie ich vor scharf ausgeleuchteten kroatischen Altstadtmauern den Arm hochriss, der einen Schuh schleuderte, doch von dem Wurfobjekt sah man nichts, das hatten sie wohl rausretouchiert, man sah nur den in die Luft geworfenen Arm und meine im grellen Licht aufgerissenen Gesichtsöffnungen und ja, vielleicht sogar einen Schweißfleck, und man konnte sich problemlos die Schimpfwörter ausmalen, die ich ausgestoßen haben musste, aber das Bild regte mich schon nicht mehr auf). Die Scheidung, schrieben sie, sei schon lange geplant gewesen und nur noch eine Formsache. Und Duncan bekam Gelegenheit herauszustreichen, dass er ein Mann sei, der für Werte stünde, von ungeordneten Verhältnissen halte er nichts, er sei ein Familienmensch: so kalt, so weit weg und so kalt, und ich griff nach den Kindern, doch die rissen sich los.

Dann ging ich hinaus in den Garten und stellte mich neben die Gärtnerin, neben ihren großen schweren beruhigenden und in sich ruhenden Körper und wünschte mir, ich hätte so etwas wie ein Rauchbedürfnis, etwas, das mein Herumstehen im Freien rechtfertigen könnte. Aber sie schien sich nicht daran zu stören, sie fuhr mit ihrer Arbeit fort, und ich ging einfach neben ihr her und fragte so gelegentlich nach dem Sinn einer Handreichung. *To keep me from falling apart,* und sie erklärte mir, wie man bei welcher Pflanze unerwünschte Triebe kappte. Ich glaube nicht, dass ich sonderlich aufmerksam war, doch betrachtete ich die Bewegungen ihres Werkzeugs, das etwas von einer Geflügelschere hatte, und hörte den Nachhall des saftigen Schnittgeräuschs der gebogenen Klingen. Den höre ich immer noch.

(Das war Duncans Motivation für die fürsorglich unter der Hand arrangierte Wiederverheiratung, vermute ich: Immerhin bin ich die Mutter seiner Kinder, und es hätte gegen seine Prinzipien verstoßen, ihre Zukunft solcherart im Unklaren zu lassen. Doch er hat mir das nie erklärt.)

Er natürlich: unerreichbar, Papiere per Post. Eine Paketbotin brachte sie mir, eine junge Frau, deren Motorrad schon auf einige Entfernung zu hören gewesen war, ich hätte sie gerne von der Maschine geholt, um sie mir aus der Nähe anzusehen, doch natürlich war der Außenkontakt anderen vorbehalten. Ich beobachtete ihre Interaktion mit jemandem aus dem Haus aus sicherem Abstand, stellte mir vor, wie sie wieder wegfuhr, in ihr Vorstadthaus wahrscheinlich, denn das ist nun mal die amerikanischste aller Wohnformen, ich konnte mir auch vorstellen, dass dort die Gärtnerin bei einer Flasche Wein auf sie wartete, aber das war zu schön, das kam nur daher, dass die Gärtnerin meinem Bild einer Lesbe so sehr entsprach, was aber mehr über mich sagt als über sie, und ich dachte, dass sie in Wahrheit vielleicht einen kleinen dünnen agilen Mann zuhause hätte, der ihrem Gehilfen ähnelte, und zahllose Kinder. Wie auch immer, sie alle hatten ein Leben, von dem ich dachte, dass sie sich relativ frei darin bewegen konnten. Ich verstand, was es war, das über mir hing: ein Bann, ich war aus jedem menschlichen Leben verbannt, und ich hatte den Bann selbst verhängt. Ich las die Unterlagen nicht einmal. Die sich nähernden und entfernenden Fahrzeuge, deren Motorengeräusch in regelmäßigen Abständen die Nächte durchschnitten, waren mir verschlossen – ich konnte nur feststellen, dass sich an der Regelmäßigkeit die Kontrollfahrten des Sicherheitsdienstes erkennen ließen und der Anspruch auf Legitimität.

Ich versuchte übrigens herauszufinden, welche Triebe die überflüssigen waren, und ich fragte die Gärtnerin, als sie wieder zwei von dreien entfernte, die ganz ähnlich aussahen, und sie sagte: man muss sich trauen, Entscheidungen zu treffen, dann kommt der Rest von allein.

17

Als nächstes kam ein Anwalt. Ein höflicher, aalglatter Mann, der höchstens ein wenig zu angestrengt gut gekleidet war und in Begleitung des Jägermeisters erschien, und auf den hätte ich wirklich verzichten können. Der Jägermeister vermittelte auch nicht den Eindruck, als ob er sich in Bezug auf mich noch irgendwie zusammenreißen müsste, vielleicht stach das Auftreten des Anwalts auch nur deshalb so ab. Ich mutmaßte, dass der Jägermeister von der Yachtszene wusste, auch wenn die Angestellten eine Schweigeklausel unterschrieben, hinderte das doch nicht am internen Informationsaustausch. Doch darum ging es nicht, es ging um die Details eines vertraglich festzuhaltenden Kompromisses, und der umfasste als besonderes Zuckerl, so musste Duncan das sehen, das Angebot einer Wiederverheiratung, die meinen havarierten Ehefrauenstatus nahtlos in einen neuen überführen würde, von dem man zumindest hoffen konnte, dass er seetauglicher war. Das traf sich insofern gut, als dass es mir wenigstens die Mühe ersparte, über Lebensmodelle und berufliche Möglichkeiten nachzudenken. Versorgungstechnisch muss man sich rechtzeitig Gedanken machen, bevor die altersmäßigen Verfallserscheinungen die Einschränkung des Handlungsspielraums unumkehrbar machen.

Das Friedensangebot Duncans: Alexander und ein ganzes Turmstockwerk. Ich sah Alexander vor mir, schön und ehrgeizig und am Spielen interessiert und vor allem ganz woanders, das war Verlockung und auch das Problem, denn auf einmal sah ich klar, dass mir das windumschlossene Dünenhaus ans Herz gewachsen war und wohl auch die Gärtnerin, und wer weiß, vielleicht sogar das ewig missbilligende Gehabe des Jägermeisters; irgendwas in die Richtung muss ich gesagt haben. Und Duncan hat etwas gesehen, natürlich.

Ich gebe zu, es war beschämend, über die Rechtsvertretung an Alexanders Nummer herankommen zu wollen, sie gaben sie mir auch nicht, eine freundliche weibliche Stimme erklärte mir, dass mein Anliegen selbstverständlich weitergeleitet werden würde. Er rief recht schnell zurück: ich fragte ihn, warum er sich auf ein solches Geschäft einlasse, ob er völlig wahnsinnig und von allen guten Geistern verlassen sei, mich so überstürzt heiraten zu wollen. Nun, nicht ganz überstürzt. (Bezüglich des nahtlosen Übergangs hatte der Anwalt noch ausgeführt, das hieße natürlich unter Vorbehalt einer positiv verlaufenen Probezeit, deren Rahmenbedingungen in Einvernehmen beider Vertragsparteien festgelegt werden würden.)

Er habe seine Gründe, sagt Alexander. (Was da nebenbei noch im Portfolio war, möchte ich gar nicht wissen. Jetzt noch nicht.) Ob ich was dagegen hätte, fragt er. Gegen die Gründe möglicherweise. Immerhin kenne ich meine eigenen. Gegen die Eheschließung: die Ausstiegsklauseln werden noch zu überprüfen sein, sage ich. Er lacht, wie er lacht, ich lache mit und weiß nicht recht warum, aber gemeinsam zu lachen ist jedenfalls keine schlechte Ausgangsbasis.

An diesem Abend betrank ich mich vor den Augen des Jägermeisters, der alle meine Versuche, ihn vor die Tür zu setzen, mit Gleichgültigkeit quittierte; ich fragte ihn, ob er Duncan mein Herz präsentieren solle, oder was eigentlich der Grund für sein Kommen sei. Mein Herz mit dem angewachsenen Dünenhaus, Muschelhaus, sagte ich, am Ende spuckte ich ihm ins Gesicht, und ich glaube, das war die erste Tat in diesem Zusammenhang, auf die ich unumwunden stolz sein kann, ein Schritt aus der Formlosigkeit, nein, dachte ich, vielmehr in eine formlose Haltlosigkeit, die Umformung erlaubt, so irgendwie. Jedenfalls eine klare Handlung. Er nahm es ohne erkennbare Reaktion hin, zumindest ohne eine Reaktion, die ich in meinem Zustand noch zu erkennen fähig war, und das erfüllte mich mit kurzer, aber tiefer Befriedigung. Während der anschließenden Masturbationsversuche schlief ich ein.

Der in jedem Fall formvollendete Abgesandte erschien auch am nächsten Tag, ich schlug ihm eine Wanderung durch die Dünen vor, worauf er tatsächlich einging (ganz ohne Sicherheitsleute, ich allein glücklicherweise, zumindest dachte ich das zunächst, nicht beschützenswert). Ob der Jägermeister hinter uns herschlich, war mir egal. Auf meine Annäherungsversuche reagierte er nicht in der gewünschten Weise; ich berührte beiläufig seinen Arm, lächelte strahlend, versuchte mich in unterhaltsamen Eheanekdoten und wollte nicht hören, dass die Antworten des Rechtsanwalts sich nicht nur peinlich wanden, sondern auch überraschend geistlos waren, ich stolperte und ließ mich in den Sand fallen, um ihn dazu zu nötigen, sich über mich zu beugen, was er auch tat, aber mit einem derart gelangweilten Ausdruck in seinem ansonsten leeren Gesicht, dass ich das Manöver abbrach. Ich drehte mich um, während der gepflegte Herrenduft über mir hing: immer noch kein Aufpasser zu sehen, und ohne die Androhung der Existenz eines Mitwissers wäre die ganze Sache obendrein auch noch sinnlos. Stümperhaft; Duncan würde lachen, und der Gedanke steckte mich an.

Und überhaupt: was will ich denn mit einem Anwalt? Ich muss mich doch sehr wundern. Ich kann diesen Mangel an Instinkt nur meiner damaligen Verwirrung zuschreiben, es war alles doch ein bisschen viel. Dabei weiß ich nicht einmal, was ich mir erhoffte von dem Finanzregelungsspezialisten. Dass er die ganze Sache irgendwie zu meinen Gunsten hinbog? Das glaubte ich doch wohl selber nicht. Der Anwalt, dachte ich: berufsmäßiger Angehöriger einer gierigen Kaste, und dabei so beschränkte Möglichkeiten. Also kehrten wir ins Haus zurück und besprachen ein paar vertragliche Details, das heißt, er setzte mir die Vorgaben der Gegenseite auseinander, einer der Gegenseiten, um genau zu sein, in punkto Alexander gab er vor, meine Sache vertreten zu wollen. Da stand ja auch erst ein Vorvertrag zur Disposition, wenn ich das recht deutete. Ich schwieg und lächelte das Kindermädchen an.

Als ich durchblicken ließ, dass ich eine einvernehmliche Lösung ja auch ablehnen könnte, beugte er sich vor, wieder wehte mir der Rasierwassergeruch entgegen, der durchaus zu seiner Hemdfarbe passte, und sagte, auf diese Möglichkeit sei er vorbereitet. Und Duncan lasse mir ausrichten, dass ich als Liftgirl sehr überzeugend gewesen sei. Und überhaupt gebe es Zeugen und interessantes Videomaterial. Da musste ich schon wieder lachen: das hatte in seiner Schlichtheit beinahe Stil. Was soll ich sagen, die Liftgirloption ist ausgereizt, das sagte ich bereits.

Der Turm

18

Der Turm hat mich wieder. Ein anderes Leben? Auch wenn der Turm demnächst versuchen sollte, mich abzuwerfen: so schnell wird er mich nicht los.

Jetzt wird es wirklich Zeit, den Augenblick näher zu betrachten, in dem Duncan meine Erwartungen enttäuscht hat und Alexander und mich einander überließ, einfach so, so selbstlos war er. Schließlich hatte ich auch mit Duncan noch einmal etwas zu lachen gehabt, das muss an dieser Stelle festgehalten werden. Alexander schloss die Wohnungstür, bevor ich mich umdrehen konnte, um den steifbeinigen Schritten auf dem Weg durch die Vorhalle nachzusehen, dem Rücken des ukrainisch-amerikanischen Medienmannes mit dem schottischen Namen, wie multinational vernetzt wir sind, kaum zu glauben. Ich hörte ihn sich entfernen.

Ein Bild steht im Raum, auf meiner Seite der Tür, das Nachbild Duncans, und ich muss sagen, dass er mir als Tier besser gefallen hat. Alexander schenkt mir eines seiner schiefen Lächeln, wie bitte?, fragt er und berührt sanft meinen Ellbogen, um mich leichthändig in Richtung der Tiefe der Wohnung zu lenken, die ich doch kenne und die mir gehört, mir. Nichts, sage ich und denke doch: Mit dem Tier wusste man, woran man war, das war einfach, so ein Mensch hingegen, ein Mensch mit seinen olympischen Ansprüchen ist schwer einzuordnen und zu handhaben. Finde da erst einmal den richtigen Ton. Dort in der Vorhalle hinter der Tür, die ich wiederum hinter mir gelassen habe, wird er wieder zu dem, was er war, denke ich, und als Stier war er schöner. Bis auf die Augen, die hatten noch diese leere Tiersanftheit.

Doch nun zu Alexander: er berührt fast formell meine Wange mit der seinen, dann steht er abwartend vor mir, frisch rasiert und gekleidet, alles an ihm riecht frisch, ist frisch, erwartungsvoll (den Blick habe ich doch vor kurzem gesehen, und zwar nicht an ihm), und ihm gefällt meine Abwesenheit nicht, mir auch nicht, doch was soll ich machen, unter dem Ausdruck freudigen Entgegenkommens bin ich abgetaucht, das bemerkt er wohl, er greift wieder vorsichtig nach meinen Ellbogen.

Ich hänge Bildern von Meeren und Lifthallen nach und der Erinnerung an die Augen des Mannes, der Duncan und mich am Flughafen entgegengenommen hatte, um uns zum Turm zu bringen; die Augen schwammen im Rückspiegel körperlos, kontextlos, während wir durch die Stadtniederungen fuhren (ein weites Feld quadratischer Besiedelungseinheiten, gefüllt mit niedrigen Wohnhäusern, Asphaltbrachflächen, Blechruinen). Der Fahrer redete ununterbrochen und prüfte unsere Aufmerksamkeit durch regelmäßige Blickkontrollen; die Stimme klang fremd durch die Gegensprechanlage, die Duncan geöffnet hatte. Das Stadtzentrum baute sich vor uns auf wie ein schmalfüßiges scharfkantiges Hochgebirge, das ich erkennen können müsste, doch wie etwas in der eigenen Erinnerung finden wollen, dessen Abbildung man so oft gesehen hat? Ich griff nach Duncans Hand, die er mir nicht entzog, die Brücken schlugen Kurven an Friedhöfen vorbei (die Zahl der

Köpfe in den Gräbern müsste diejenige der oberirdischen bei weitem übersteigen, ein vielfaches davon sein, nehmen wir das Kerngebiet: anderthalb Millionen, dann müssten auf den Friedhöfen dieser Stadt Abermillionen Tote liegen, kaum vorstellbar, dafür erscheint der umzäunte Bereich viel zu klein; das suppt durch den Untergrund).

Der Chauffeur sprach von all den Leuten, die in dem Turm, zu dem er uns bringen würde, wohnten, wohnen und wessen bester Freund er sei und wen er in Übersee besuche (Duncan lächelte). Dann sprach er von der Stadt, ihrer Einteilung in Unterabteilungen, deren Grenzen man mit Bedacht passiert, oft nur mit Vorbehalten, besser gar nicht, er wies nach rechts: die Südseite, die wollten wir bestimmt nicht betreten, auch wenn es eigentlich nicht mehr so schlimm sei wie noch vor zehn, fünfzehn Jahren; mit besonderem Stolz wies er auf einen ökologisch-dynamischen Supermarkt hin, der sich jetzt in den Schlachthofquartieren eingenistet habe, was natürlich übertrieben war, wie ich mittlerweile weiß, in bloßer Nachbarschaft der Schlachthöfe. Was tut man nicht alles für eine gute Geschichte, sagte ich leise zu Duncan, er lachte. Erst in dem Moment, am missbilligenden Hochziehen der Augenbrauen im Rückspiegel, das auf mein Flüstern folgte, erkannte ich, dass es der Jägermeister war, der am Fahrersitz dozierte, der schon wieder, es ist nicht zu fassen. Den werde ich jetzt aber wirklich dringend loswerden müssen. Ich schickte Duncan einen halb empörten Seitenblick, er lachte tonlos und kopfschüttelnd weiter. Du solltest das nicht so ernst nehmen, sagte er und legte seine Hand wieder auf meine.

Alexander hat das Wohnzimmer erreicht, das fast ein ganzes Turmdrittel ausfüllt, mit Dreiviertelausblick über den See, See auf drei Seiten, und erst wenn man sich vorne an den Rand der Kommandobrücke stellt und sich umdreht, sieht man die Stadt mit dem Turmvorposten, und je nach Zeitpunkt im Arbeitsplan den (gesicherten) Reinigungstrupp in der Takelage. Er räuspert sich, dann sagt er, dass später Zeit genug sein werde und dass ich mich jetzt vermutlich erst einmal akklimatisieren wolle. Natürlich, ich erwidere sein süffisantes Grinsen: Wir sind immerhin im 68. Stock, da wird die Luft dünner. Der Turm hat eine selbsterklärende Stockwerkshierarchie.

Er hoffe, dass es mir hier gefallen werde, sagt er noch, und dass er die Wohnung neu gestalten habe lassen, und wie ich die Wandfarbe fände. Bevor mir einfällt, was ich entgegnen könnte, lässt er mich allein mit so einem angeschnittenen abschätzigen Blick, einem hingeworfenen Lächeln und diesem Glashaus, das ich abgehen kann, jedem konvexen, jedem konkaven Schwung der transparenten Außenhülle kann ich folgen. Dumm, denke ich, wie furchtbar dumm von ihm, das gibt mir nur Gelegenheit, in Erinnerungen zu kramen, in denen ich nicht kramen will. Ich streiche über den Lederbezug der Couch: Die Couch hat er beibehalten, nicht einmal sichtbar angeschmutzt, was bei dem Cremeweiß ihrer Oberfläche umso verwunderlicher ist, doch das steht jetzt nicht zur Debatte, was ich will ist nämlich, dass er die Vergangenheitsreste hier und jetzt unter Gegenwart begräbt, und was macht Alexander? Dieses unberechenbare Element bei der Paarbildung irritiert mich, ich sehe: glänzende schwarze kleine Pupillen, in die hinein ich ihm nicht folgen kann. Die scharf gesteppten Schulterkanten, unter denen ich mir glatte jugendliche Muskelrundungen vorstelle. Das beruhigte mich, und ich dachte mir, dass genau jetzt der Moment da wäre, an dem ich NEIN sagen konnte, zumindest zum Jägermeister, auch wenn der jetzt als Haushofmeister auftrat. Doch ich unterließ es. Und Alexander: warum hätte ich nein sagen sollen zu einem Mann, der mir gefiel und dessen Lächeln eine Verbindung manifestierte, ein unterschwelliges Einverständnis über abgegessene Tische hinweg, das so vielversprechend schien. Ich dachte mir, dass ich ein gutes Geschäft gewesen sein müsste, abgelegte Frau des Chefs samt Wissen, Wohnung und Aufstiegsoption, und da war sicher noch einiges mehr mit zu einem interessanten Paket geschnürt worden. Vielleicht wollte ich das hören, dennoch: gleich ein Ehevertrag – dessen Feinheiten ich am Ende doch nicht gelesen hatte, nicht überprüft, zu welchen Regelungen ich da meine Zustimmung gegeben hatte, wenn ich es lesen würde, gingen mir heute noch die Augen über, jetzt erst recht. Die Kinder beispielsweise scheinen nicht inkludiert zu sein, zumindest vorerst. Später fragte er mich wirklich, warum ich denn? warum? was immer er hören wollte, ich weiß es nicht, denn noch bevor ich dazu kam zu antworten, zog er den Schluss: du wirst deine Gründe haben.

Ja, die hatte ich und er hatte die seinen, das war der Punkt, den ich hatte klären wollen. Später. Und es war nun tatsächlich so, dass wir einander ausprobieren konnten, in aller Ruhe, und man könnte das folgende als Erfolgsgeschichte betrachten. Also nicht von Anfang an. Der Anfang war, wie alle Anfänge, schwierig. Die Wange gegen meine: das Einvernehmen unserer Gründe. (Natürlich hat er zugestimmt, muss ich heute sagen, wo ich ihn besser kenne, er konnte gar nicht anders, Wohnung, Wissen, Nachfolgeoption.)

Wobei mir klar wird, dass Alexander die Wohnung schon früher übernommen haben muss, vor der gemeinschaftlichen fernsehtauglichen Nahrungsaufnahme mit Duncan genau genommen: die Wandfarbe kenne ich. Auch die Bilder übrigens, Bilder und Wandfarbe sind zentrale Elemente der Neugestaltung, das ist offensichtlich, der Inbesitznahme abgewohnten Terrains. Ich bin mir ziemlich sicher, zumindest eines der Bilder in der Frühstücksinszenierung gesehen zu haben, epigonal übrigens, meiner Ansicht nach, doch die behalte ich für mich, ein matter Abklatsch: der Kopf des Königs auf einer Klinge serviert wie die obere Hälfte eines Frühstückseis?

Das Wohnrecht muss Alexander also vor der Frühstücksszene in aller Form eingeräumt worden sein, und zu diesem Zeitpunkt war von Scheidung und Mitgift noch gar keine Rede, woraus ich schließen kann, dass Duncan ein und dieselbe Sache doppelt verkauft hat, die Wohnung? mich? Hat Duncan nicht gesagt, die Wohnung bekäme ich als Teil meiner Abfindung, als Mitgift, gewissermaßen, Morgengabe, der Scherz hat ihn erheitert? Väterlich gütig hat er geschmunzelt, wie könnte ich das vergessen, vor dem Kamin in dem Haus in den Dünen, und mir dabei über die Haare gestrichen. Ich glaube übrigens, dass ich sie mir so schnell wie möglich schneiden lassen werde. Weg mit dem Geringel. Der Ringelei. Aus. Der knappgefassten reinen Kopfform gehört meine Zukunft. Duncan ist mir zum letzten Mal durch die Haare gefahren, und das war der

Lohn für mein schlussendliches Wohlverhalten, dafür, dass ich doch Vernunft angenommen hatte, wie er das wohl ausdrückte.

Die Rolle der Kinder in diesem Kontext muss noch einmal überdacht werden. Die Kinder. Sollten die jetzt nicht bei mir sein?

19

Hab ich mir nicht vorgestellt, dass ich die Wohnung betreten werde mit den beiden, meine Wohnung, und dass ich, wenn die Kinder vorlaufen werden, ihnen nicht zu schnell nachfolgen darf in die Tiefe des Stockwerks, zu ihren Zimmern, die die Haushälterin ihnen zeigen wird; aber was habe ich mir nicht alles vorgestellt. Manches so bildhaft, so detailliert ausgeführt, dass ich mir die Vorstellung selbst für bare Münze abkaufe.

Nicht zu viel Gefühl zeigen, habe ich mir gedacht, und dass er ansonsten die Kinder ertränken könnte, die Kinder eines anderen Mannes, damit ich Zeit habe, mich auf ihn zu konzentrieren, Wasser gibt es ja genug rundherum. Die Kinder vor meinen Augen ersäufen. Er dachte daran, und ich dachte an Löwenrudel (für neue Männchen sollten die Weibchen frei sein von Altlasten und Aufzuchtsverpflichtungen). Da war was in den Augen, das sich erst auf den zweiten Blick als Grausamkeit entpuppt. Eine Sackgasse. Sowas macht man unter Männern aus, wenn schon. (Warum ich immer wieder zur Tür zurück gehe, zur Eingangsszene, frage ich mich übrigens auch. Als ob ich mich nicht über die Schwelle trauen würde, Schwelle, auch so ein falscher Begriff, Schwelle gibt es hier keine.)

Wo denke ich hin, die Kinder werden nachkommen. Rücksichtsvoll und vorausschauend hat Duncan uns, Alexander und mir eine Eingewöhnungsphase ermöglicht. Wir, das heißt ab jetzt: ich und Alexander, muss ich mir merken. Ich kehre zu dem letzten Blick zurück, vor dem Umdrehen, nachdem er mir die Akklimatisierung gönnt, der Ausdruck klingt nach Duncan, und statt den Kindern sehe ich dem Mann nach, von dem ich sicher sein kann, dass ich ihn noch heute haben können werde, was für ein sicheres Gefühl, das sich in mir da ausbreitet, eine sehr kurzfristige Form der Sicherheit, doch das ist mir recht. Kurz vielleicht betrachte ich die Frage, wie es wäre, wenn ich ihn nun doch nicht wollte, bei näherer Betrachtung, und ich stelle fest, habe ich das nicht schon bemerkt, wie dicht sein Haar ist, was nichts zur Sache tut, doch es gefällt mir, ich kann gar nicht sagen, wie sehr mir das gefällt: ein junger Mann. Sein nettes einnehmendes Gesicht, das offen scheint, aber ich denke jetzt schon, dass ich es besser weiß.

Was weiß ich schon? Dass sie sich immer alle König nennen müssen. Aus heutiger Sicht ein wenig lächerlich. So ein Herrscher in einem europäischen steinzeitlichen Tal, der sich mit seinem Goldschmuck begraben lässt, Oberhaupt von hundertfünfzig, zweihundert Seelen, ein Warlord, ein Warlördchen genau genommen, eher der Chef einer der umsichgreifenden Nachbarschaftsbürgerwehren, einen König stelle ich mir anders vor.

Rechts von meinem Turm, wenn ich nach vorne blicke, seewärts, backbord? eine zylinderförmige Öffnung im Boden, das Loch herausgerissenen (nein, noch einzupflanzenden) Hochhauswurzelwerks neben der Flussmündung, aus der zu einer anderen Jahreszeit, im Vorfrühling, grünes Wasser in den See strömt und sich rasch verläuft, und alles, was irisch ist, feiert. Da pirscht sich was heran.

Den Nachmittag über lässt er mich warten, das ist gut, so kann ich mich an ihn gewöhnen oder wenigstens an den Gedanken an ihn und versuchen, mir die Details der Probezeitklauseln zu vergegenwärtigen, auf die unsere Anwälte sich schlussendlich verständigt haben. Ich nehme einstweilen mein Zimmer in Besitz, das zweite Schlafzimmer mit integriertem offenem Nassbereich, von dem aus man Bett und See im Blick behalten kann: der Pool am Schiffsdeck in gebührendem Abstand von der Kommandobrücke (dem Masterbedroom). Die Haushälterin unterstützt mich beim Einräumen. Sie kontrolliert und sortiert, und dennoch sieht der Schrankraum danach kein bisschen gefüllter aus (die bebilderten Beschreibungen finde ich nicht mehr). Eine tote Spinne liegt am Boden, als wäre sie absichtlich dort deponiert worden; so sauber sind die Oberflächen, dass man sich einen zufällig übersehenen Spinnenkadaver nicht vorstellen kann. Ich lege mich daneben, um die Staubfreiheit zu würdigen, seitlich, die Wimpern berühren den Boden, das Auge sieht bis zum Horizont: zur Wandunterkante, davor die vertrocknete Spinnenhülle. Die Körperflüssigkeiten scheinen sich nach innen zurückgezogen zu haben unter Hinterlassung eines eingefallenen Rumpfes und verkrümmter Beine. Die Drecksarbeit selber zu machen hat auch was für sich.

20

Als wir uns zum Essen setzen, finde ich tatsächlich wieder das Einladende in seinem rauen Kindergesicht, wie das von mir und von ihm wohl nicht anders erwartet wird. Eine gefällige Geschmeidigkeit, die Abgründe verspricht, nur die Brille verleiht dem Ausdruck ein wenig Strenge, Ernsthaftigkeit möglicherweise, ein in Hinblick auf diesen Effekt, vermute ich, gewähltes Modell, dunkel, eckig; noch hat Alexander das offen verletzlich Junge, das von sich aus anziehend ist, ohne Anstrengung, ohne Bewusstsein. Sein Lachen kommt mir schon bekannt vor, denn er lacht und macht Scherze. Was er sagt, entzieht sich meiner Kenntnis, es kommt gar nicht an, der Inhalt erreicht mich nur theoretisch, hypothetisch, eine Gesprächshypothese, der ich nicht nachgehe, ich bin vollauf damit beschäftigt, seine Lippen zu beobachten, während er das Gespräch ausdehnen möchte selbst um den Preis, dass wir in heikle Fahrwasser geraten (Ehrgeiz; na bitte, ich habe ja doch zugehört).

Und da fällt mir zum ersten Mal auf, dass er mich tatsächlich umwirbt, das lässt mich ein bisschen leuchten, und die selbstverständliche Überlegenheit, von der er wohl dachte, sie gehöre ihm, verflüchtigt sich in einem Tempo, das mich beeindruckt. Die Gründe: die Ausbildung. Die Vernunft. Wenn wir zwei uns nun einmal so ganz allein überlassen sind, machen wir besser was draus, bevor die Dinge sich womöglich zu früh und in der falschen Weise von selbst festlegen. Ich bin nicht schlecht darin, das Beste aus gegebenen Ausgangskonfigurationen zu machen.

Meine Fähigkeiten: ich vergesse zum Beispiel die Vorgeschichte. Ist nicht deine Schuld, sage ich, bevor ich ihn küsse, und er hält meinen Kopf fest, umfasst das Kinn, er will die Oberhand gewinnen, das macht er ziemlich gut. Dass dein Charakter genauso fragwürdig ist wie meiner (unsere Motivationen verstehen sich immer besser, sie kommen sich richtig nahe, sie gehen bald Hand in Hand), stört mich gerade nicht, nicht im Geringsten, das Vergnügen ist ganz auf meiner Seite, ich zögere also die Sache noch ein wenig hinaus, ziehe mich zurück auf meine Seite des Tisches. Ich spiele mit dem Besteck herum und sage, dass ich nicht verstünde, warum Duncan das Potential nicht gesehen habe, das hier aufeinander trifft, Alexander schließt die Augen. Dass er es nicht für gefährlich halte, uns beide zusammenzubringen, aufeinander loszulassen, mich mit meinem Wissen, der Kenntnis von Duncans Charakter und Duncans Strategien und Alexander mit seiner Skrupellosigkeit, Alexander lacht, und in die Stimme schleicht sich ein hoher Unterton. Ein Oberton, genau genommen, der anziehend darüber schwebt und mir den Mund austrocknet. Wie kommst du denn darauf, sagt er.

Schließlich – schon auf der Couch, ein Glas noch zum Festhalten, die Couch/Glas-Kombination will mir kurz aufstoßen, doch ich lasse sie nicht – zieht Alexander die Schuhe aus und legt die mit tadellos lochfreien Socken bekleideten Füße hoch, was aber nun eine so kindische Positionsbehauptung ist, dass ich ihn auf seinen Platz verweisen muss, dass ich aufstehen und etwas tun muss, das die in Schieflage geratene Gewichtsverteilung ein wenig ausgleicht. Seine Wangen sind rührend, und in diesem Moment will ich gar nicht wissen, warum er dem Handel zugestimmt hat. Ich streiche ihm mit der Rückseite meines Fingergliedes über die schon nachwachsenden Bartstoppeln, der Schauer durchfährt Zeigefinger und Handteller, wo er ein wenig kitzelnd kreist, bevor er die Innenseite des Arms entlang und seinem Ziel tief in mir entgegen läuft: der zentralen Empfangseinheit meines vegetativen Nervensystems. Da eröffnen sich Möglichkeiten. Natürlich versteckt er sich, wer täte das nicht, versteckt sich zum Beispiel hinter der geübten Entschiedenheit, mit der er die Zunge einsetzt, das Fremde in meiner Mundhöhle. Öffnet den Mund und versteckt sich hinter der Zungenfertigkeit, und die ist beachtlich. Er gibt und er nimmt: ein hübsches Gesicht, den guten Glauben.

Und später sehe ich ihn über mir, dunkel über mir und leer ganz ohne Brille, die liegt kieloben am Bettrand, während seine Hände meine auf dem Leintuch fixieren. (Männerhände, unter deren Spannungsbögen genug Raum bleibt für meine Zuckungen.) Ich spüre den seidenglatten Penisschaft an der Oberseite meiner Oberschenkel und frage mich, was ich ihm noch entgegenzusetzen hätte, gesetzt den Fall, ich wollte nicht, dass er sich hier und jetzt in mir breit macht. Aber das kann ich nicht wollen, oder vielmehr: nicht nicht wollen. Nichts außer meinem Intellekt hätte ich noch, und dass auf den kein Verlass ist, ist offensichtlich. Ich denke auch gar nicht daran, ihn abzuwehren, der Griff ist nicht nötig (aus seiner Sicht), doch er ist schön (aus meiner): er zwingt mich in meinen Körper hinein, verankert den abschweifungswilligen Geist. Meine deformierbare Erinnerung.

So zarte Haut haben wir nicht zu bieten, nicht dass ich wüsste; komisch, ausgerechnet da. Hat ja sonst nicht so viel mit Sanftheit zu tun, nein, ich korrigiere: so ein Penis kann Sanftheit wollen. Gibt sie nur nicht. Alexander lässt das Gesicht zu meinem sinken, sein Mund dockt an. Da finde ich ihn nett; doch bin ich es, die ihn beißt nahe der Zungenwurzel. Ich beiße diesen Vogel Greif, und er packt zu, spielerisch nur, an der Gurgel, dafür entlässt er eine Hand. Und während ich nach Luft ringe und um Haltung, kommt mein Körper zum Orgasmus, pflichtvergessen, der pflichtschuldige Finger muss den Auslöser betätigt haben. Alexanders Gesicht wie neugeboren, was soll ich sagen: wenn er weniger glatt wäre (diese Glätte unter den Bartstoppeln), könnte ich ihn fast mögen. Weniger leicht ausrutschen, egal, wenigstens gekonnt abgefangen in den Handgelenken.

21

Ich träume von Orientierungshilfen und einer Tagesstruktur. Auf mich selbst gestellt bin ich formlos, nein in der Transformationsphase. So irgendwie muss ich mir das gedacht haben, dann wache ich auf, allein in einem Zimmer, dessen Grenze außerhalb des Blickfeldes liegt (der Wasserhorizont), stehe auf und stelle fest: Alexander liegt das Wartenlassen anscheinend am Herzen. Er dehnt den Schlaf aus bis zur Ermüdung, presst noch das letzte bisschen Schlafvermögen aus der Nacht, die längst vergangen ist.

Die ganze ausbruchswillige Unruhe unter meiner Schädeldecke wird notdürftig im Zaum gehalten, doch das Knochendach ist dünn, höchstens puddinghautdick und mit dem geeigneten Werkzeug ebenso leicht zu öffnen, das Innere gallertartig. Gallertartig verfestigtes Chaos in Walnussform, wer will sagen, wie das auf Kontakt mit Atmosphärendruck reagiert: Aufbrausend? Mit schlagartiger Verflüssigung (Schlagfluss)? Unter der Oberbekleidungsschicht, die ich, so gut es ging, den Umständen angepasst habe, bin ich nackt, und ich sehe, dass das auch der Haushälterin (Beatrice) nicht entgeht, die im übrigen keine Anstalten macht, mir etwas zu servieren, bevor Alexander aufgestanden ist. Dann gehe ich ins Zimmer der Kinder, es ist großzügig und mit pädagogisch wertvollen Möbeln bestückt, das habe ich ganz so gestaltet, wie ich es von Haus aus gelernt habe. Weit und breit kein Kind, natürlich nicht. Die Betten sind gerichtet, das frisch überzogene und sorgfältig gelegte Bettzeug wartet auf ihre Körper, die Höhlen und Mulden hineingraben werden, die ganze knitterfreie Frische zerstören werden mit ihrer weichen kinderschweißdampfenden Haut.

Duncan werde ich so bald nicht wiedersehen, und kein Gedanke an ihn trübt den Tag, zum Glück, sonst könnte ich darüber nachdenken, was er gegen Alexander in der Hand hat, der mir nun ausgesprochen frisch geduscht und wohlriechend entgegentritt, die Wangenhaut glänzt nackt und roh, er legt ein Arbeitslächeln auf, unter dem der Glaube an die eigene Unantastbarkeit wieder heftig lodert, das erfüllt mich mit Zorn, in den ein wenig Bewunderung eingemischt ist. Ich muss ihn angreifen, ich strecke die Hand aus und greife nach seinem Gesicht, mitten hinein, der Mund öffnet sich und kommt mir entgegen, lässt die Finger ein, die Zähne schaben an den Fingerspitzen. Der Zorn ist dem Anblick nicht gewachsen, ich werde weich. Vorher noch sehe ich, dass derselbe Mann, dem ich mich am Vorabend zum ersten Mal genähert habe, gar nicht zaghaft, entschieden und im Vollbesitz meiner geistigen Kräfte, mir nicht mehr gleichgültig ist. Dass die Vorstellung, an diesen Mann zu denken, und das kann ich sogar, wenn er mir direkt gegenüber steht, zaghaft etwas in mir anrührt. Ich habe mich verletzbar gemacht, auch wenn ich davon ausgegangen bin, dass mir das nicht passieren kann, wenn ich der Sache sehenden Auges entgegentrete. Ich war kalt und entschlossen, gestern noch (ich hatte klare Absichten). Glaube ich wenigstens. Was Duncan gegen Alexander in der Hand hat: die Unterschiebungssache kann ja nicht das einzige sein, wenn sie auch das Interessanteste, will sagen, Verwertbarste ist, von dem ich weiß.

Ich mache mir da gar nichts vor, mit Vorbedacht und Berechnung habe ich die Seiten gewechselt, das darf ich nicht vergessen. Und schon gar nicht darf ich vergessen, was dieser Seitenwechsel bedeutet: einen neuen Blickpunkt, einen neuen Feldherrenhügel, von dem aus sich das Geschehen rundherum betrachten lässt. Klare Absichten und ebensolche Aussichten: man könnte sich fragen, warum dieses Freiheitsgleichheitswerk so gründlich gegen die Wand gefahren wird, und zwar frontal. Hier wie dort. Wenn die Antwort nicht so simpel wäre: das einzige, worauf man sich verlassen kann, ist die Ungleichheit. Die Konsequenz kann nur sein, dafür zu sorgen, dass man auf der richtigen Seite dieser Ungleichung steht.

Und jetzt, angesichts eines schief zum Lächeln verzogenen Mundwinkels, angesichts der Lippen, die voll sind und saftig, nichts von kühler Klarheit, im Gegenteil. Ziemlich weit innen berührt nur wegen dem bisschen Grenzüberschreitung in einem nächtlichen Abgrund, so schnell geht das, muss ich feststellen. Über dem Abgrund. Der Abgrund ist mir allerdings nahe. Verletzbar nur wegen ein wenig Sex, der ja bei jedem ersten Mal ein unvermittelter und etwas unbeholfener Brückenschlag ist über sämtliche Sicherheitsabstände hinweg. Mein Körper denkt ausschließlich daran, dass und wie er die Sache wiederholen will, und Alexander weiß das, er steht vor mir und lächelt und lässt meine Fingerspitzen fallen.

22

Ich machte meinen Frieden mit Beatrice. Nur dass der Haushofmeister immer noch herumschlich, missfiel mir, immer unter neuen Vorwänden und angeblichen Aufträgen Alexanders für die Wohnungsinstandsetzung, Spionagetätigkeit, die er nicht einmal zu kaschieren versuchte. Und wer der Auftraggeber war, war offensichtlich. Duncans liebste Anchorfrau zeigte uns in der Zwischenzeit die neuesten Angriffe gegen die Freiheit der Wirtschaftstreibenden. Ann. Ich fand auf einmal Gefallen daran, sie zu begutachten: Sie berichtete von einem Angehörigen einer Spezialeinheit, und warum Mut und Aufopferung die Basis unserer Gesellschaft seien. Ein Lächeln, elektrisierend und verbindlich, als ob sie mich persönlich meinte. So weit habe ich es nicht gebracht, ich weiß. Sitze nur da und warte vor diversen Bildschirmen, während die Werbeunterbrechungen die Zeit einteilen. Was soll da weitergehen. Sie weiß genau wie ich, dass das einzige, worauf es ankommt, das eigene Vorankommen ist, doch darauf kann ich mich im Augenblick nicht konzentrieren.

Stattdessen denke ich über die Nacht nach. Alexander ist abgereist, aufgebrochen zu irgendeinem Fischzug oder Feldzug, für den Duncan ihn unbedingt braucht (tief im chinesischen Fernsehmeer), so kann ich jedes Detail an die Oberfläche holen und grell von allen Seiten ausleuchten, krank ist das und vor allem: es führt zu nichts, das weiß ich schon, dennoch: in meiner Erinnerung kann ich beliebig navigieren. Ich kann mich bewegen, wie ich will, und ich muss mir die Vermutung nicht näher ansehen, dass er in der Zwischenzeit die privaten Verhältnisse regelt. Es steht mir allerdings frei, das zu tun. Es ist nicht davon auszugehen, dass er bis hierher beziehungsmäßig unabgesättigt geblieben ist. Ein Mann wie Alexander kann nicht lange alleine bleiben, zu sehr entspricht er dem Anforderungsprofil. Auch wenn er diesbezüglich keinerlei Information durchsickern hat lassen; zu dumm, dass ich vergessen habe, Duncan danach zu fragen, damals, als die Gelegenheit günstig war. Ich muss mich doch wundern über diese Fehlleistung. Als Duncan endlich den Mund aufgemacht hat und mitteilsam geworden ist, das wäre der Moment gewesen herauszufinden, was denn Alexanders Knackpunkt sein könnte: Männer? Kinder? Irgendjemand muss diese Idee schließlich naheliegend gefunden haben.

Nein, da ist kein Hund begraben, nirgendwo. Höchstens an eine Platzhalterin könnte ich glauben, gesellschaftlich möglicherweise nicht ganz das Richtige, deshalb vorsorglich unausgestellt, und mit dem Ausstellen habe ich Erfahrung. Dann gibt es zwei Möglichkeiten, eine vorübergehende Lösung oder die nebenherlaufende. Beides könnte mir egal sein, ein bisschen Großzügigkeit werde ich aufbringen, doch ich muss zugeben, dass mir die zweite Variante nur insofern behagt, als sie ihn nicht so passiv erscheinen lässt. Passiv? Wie komme ich jetzt darauf?

Es wird Zeit, dass ich einmal in meinem Leben tätig werde. Bevor Alexander geht, küsse ich ihn noch einmal, doch er ist nicht recht bei der Sache (natürlich, er ist beschäftigt, er hat andere Ziele). Kontrolle, auch gut, wer bin ich denn, bin doch auch im Inneren klar strukturiert und zielorientiert, wenn es drauf ankommt. Reiß ich mich eben zusammen. Was kann so ein bisschen Nähe schon ausmachen? Nur so viel, wie ich sie ausmachen lasse. Die Grenze muss ich ziehen, also ziehe ich sie hier und jetzt. Ich gebe ihm meine mühsam hervorgeholte Kälte klar zu verstehen, er soll wissen, mit wem er es zu tun hat. Ja doch, die mit dem Transportunternehmen von Innenraum zu Innenraum. Immerhin verfüge ich in meiner neuen Wohnung sogar über ein eigenes Zimmer, und diese plötzliche Erkenntnis erheitert mich. Was gehen mich so ein kleiner König und seine kümmerlichen Gefühlsäußerungen an. Diese Vertraulichkeit, die ich mir wünsche: dumm, instinktgesteuert. Das kann ich besser. Wofür hat man Kinder; die sind mit Duncan unterwegs, angeln, nehme ich an. Transportunternehmen? Ich bin sicher, dass ich was anderes sagen wollte, doch ich habe jetzt keine Zeit, mich mit der Frage nach dem richtigen Wort aufzuhalten, das steht hier nicht zur Diskussion. Hier geht es um mehr, und das rinnt einfach so aus mir heraus, während Alexander immer noch hofft, dass

Duncan es gut mit ihm meinen könnte. Alexander ist zu gutmütig.

Mein Bett ist breit. Das Wasser bin ich, was bleibt mir übrig. Die erste kleine Klamm ist nicht mehr als eine schmal eingeschnittene Furche in einer unauffälligen Landschaft – aber ich habe sie selbst eingeschnitten, gestärkt durch einige Bachläufe, die ich unterwegs eingesammelt habe.

(Hat Duncan nicht gesagt, er wolle uns, dem jungen Paar, Zeit lassen? Und ausgerechnet jetzt muss Alexander sich um den Ölpreis kümmern? Der Ölpreis: ein Leitmotiv. Aus seinem Anstieg lässt sich immer mediales Kleingeld schlagen, und selbst auf dem Gipfel der Deutungshoheit, auf dem Duncan unangefochten thront, ist er sich dafür nicht zu schade. Nein, im Ernst, dem unbedeutendsten freien Mitarbeiter muss das Ölpreisthema längst in Fleisch und Blut übergegangen sein, dennoch liebt Duncan das Ausgeben solcher Marschbefehle, ich weiß das. Alexander wird für Größeres eingesetzt, für mehrere Fischzüge auf einmal: wie man lesen kann, ist er beispielsweise mit der finanzmarkttechnischen Schwächung des Hauptsponsors eines Senders beschäftigt, dessen Aktivitäten Duncan schon lange stören, den Namen habe ich gehört, die Geschichte dahinter schnell recherchiert: Aktienaufkauf, Hetzcampagnen, Gegenwetten, je nach Wetterlage, was man halt so zur Verfügung hat, jetzt kommt es nur noch auf die Zustimmung eines Ministers an, und den bearbeitet Alexander, im übrigen muss berücksichtigt werden, dass das vorzeitige Durchsickern von Gerüchten über die Sache die Aktiennotierung in die Höhe getrieben hat. Da müssen Gegengerüchte gestreut werden, Angebotsrücknahmegerüchte, die außerdem den Minister einem gewissen Druck aussetzen; die Zeit arbeitet für den Stresstestresistenteren.)

Doch ich beschäftige mich auch mit anderen Dingen. Dass Jeremias nicht mehr da ist, habe ich sofort bemerkt. Pensioniert, schon vor zwei Jahren, sagt sein Nachfolger, und das ist nicht Peter, ein neuer Portier steht hinter dem Empfangspult. Ich kann nicht anders, als mir zu denken, dass Peter sich auch andernorts nicht eben beliebt gemacht haben dürfte. Er steht immer noch an der Drehtür, und ich grüße ihn besonders herzlich. Immer bin ich in mir so allein. Ich vermute, dass andere es anders haben in sich, vollständiger und weniger ausgesetzt. Aber woher soll ich das wissen, mir fehlt der Untergrund. Weit und breit kein festes Land, nur Wasser und ein Nacken, an dem ich mich festhalten will. Und wie rutschig der sein kann, hat die Geschichte gezeigt, zumindest der Teil, an den ich mich erinnern kann. Und im Grund war der Ausgang (das Stranden) von Anfang an klar, hätte mir klar sein müssen, wenn mich nicht die Euphorie davongetragen hätte, über den schaukelnden Rücken, die sanfte Haut und das warme Wasser. Wie war das jetzt mit China?

Manchmal glaube ich mir selbst nicht mehr. Nur den vermehrten Ausschüttungsbegleitgeräuschen dieses dubiosen Bindungshormons zuzuhören, ist nicht wirklich ergiebig. Da kann ich mir sagen, ich sei ungerührt, so oft ich will: die Erinnerungsfiltrieranlage läuft auf Hochtouren. Kaum ist die Zukunftsgrenze überschritten, setzt sie sich in Gang, wird die Erinnerung zerstückelt, sortiert, verwertet und reproduziert, Stück für Stück begutachtet und analysiert. Die Kinder rufen mich nur einmal an in der Zeit, ein Hinweis darauf, dass es ihnen gut geht. Mein Herz ist nämlich nicht kälter geworden. Alles Wunschvorstellung, die mit der Realität von mir allein Dasitzender, allein in seiner Burg, absolut nichts zu tun hat. In meiner Burg. Meine. Ich vergesse mich. Ein Lächeln hole ich zum Beispiel hervor, das nur einen Sekundenbruchteil aufblitzt, und an dem ich mich doch wärmen kann. Weiße innere Winterkälte? Wohl kaum. Sieht mir das ähnlich?

Eine bestimmte Formulierung, die Alexander benutzt hat (etwas mit Analysten: something wicked?), und die irgendeine Entsprechung in mir findet, jedes Detail wird wieder und wieder hervorgeholt, sonst habe ich nichts zu tun, die beheizbaren Zimmer sind überschaubar, und sogar Beatrice scheint das Waffenstillstandsabkommen einzuhalten. (Die Sauberkeit der Palisanderholzvertäfelung der Liftvorhallen wird übrigens von einem weißbehandschuhten Kontrollorgan überprüft: die Innenflächen der Finger bleiben unbefleckt, wie man mir zeigt.)

Ich kann zufrieden sein. Mein Bett ist breit, das sehe ich vom Whirlpool aus. Jetzt plötzlich bin ich mir ganz sicher, wo dieses flexible Ich sich befindet: im breitesten Bett – ich ganz allein hab es gemacht, hab's mir gegraben, ich weiß, das traut man mir nicht zu, wenn man mich harmlos dahinplätschern sieht unter vermodernden Stämmen, Resten von Bäumen, die ich höchstpersönlich unterspült und umgerissen habe, zu Fall gebracht und mitgeschleift, bis sie sich beiläufig zwischen den Wänden meiner Fließwanne verkeilen. Ein Kompetenzzentrum für aufenthaltsbeendende Maßnahmen für Baumprojekte gewissermaßen. Ich bin schon zu einigem fähig. Nichts ist wichtiger als die rechtzeitige Beseitigung unliebsam Fußfassender. Es herrscht schließlich Krieg. Da kennen wir uns aus; wir haben all die Jahre nicht umsonst Schlachten geschlagen daheim vor unseren Bildschirmen. Krieg ist etwas, dessen Mechanismen wir von innen kennen, könnte man sagen, wir verwenden ausschließlich Uncut-Versionen, wir sind ja keine Kinder.

Der linke der beiden Fensterputzer, die ich erst jetzt bemerke, zu beschäftigt mit was auch immer (manche werden auch zu spät beseitigt, dann kann man es ebenso bleiben lassen), schiebt seine dickrandige Schutzbrille nach oben und wischt sich die Stirn mit dem Ärmel ab. (Wenn sich die Baumprojekte bereits dem Ende ihrer natürlichen Lebensdauer und dem Wasser zuneigen.) Ich winke dem Putzmann zu, doch er scheint mich gar nicht zu bemerken, das Glas ist von außen beinahe opak, semitransparent, lässt ihn nur verschwommen, vermute ich, hinter der eigenen Silhouette die Konturen des Raumes mit mir darinnen wahrnehmen, er muss sich auf diese Bildebene konzentrieren, wenn er sie sehen will.

23

Was soll ich mit meinen Tagen tun? Dort sitzt schon wieder Einsamkeit, die man zudecken muss, eingraben unter lauter Erleben, während Duncans Deal wie gewünscht über die Bühne zu gehen scheint: ich besuche die städtischen Museen, wozu ist man schließlich in einer Stadt, und fotographieren lassen kann man sich dabei ebenfalls vor wandelnden Dinosauriermaschinen zum Beispiel, auch nicht schlecht. Und wieder laufe ich am Meer entlang, nein, am See. Das passt Alexander nicht, wie mich der Haushofmeister stellvertretend wissen lässt, die Stellvertreterpose gefällt ihm gut, das kann man sehen, und er versucht mir einen Platz zuzuweisen, den er handhaben kann, ich verstehe ihn ja – weiß der Himmel, der weite Himmel über dem See, warum es mir immer noch nicht gelungen ist, ihn loszuwerden. Und wenn ich wirklich einmal etwas von ihm will, verweist er mich an den Portier. Immer nehme ich mir vor, radikale Schnitte zu setzen, einen Schnitt, genauer gesagt. Warum lässt Alexander mich so lange warten? So verfolge ich eben Duncans öffentliche Äußerungen, was ich früher nie getan hätte, und entdecke voller Häme, dass er Fehler macht bei der Abhandlung seiner Lieblingsthemen, Angeltechnik und wildwuchernder Staatsapparat, aufgeblähter Staatsbauch.

Ich sitze ganz allein am höchsten Punkt des Turmes, von dem aus man eine Aussicht hat, die diesen Namen verdient; ein Turm, dessen exponierte Lage einlädt. Allein? Beinahe, und diese Einschränkung lässt mir schließlich keine Ruhe: ein verhuschter Mensch steht mir gegenüber und wartet darauf, dass ich irgendeine Reaktion zeige. Vermutlich will er sich dafür rächen, dass ich merke, wie unwohl er sich im eigenen Körper fühlt, dass ich nicht anders kann, als die Diskrepanz zwischen Innen und Außen, zwischen behaupteter Bestimmtheit und verräterischen Unbeholfenheiten wahrzunehmen, als da wären: ungeschickte Handhabung der Extremitäten, ein leichtes Sich-Vergehen, Unsicherheit beim Aufsetzen der Fersen, beim Abrollen der Sohle, schnelle kleine zustimmungsheischende Seitenblicke, die schon um ihre Vergeblichkeit wissen und den Ausdruck des

Missmuts noch verstärken; dergleichen mehr, das ermüdend anzusehen ist und stellvertretend peinlich. Gegen das Alleinsein an und für sich habe ich nichts. Mit Ungeschicktheiten habe ich allerdings keine Geduld mehr. Und da komme ich wieder auf den Punkt: Hat man mir nicht versprochen, dass ich allein wäre in meinem Gefängnis? In so einer komfortablen Einzelzelle für die oberste Privatversicherungsstufe; wofür habe ich schließlich all die Jahre eingezahlt? Muss ich wohl was falsch verstanden haben.

Ich habe mich teuer verkauft, das wenigstens kann ich mir zugutehalten, wenn sich möglicherweise auch noch mehr hätte herausschlagen lassen, wer weiß. Aber man muss sparsam umgehen mit der Nutzungszeit des Zeitfensters, das so gegen den Strom vorüberschwimmt. Mit der Rahmenbedingung. Dabei empfinde ich etwas für Alexander, den jungen, schönen, tatkräftigen Mann, und was diese Empfindungen betrifft, so ist mir schon klar, dass sie hausgemacht sind, rahmenbedingungsabhängig, dass es die Situation ist, die Wohnung und der Umstand, dass wir einander zugefallen sind. Das ist der gesamte Gefühlswurzelstock.

Ich bin Alexander zugefallen wie ein Los, das ich habe ziehen müssen. Wir sind auf uns gestellt. Der zweite Mann: es liegt nicht an ihm, und er ist noch kein Haupttreffer, auch wenn ich sicher bin, dass er vorhat, einer zu werden. Ich muss ihn dazu machen, ganz einfach. Das Einverständnis, das in seinem Lächeln liegt, ist keine Täuschung.

Er überschätze meine Bedeutung, entgegne ich dem Haushofmeister, was ihn sichtlich irritiert, ich lege nach: natürlich sei das Interesse an meiner Person in sich zusammengefallen, sobald sich die einvernehmliche Neustrukturierung meiner ehelichen Verhältnisse abzeichnete. Alexander kennt man nicht, dafür hat er schon gesorgt. In Wahrheit hat sogar der Fototermin im Museum arrangiert werden müssen, und die Roboterechsen haben nicht funktioniert, soweit ist das öffentliche Interesse an mir wieder geschwunden, mir kann es recht sein. Ich kann ohne größeres Aufsehen den Strand entlanglaufen; so leicht lasse ich mich einschränken, dass ich nachdenke über die Vorgaben des Haushofmeisters, über Aufsehen oder sein Fehlen. (Das aktuelle Liftmädchen ist übrigens asiatisch, und ihr leises Kopfnicken hat immer etwas von einer Verbeugung.)

24

Dennoch gehe ich dem Haushofmeister aus dem Weg, er beobachtet mich: wie du mich, so ich dich. Die Gärtnerin hätte mir vermutlich sagen können, wie man mit dieser anwachsenden kleinteiligen Bösartigkeit umgehen müsste, mir fehlt die Unantastbarkeit. (Ich denke an ihr Lachen, ihr quittierendes Lachen, das jeden Versuch beenden konnte, ihr blöd zu kommen. Da war was mit dem Jägermeister, ich kann es nur nicht mehr benennen.) Mich andauernd in jeder Interaktion mit anderen neu definieren zu müssen, eine Existenz zu behaupten, von der ich nicht genau weiß, wie sie aussehen, und schon gar nicht, wie sie sich von innen anfühlen müsste, ist so anstrengend, dass mir die Luft wegbleibt. Er scheint darauf zu warten, dass ich mich ihm zum Fraß vorwerfe. Biedermann *is having me for dinner tonight,* und ich sehe aus dem Fenster.

Meine Gefühle sind beliebig, sie wollen einfach da sein, aus sich selbst heraus, sind nicht objektorientiert, ihr Objekt ist austauschbar. Ich mache mir da nichts vor. Es könnte ein beliebiger Mann sein, richtig positioniert, mit annehmbarem Äußeren, ebensolchem Auftreten, zugegeben, ein paar Ansprüche habe ich schon, und die Konfiguration wäre ausreichend, die nachträgliche (postkoitale) Entwicklung von Gefühlen zu rechtfertigen. So einfach ist das: hat nichts zu bedeuten. Und ich denke nicht, dass es für ihn wesentlich anders ist. Er ist eine Mikrobe. Eine sehr ehrgeizige allerdings, und ich schleuse ihn durch die Membran. Ich stülpe meine Gefühle also über einen zufällig des Weges kommenden Mann, und siehe da, sie passen ihm, und wer bin ich zu sagen: der hat ja gar nichts an.

Die Lüftungsklappen unter den Fenstern schließen nicht, der sich aufwärmende aufsteigende Luftstrom sammelt sich darunter und drückt mit aller Macht gegen die Abdeckung, die aussieht wie ein ganz gewöhnliches hölzernes Fensterbrett, wenn auch die Tendenz zum Nachgeben eine Sandsackbeschwerung nahelegt (damit ich nicht abhebe). Manchmal stelle ich mir vor, der Haushofmeister füllte meine ansonsten völlig leere Körperhülle mit Sand, so wie das Biermännchen sich selbst aus dem Glas: so schwer bin ich. Biermännchen, alte Welt? Die Verschlusshaken der Abdeckung rasten jedenfalls nicht mehr richtig ein. Ich hätte den Mechanismus ruiniert, sagt der Haushofmeister nur, als ich ihn darauf aufmerksam mache, endlich zufrieden, eine Verwendung für ihn gefunden zu haben: das Reparieren der Abdeckung, Biedermännchen. Die Antwort macht mich sprachlos, er dreht sich um und geht davon, nur das kleine Einknicken in den Knien zeigt, dass er sich meines Blickes bewusst ist. Aber vielleicht hat die Gehfehlleistung gar nichts mit mir zu tun. Das Rauschen der Zugluft bleibt mir erhalten. Aber dem werde ich beikommen, selbst wenn ich einsehe, dass ich dieses Spiel nicht allein spielen kann, dazu werde ich leider auf die Rückkehr des kleinen Vizekönigs warten müssen. Aber dann soll er von der höchsten Zinne fallen. Vom höchsten Galgen baumeln, den ich höchstpersönlich aufstellen lassen werde.

Den wuchernden Trieben bin ich allein überlassen, und sie greifen nach mir (fleischfressend). Ich verzehre mich, dazu habe ich Zeit genug. Soll heißen, ich beginne, meinen Körper aufzuessen. Die Haut an den Fingern. Die Innenseite der Mundhöhle. Alles, was man so nebenbei aufessen kann.

Und wie ich mich gerade mit diesem Spiel vergnüge: Turm Zinne Galgen, ruft Alexander an, und ich höre seine Stimme auf einer überraschend verrauschten Leitung, klar, denke ich, sie muss ja durch das Meer gelangen, oder an ihm vorbei, durch das ganze unterirdische Transportröhrensystem, oder von Satellit zu Satellit springen, auch das wäre möglich und würde den Geräuschbeifang erklären, und ich versichere ihm, dass ich viel an diese Nacht dächte. Schön, sagt er, das freue ihn, und dass die Situation vor Ort schwierig sei, schwieriger als angenommen. Und Duncan fange an, sich zu verzetteln, Alexander lacht versuchsweise, man könne sagen, Duncan scheine Sentimentalitäten zu entwickeln (Fischgründe in Gebirgsflüssen).

Duncan? frage ich ungläubig, und dabei freue ich mich so sehr über seinen Wunsch, mich in seine Überlegungen einzubeziehen, zumindest publikumsseitig, dass der Druck steigt, jetzt etwas Vernünftiges von mir zu geben, dann sage ich: ja, ich weiß, dabei habe ich keine Ahnung, wovon er redet, nicht einmal, ob ich ihm trauen kann, und prompt fragt Alexander, was ich denn wisse. Das Vatersein steigt ihm zu Kopf, nehme ich einmal an, dann falle ich mir selbst ins Wort: Vor allem aber will ich nicht über Duncan reden, ich kann den Namen nicht mehr hören, ich habe ihn gestrichen aus meinem Leben, das schreie ich fast und es schüchtert Alexander ein, was mir Oberwasser verleiht. Und um ihm zu zeigen, was ich gelernt habe, lasse ich eine längere Abhandlung folgen über Holdingstrukturen, Aufsichtsräte, Kennzahlen und sonstige Signifikanzen.

Dahinter lauern schon wieder Gedanken an diese Nacht, an diesen kurzen Augenblick haltlosen Ineinanderverkrallens; ich muss sagen, dass ich langsam zu erkennen beginne, dass es strategisch gar nicht so unklug ist, mir die Zeit zu lassen, in Erinnerung zu baden und mich selbst auf kleiner Flamme zu rösten. Nicht mit mir, sage ich, und dass ich ihn wieder haben will, dass ich das Warten leid bin (er lacht). Wenn ich schon zum Stellvertreter abgestiegen bin, sage ich, von mir aus auch zum ersten Stellvertreter (er schweigt eisern), will ich wenigstens was davon haben (seine Jugend, seine Entschlossenheit, sein Potential). Sonst, führe ich aus, beschäftige ich mich viel zu viel mit der Vergangenheit, und das führt zu nichts Brauchbarem, statt dass ich nach vorne blicke und mir überlege, wie wir einander ergänzen und unterstützen können. Wo das hinführen kann und wie wir es am Besten anstellen, unsere Ziele zu erreichen, und die liegen, das war mir bei seinem Anblick sofort klar, in derselben Region: ganz oben. Und nach kurzem Zögern lacht er endlich.

Dort hat man Überblick. Zumindest vermutet man das auf diesem Level. Was für ein Fehler. Ich gebe zu, dass ich die Gärtnerin vermisse, ihre stille, selbstverständliche Anwesenheit. Vielleicht könnte ich Pflanzen ziehen in Alexanders Badezimmer. Übrigens habe ich jetzt eine Aufgabe: Mein eigenes Schicksal in die Hand nehmen, und wenn ich dabei Alexanders Hilfe brauche, so werde ich sie eben in Anspruch nehmen: Turm Zinne Galgen. Komm, sage ich.

25

Alexander nennt den Tag. Bis dahin erzählt er mir Geschichten von meiner Schönheit (meine Haare sind noch immer nicht geschoren, fällt mir ein) und seiner provinziellen Herkunft, unspektakulär, doch durchaus gehobene Mittelschicht, solides Handelsunternehmen, und ich stelle mir weißgestrichene und mit sauber geschnitzten Holzornamenten verzierte Südstaatenhäuser vor, deren Veranden über grellgrüne Rasenteppiche ragen. Mehr muss ich nicht wissen, das reicht mir: Bilder, von denen ich zehren kann. Dass Duncan mir etwas von einfachen Verhältnissen erzählt hat, aus denen Alexander käme, mit alleinerziehendem Zimmermädchen als Mutter, und dass ihm die Army nach dem Militärdienst ein Studium finanziert hätte, fällt mir erst später ein. Doch ich werde nicht fragen. Soll er seine Geheimnisse haben. Auch wenn ich das Zimmermädchen poetischer finde.

Der Gedanke an die Gärtnerin gibt mir Halt, ich kann zur Ruhe kommen und vernünftig werden. Ich stelle mir vor, wie es sein könnte, keinen Unterschied mehr machen zu müssen zwischen innerer und äußerer Erscheinung, in mir drin zu sein und eins mit meinen Absichten und Wünschen, die Wünsche tief empfunden. Ich fange im Kleinen an, jeden Tag ein kleiner Schritt: die Interpretation der Bekleidungsregeln, die man in meiner Lage, das ist mir klar, beherrschen muss, ich bin hier downtown und unter ständiger Beobachtung, auch wenn Fotografen noch nie zu meinem Alltag gehört haben. Das Einkaufen könnte ich in der Nachbarschaft erledigen, den Haushofmeister dazu abstellen, mich zwei Blocks weit zu fahren und dort auf mich zu warten (er grunzt, doch er widerspricht nicht, am Steuer des vorfahrenden Wagens sitzt ein anderer, was mir nur recht sein kann). Die Botschaft ist angekommen, da habe ich keinen Zweifel.

Die Einkäufe, die ich im Wagen liegen lasse, trägt Peter mir nach, ich gebe ihm üppiges Trinkgeld und lächle ihn an dabei (meine Unterwürfigkeit ärgert mich), während er keine Miene verzieht. Immerhin verweigert er den Dienst nicht, das wenigstens registriere ich mit Genugtuung. Ich sehe, dass das schon werden wird, dass ich langsam hineinwachse in meine Rolle wie alle anderen auch, wie noch jeder in seine Rolle hineingewachsen ist, oder wie das zumindest im Nachhinein so gesehen werden kann, das ist das Schöne: zusammenfassend und abschließend kann man sagen, dass Mensch und Funktion eine Einheit darstellen, eine Verbindung eingegangen sind, und die schreibt man dann auf den Grabstein.

Überhaupt kommt es mir vor, als ob ich allmählich wieder zum Leben erwache. Unter dem Turm der kleine schäbige Vergnügungspark zum Beispiel rührt mich, ich wusste nicht, dass man diese Ansammlung altertümlicher Rummelplatzattraktionen vermissen kann, ein kleines Riesenrad, das neben dem Turm besonders sinnlos scheint, zumindest, wenn der Turm zugänglich ist, irgendein Ding, das von Zeit zu Zeit hektisch rauf und runter fährt, und noch ein paar andere Vergnügungseinrichtungen, die den Kindern altersmäßig wohl gerade noch gefallen könnten: nun weiß ich, dass man nach ihrem Anblick Sehnsucht haben kann, besonders nach dem nächtlichen, wenn jedes Objekt bunt leuchtend konturiert seine Form emblematisch anpreist.

Nun weiß ich es. Hier gehöre ich her, das ist mein Ort, mein Turm. (So weit ist die Bugwelle der Plünderungen übrigens nie gekommen, der Turm blieb für sich, abgeschirmt vom Lärm der Uferstraße der Stadt vorgelagert.) Ich würde mich gerne gehen lassen, unbeirrbar heiter mit der Sonne im Rücken dem Strand folgen, vorbei an Sportlern und Verkaufsständen, bis die wachsenden Schatten der Stadt die drückende Hitze mildern, die nur in Seenähe zu ertragen ist. Eis essen vielleicht, üppiges amerikanisches Eis von der Konsistenz einer nachmittagsschweren Buttercremetorte in der Mitte einer satten Seniorenrunde, die dem gesicherten Alter freudig entgegensieht. Da fällt mir ein: ich habe vorgesorgt (ein Staubecken, das ich gemächlich fülle), ich sollte glücklich sein, wenn auch der kleine Stachel der Degradierung in mir steckt, aber das auslaufende Gift macht vieles wett. Und bald, bald werde ich die Kinder nachholen, die Kinder, von denen ich andererseits weiß, dass sie gut versorgt sind, und deren Anwesenheit, das sehe ich ein, Alexander irgendwie irritieren könnte. Ich sehe ein, dass die Kinder eines anderen seine Karrierepläne stören würden, oder vielmehr meine Konzentration auf Alexanders

Karrierepläne. Seine Karriere ist auch die meine. Wie hat es soweit kommen können? Ich glaube, ich habe das detailliert kalkuliert. Durchschnittseinkommen und Ausbildungssituation angesichts der neuen Verhältnisse mit dem Potential verglichen, das Duncan mir bot. So wird es wohl gewesen sein. Und ja: Beseitigung ist eine Option.

Nein, was sage ich. Ich sollte am Rad sitzen in der Wohnung oder im Fitnessbereich im 2. Stock, damit ich unter die passenden Leute komme, das sollte ich, oder von mir aus im turmeigenen Privatpark am Garagendach meine Kreise ziehen, nicht am Strand spazieren gehen, das tut man nicht in meiner Lage. Als ob ich gänzlich unbelehrbar wäre. Und der Strand ist es auch: völlig unberührt von den Vorgängen ein paar Blocks weiter, aber die sind sowieso unter Kontrolle, denke ich.

Dabei lerne ich. Es dauert zwar, bis ich das mit den Kindern einsehen kann, und dabei fallen mir meine präraffaelitisch gewellten rotblonden Locken feucht von beiden Seiten des Scheitels (ein schwüler Tag), und ich weiß, dass ich zum Anbeißen aussehe. Der Haarschnitt ist fällig. Zum Sichverzehren. Ich habe rechtzeitig vorgesorgt. Zum Verzehr geeignet, denke ich und lächle einem dicken Jungen zu, der offensichtlich versucht, seine Körperausmaße durch Lauftraining zu reduzieren. Sein Schrittrhythmus gerät ins Stocken, die weite Hose schlackert um die Knie. Er passiert drei Kinder, es gibt also doch noch welche, und die beziehen meinen Blick auf sich, sie rufen mir etwas zu, und ich lächle zurück. Gerne denke ich an Alexanders Stimme gestern Nacht, schon Morgen bei ihm, ein wenig ausgedünnt klingt er zwar durch das Telefon, doch unverkennbar, und wieder dieser leise überraschte Oberton, der mir direkt durch die Innereien fährt, und wie ich nur so durch den Nebel höre, was er eigentlich erzählt, zu sehr bin ich mit dem Erfassen seiner Stimmdetails beschäftigt, deren Zusammenklang mich betört, wie es scheint. Er spricht von sich und der Armeezeit und dem, was sie Frischlingen so antun. Ich hinke weiter hinterher, wie gesagt, er legt eine Kunstpause ein, um mir Zeit zu geben, schockiert zu sein. Dann lacht er: Das schweißt zusammen.

Ich spüre, dass ich wieder einen Willen habe. Ja, ich will, kann ich sagen und unbeirrt nach vorne blicken, zum Yachthafen. Kein interessantes Objekt in Sicht. (Nur nicht zu schnell die Suchscheinwerfer ausschalten, den Blick einschränken, flüstert es böse in mir, erinnere dich, was beim letzten Mal passiert ist. Auf schnellen Sohlen will sich schon wieder der Zweifel einschleichen, nicht bei mir.) Ich höre die Kinder rufen.

Ich habe Alexander nach seiner Haltung zu den Kindern gefragt, am ersten Morgen, und ihn gezwungen, mir in die Augen zu sehen. Er lächelt und fragt mich doch glatt, wie ich die Aussicht fände, als würde sie ihm gehören. Die Frage kenne ich, ich finde es zu anstrengend herauszustreichen, dass das hier meine Wohnung ist, meine Aussicht; so bleibt mir eben ein halbherziges müdes Lächeln. Ich habe hier schon die Aussicht abgegrast, da war von Alexander noch gar keine Rede. Das Themenwechseln liegt ihm, er sieht aus dem Fenster auf sein kleines privates Meer unter dem kleinen Glasabhang, ein kleiner König, ein Stellvertreter, während ich versuche, mich an seine Zunge in meinem Mundraum zu erinnern, seinen Geruch, seine Hände und seinen Rhythmus in mir, der nur sich selbst genügt hat und doch teilbar war. Unsere Bewegungen, könnte man sagen, haben sich aufgeschaukelt zu annähernder Zufriedenheit, und das ist ja an sich schon erstaunlich bei einem ersten Mal, das ja immer unbeholfen ist, ein provisorischer Brückenschlag; ich wiederhole mich.

Und während ich diesen abseitigen Gedankengängen folge, überholt mich das Kleinste der Kinder, baut sich vor mir auf und streckt mir eine Hand entgegen, die Nägel sandverkrustet, ich übe mich in dem indifferenten Vorbeisehen, das überlebenswichtig ist, das lernt man schnell, und gehe weiter, doch zu spät. Nun kommen die anderen beiden, schlecht gekleidet und entschieden: Bitte sagen sie, bitte und ziehen an mir (weit und breit kein Sicherheitsdienst), ich reiße mich los, kehre um und stelle erstaunt fest, wie klein der Turm schon geworden ist, der Vergnügungspark kaum noch zu erkennen, wo die Kinder wohl auf Beute lauern, überlege, wo die nächste U-Bahn-Station sein könne und suche eine Unterführung unter der Stadtautobahn, der breiten Seeuferstraße, die den Strand von der Stadt trennt und hinter der ich gesichertes Terrain vermute, wie ich darauf komme, verstehe ich nicht ganz, aber es heißt wenigstens, dass ich etwas tun kann. Da ich nicht auf solche Durchgänge, Strandausgänge geachtet habe, suche ich ziellos, gefolgt von den Kindern, und die werden mehr. In einem Fußgängertunnel, den ich schließlich finde zwischen einem leeren Beachvolleyballfeld und einer Imbissbude, stellen sie mich. Wie kann man auch so in die Falle laufen. Und während sie mit meinem Geld abziehen, spucken zwei oder drei von ihnen auf den Boden, ohne mich dabei anzusehen. Am Heimweg lache ich.

26

Und dann steht er plötzlich wieder da, ein wenig schmutziger, ein wenig verbrauchter und verletzlicher, als ich ihn in Erinnerung hatte, doch körperlich unversehrt, ein schmuddeliger durchgebeutelter Anzugskrieger, frisch aus der Schlacht, und dass er deren Ausgang nicht erwähnt, interpretiere ich so, dass er gut war.

Seine Augen funkeln seltsam, als hätte er eine Tränenschicht auf der Pupille, doch das kann nicht sein, und ich bin so froh, ihn zu sehen, dass ich nur dastehe wie vom Blitz getroffen und meine Hand nach ihm ausstrecke. Dass ich ihn gar nicht erst ins Schlafzimmer bringe und schon im Vorraum sage, fick mich, bitte, und das tut er auch, während das Personal uns großräumig ausweicht, der Grundriss der Wohnung erlaubt Zirkelschlüsse.

Zuvor noch, während meine Hand seinen Körper berührt, verwundert anscheinend über die bloße Präsenz, die Gegenwart dieser muskelverkleideten Knochenstruktur, die sich der Handfläche entgegenstellt, berichtet Alexander stockend, mit trockenem Mund, dass Duncan in der Zwischenzeit plane, in die Übertragungsrechte der Weltmeisterschaften im Fliegenfischen zu investieren, daran denke ich, um dieser ersten Zeile zu entkommen, die eine zweite sucht, unfertig und vorwurfsvoll in der Luft hängt, diesem *I will not be afraid of death and bane*, das mich sonst in ungesunde Bahnen lenkt, mich dazu bringt zu denken, dass ich mich nicht vor dem Tod fürchte. Ich habe mich vertraut gemacht mit dem Tod, ich betrachte den Tod als stets einzukalkulierende Möglichkeit, meinen eigenen ebenso wie den der anderen, nein, ich fürchte mich nicht. Und er über mir, entschieden, schließt die Augen, während er fordernd und rhythmisch, ich weiß nicht, welcher Metrik er da folgt, in mich hineinstößt, die Augen hält er geschlossen, will mich nicht sehen, der Realität nicht ins Auge sehen, und doch fickt er mich mit einer Hingabe, die mich ihn mögen lässt, und von tiefer gelegenen Angelködern rede ich erst gar nicht. Ich sehe ihn an dabei. Der einzige Moment, in dem ich nicht allein bin in meinem Körper. (Wie schön muss es sein, verschluckt zu werden. Ganz.)

Das Vergehen der Zeit hat irgendwie dazu geführt, dass wir weniger ungeschickt sind, als hätten wir heimlich aneinander geübt, uns ausrüstungsmäßig aufeinander vorbereitet, dann sagt er: Stell dir vor, er will uns besuchen. Will sehen, wie wir uns so eingerichtet haben. Oder so. Und ich lache, wir sehen uns an, und da ist etwas, das ich schon einmal in seinem Blick gesehen habe, da ist eine brüchige Blickachse, die nur uns zugänglich ist. Wir verstehen einander, und das lässt mich an schimmernde Wasseroberflächen denken. Manchmal greife ich nach einer seiner Schultern, unter deren sanfter Rundung die Knochen eine deutliche Sprache sprechen.

Sonst wären wir nicht dort, wo wir jetzt sind: seidenglatt gebettet. Und ich nicht mehr allein, nein, wir agieren jetzt gemeinsam, jetzt und immer, die gemeinsame Sache vereint uns auf ewig. Unser Tagesthema ist: nicht mehr allein. Nie mehr allein.

Da fing es wohl mit diesem Spiel an, das sich fast so hartnäckig festsetzt wie die Zweizeiler.

27

Duncan verlieren wir nicht aus den Augen, können wir gar nicht. Auf allen Kanälen brummt er vor Glück und schwärmt von der Fischtechnik und der Qualifikation der Teilnehmer: jetzt erfahre ich mehr über Duncans Aktivitäten als je zuvor, und nur manchmal wundere ich mich über die Konsequenz, mit der er die frühere Medienabstinenz hinter sich lässt; Alexander sagt, das müsse die Altersmilde sein oder die Liebe. Alexander spricht nämlich mit mir, und wüsste ich es nicht schon längst von ihm, so wäre das mit der Weltmeisterschaft im Fliegenfischen ein endgültiger Beweis für den Erfolg der jüngsten Unternehmung (die Weltmeisterschaft soll nach China verlegt werden, er habe wunderbare Bedingungen vorgefunden, unverfälschte Natur und Investitionsmöglichkeiten, schwärmt Duncan, die den Aufschwung einer ganzen Region mit sich bringen werde). Mit solchen Geschenken belohnt er sich, das weiß ich, in übermütiger Siegeslaune neigt Duncan zu Spielereien, und das ist eigentlich schon fast wieder ein netter Zug an ihm, das sage ich zu Alexander, der lacht. Den Kindern geht es gut. Duncan gibt Autogramme. Zu seiner Lieblingsjournalistin, die jetzt ihren eigenen Mann interviewt, sagt er: wer alt genug sei zum Plündern, sei alt genug, um erschossen zu werden. (Der jüngste Militäreinsatz hat die Plünderungen rasch beendet, die Bilder sind eindrucksvoll: unterprivilegierte Jugendliche auf beiden Seiten, die Plünderer vielleicht ein wenig jünger und schwärzer als die Uniformierten.)

Duncan hat kein Gefühl für diese Stadt. Und ich habe gedacht, du wüsstest etwas über ihn, sagt Alexander, und das klingt für sich genommen schon wie ein Vorwurf. Er lehnt die Stirn gegen die Scheibe, als ob er der Gebäudekante mit dem Blick nach unten folgen wollte, dann hebt er den Kopf und öffnet den Krawattenknoten, mit dieser hingeworfenen selbstvergessenen Geste, die Erschöpfung ausdrückt und vollendete Arbeit. Ich will mich verteidigen und überlege, was ich zu Duncans Persönlichkeit so sagen könnte – unauffällig, könnte ich sagen, fast schon spießig, keine ausgefallenen sexuellen Vorlieben, und selbst wenn, alles im ehelichen Rahmen oder zumindest im diskret außerehelichen, soweit mir bekannt ist, und was mit der derzeitigen Frau während unserer Ehe schon war, kann ich nur vermuten, nichts Handfestes, keine Beweise für ausschlachtbare Doppelgleisigkeiten, viel zu umsichtig. Und sonst ist mir auch nichts aufgefallen, habe nicht in seinen Unterlagen gewühlt (außer im Fall der Selbstmordgeschichte, und in der steckt Alexander tiefer drin, als uns lieb sein kann, zumindest unter dem Aspekt der Verwertbarkeit), blindwütig habe ich Duncan vertraut und überhaupt kein Interesse daran gehabt, ihm auf die Schliche zu kommen. Jetzt stehe ich mit leeren Händen da, die ich nur sinken lassen kann, herabfallen lassen von den hängenden Schultern, ich habe nichts. Ich habe die ganze Zeit nicht genutzt, die ich doch nutzen hätte können, wenn ich ein wenig vorausschauend gewesen wäre. Ich sehe, dass Alexander recht hätte, wenn er mir mein Versagen vorhielte, doch er tut nichts dergleichen, er lächelt nur und sagt, nunja, was solls.

Es tut mir leid, sage ich. Ich weiß doch, dass Aggressionsbereitschaft das Überleben sichern kann. Wenn sie dazu führt, dass man im richtigen Moment zuschlägt. Doch dazu braucht es das geeignete Instrument, und das kann ich nicht liefern. Alexander hat seine Handlungsbereitschaft bewiesen, an Entschlossenheit mangelt es nicht, das habe ich gesehen und das gefällt mir.

Ich möchte Terrain gutmachen, und dann mache ich einen Fehler: Ich zeige ihm die Kommentare, die ich gefunden habe und die die Stimmung heben könnten, da besprechen sie Alexanders Verhandlungsgeschick anhand verschiedener Beispiele. Einer versteigt sich gar soweit zu behaupten, wenn überhaupt jemand, dann hätte Alexander das Zeug dazu, sich in Stellung gebracht usw., wofür wird nicht gesagt, ist auch nicht nötig, man versteht auch so, worum es geht. Königsmaterial, sage ich und lächle noch, dann sehe ich Alexanders Gesicht, das zuzieht, sich verschließt. Zeig her, sagt er und dreht den Laptop zu sich, mit einer eleganten Geste, die seiner Anspannung nicht entspricht, doch ist er offenbar so angetan von der flüssigen Bewegung, dass er nicht anders kann. Mir treten Tränen in die Augen, vor Rührung, und ich versuche, das vor ihm zu verbergen, was nicht weiter schwierig ist, denn er liest schweigend und sichtlich zornig.

Ist doch nur ein Artikel, sage ich. Du kapierst auch gar nichts, fährt er mich an. So ist das also. Die Stimme wird heiser: das sicherste Mittel, um jemanden vom Rennen auszuschließen: ihn zu früh zu nennen. Ja, als ob ich das nicht wüsste, dennoch sage ich: Nein. Das muss es nicht bedeuten. Du bist aus der Deckung, klar, aber das heißt nicht, dass du dich vorführen lassen musst. Das denkt er zwar, schon möglich. Du kannst handeln. Du bist am Zug, das rufe ich ihm noch nach, als er in Sportbekleidung aus dem Schlafzimmer kommend die Wohnungstür ansteuert. Allein, zirkelschließend, begreife ich, dass das die einzige Alternative ist, nämlich zu handeln, und dass es das ist, was Alexander antreibt, er ist jetzt ganz er selbst, mit allen Zweifeln, die er offen äußert, das lässt ihn weiterwachsen, das macht ihn reif und offen. Und übrigens, sage ich später, als Alexander vom Training zurückkommt, vielleicht will er dich nur provozieren. Das sähe ihm ähnlich. Alexander, glühend und besänftigt, nähert sich mir. Also, sagt er. Was denkst du?

Und als Duncan in einem lockeren Interview zum Thema neuer Möglichkeiten im pazifischen Raum (Ausgliederung von Fernsehrechten, Ende staatlicher Rundfunkmonopole etc.) – neben sich die neue junge Frau und ihre Hand in der seinen – zum Besten gibt, er investiere sein Geld gerne, und er habe schließlich dafür gearbeitet wie ein Nigger, überhören wir das fast, wenn nicht der Interviewer einhaken würde und nachfragt, was er damit sagen wolle. Ich sehe das Bild des reflexhaft lächelnden Gesichtes von Duncans Frau nur angeschnitten über Alexanders Schulter hinweg, in die ich beiße, ob vor Begeisterung oder vor Aufregung, er drückt mich an sich. Nur zaghaft, scheint mir, weicht Ann zurück und blickt hinter Duncans Kopf zur Seite, als wäre von dort Hilfe zu erwarten. Der reitet uns noch alle in den Abgrund, sagt Alexander. Wenn man ihn verstehen wolle, so könne man verstehen, was er meine, sagt Duncan, das ist an Ann gerichtet, die sich erhoben hat.

28

Die nächsten Wochen bringen Kalmierungsversuche auf allen Seiten. Nur Duncan legt nach, wenn man ihn fragt (feindliche Medien setzen Duncans Äußerungen Bilder von ausgemergelten Minenarbeitern und kleine Geschichten vom Engagement seiner chinesischen Partnerfirma bei der Rohstoffgewinnung in Afrika entgegen), während Alexander die Entwicklung ruhig begutachtet, man könnte fast sagen, dass er sich zurücklehnt, nur von Zeit zu Zeit ein gewichtiges kleines Wort zur Imagekorrektur. Er ist gut, das sehe ich mit Freude.

Stuart ist der Mann fürs Grobe, das habe ich begriffen, falsch, ich muss mich korrigieren, der hat ja schließlich auch die Seiten gewechselt, oder auch nicht, wie immer man das auffassen will; auf jeden Fall gibt es einen firmeninternen Nachfolger in Sicherheitsfragen. Muss ich bei Gelegenheit überprüfen. Jedenfalls sichert Alexander Duncan seine volle Unterstützung zu. Duncan hat im Moment anderes zu tun als Alexander zu degradieren, wenn es denn wirklich das ist, worauf er aus war; ich bin mir diesbezüglich nicht ganz so sicher. Zu hoffen ist, dass die Kinder von diesem ganzen Mist nichts mitkriegen, ich werde nachfragen. Talkshows widmen sich allen Varianten des Themas Rassismus in Duncans Medienkonglomerat, und sogar ich lerne noch Namen von Pay-TV-Kanälen dazu. Ganze Youtube-Wettbewerbe mit gesampelten Zusammenschnitten von Duncans Äußerungen finden statt, ich gebe zu, dass ich sie mir ansehe.

Das hier ist immer noch der Umsatzkern, da muss sogar Duncan auf die Folgen seines Handelns achten. (Dass hinter den Kulissen die Drohungen von chinesischer Seite, man werde negative Berichterstattung über das afrikanische Engagement sicher nicht zulassen und die Partnerschaft andernfalls überdenken, gerade noch einmal abgefangen werden können: nicht auf unseren Sendern, wir haben immer noch die Lufthoheit über den Bildschirmen, das erzählt mir Alexander.) Und, ja, ich bin bereit, schriftlich in meiner Eigenschaft als Exfrau festzuhalten, dass nichts absurder wäre, als Duncan Rassismus unterstellen zu wollen; sähe man das nicht an seiner Firmenpolitik und an seinem Privatleben? Sein Privatleben: seit er eine afroamerikanische Ehefrau hat, hält er sich für unantastbar. Dann kommt die Frage nach der Lohngerechtigkeit, aber Duncan, ein tapferer Vorkämpfer für die gesunden Selektionsmechanismen des Marktes und gegen jede Art von wettbewerbsfeindlichen Tendenzen, weiß sich zu wehren. Der Aufsichtsrat steht geschlossen hinter ihm, und Duncan weist erleichtert auf diese Tatsache hin; dass er die Drohung nicht erkennt, die darin liegt und die er selbst so gerne benutzt hat, ist verwunderlich. (Dass er ansonsten den Aufsichtsrat gerne als einen Haufen von zahnlosen Wichtigtuern im Ausgedinge bezeichne, habe er offenbar vergessen, sagt Alexander.) Duncan werde allmählich zum Risiko, unguided missile, sagt Alexander und greift nach meiner Hand.

Tatsache ist, dass es ein Spiel war, dessen Freuden wir mit niemandem teilten. Ein Gedankenspiel. Er fängt zum Beispiel mit einem simplen: Was wäre? an, und ich stelle mich blöd und frage: Was? Ich lasse das Wort am Gaumen kreisen wie einen Schluck Wein, von dem man denkt, dass er gut ist und man die Aromen sorgfältig trennen und benennen können sollte. Dann gibt ein Wort das andere, wir kennen uns mittlerweile schon besser und lachen über dieselben Dinge, er nennt mich gierig, ich ihn hemmungslos, und der Nachklang seines Lachens wärmt mich, und ich sage: Wie? Gute Frage, sagt er und wir diskutieren die Kamerasituation und das Werkzeug.

Weniger wichtig die Sachargumente, die für einen solchen Schritt sprachen, und fast zu banal, um sich lange mit ihnen aufzuhalten: Wir haben ihn Leute beseitigen sehen, Alexander hat das sogar aus nächster Nähe gesehen, nicht nur gesehen, um genau zu sein. Alexander handelt. Und das ist schön, das gibt dem ganzen Gedankenexperiment so einen realen Touch, den ich mag. (Ich habe mich entwickelt, sage ich heute.) Was Duncan betrifft: Wir kennen die Begleitmusik des Vertrauensentzuges. Und wir können die Zeichen deuten. Aber um die Wahrheit zu sagen, das war nicht der Kern der Sache, der Kern der Sache war die Frage, was man tun müsste, um so weit zu gehen, und ob man nicht mit der plumpsten aller Varianten am weitesten käme. Das war der Kern der Sache und unseres Zusammenseins, die Planung arbeitete in den Nächten und elektrisierte unsere Handflächen, die wir aneinander legten, und wieder hörte ich sein Lachen, Alexanders Obertonlachen, wenn ich ihm ein besonders interessantes Detail ins Ohr flüsterte. (Was machen wir mit den Handschuhen?) Und schließlich konnte keiner von uns sicher sein, dass der andere nicht einen kleinen Verrat begehen, Duncan einen Wink geben und so die eigene Position auf Kosten des anderen verbessern würde. Wobei man in meinem Fall fragen müsste: wo ist der

Gewinn? In Alexanders Fall wäre der Schachzug schon klüger gewesen, sofern Duncan ihm überhaupt Glauben geschenkt hätte. Von einer von mir ausgehenden Gefahr wäre er nur schwer zu überzeugen gewesen, das ärgert mich wohl am meisten. Er nimmt mich als Gegnerin nicht ernst, das ist sein größter Fehler. Vielleicht reden wir sogar über wechselseitigen Verrat, uns ist schließlich allerhand zuzutrauen, darin sind wir uns einig und das erhöhte den Reiz, zumindest gab es unserem Zusammensein – nie mehr allein – eine Würze, die wir suchten und zunehmend brauchten. Aber so hätte ich das damals noch nicht formuliert, auch wenn ich durchaus hellsichtig bin.

Was sagen die Analysten? Alexander bespricht die Situation mit dem Analysten seines Vertrauens, und der versichert ihm, dass die gewählte Strategie die richtige sei: Führungsstärke zeigen, abstoßen, bevor Zerfallstendenzen einsetzen. Was das asiatische Engagement betrifft: unbedingt mit der Herabstufung chinesischer Staatsanleihen drohen. Ein Selbstläufer. Den Teil könne er übernehmen. Die Sprache der Ratingagenturen ist international verständlich. Duncan beginnt, sich zu wiederholen. Auch er ist umtriebig, redet, warum kann ihn niemand am Reden hindern? tut dies und das zur Imagekorrektur, richtet ein Stipendium für Jugendliche aus schwierigen sozialen Verhältnissen ein, soll heißen, für farbige Jugendliche. Wird nicht so genannt, doch alle verstehen die Botschaft, und die reitet ihn nur noch tiefer hinein. Seine Frau allerdings, die junge talentierte Journalistin mit der eleganten Kopfform, ist von der Bildfläche verschwunden: Ann antwortet nicht mehr.

29

Alexander und ich sind mittlerweile zu dem Schluss gekommen, dass die Stadt kein geeignetes Umfeld ist für eine gesunde kindliche Entwicklung, und Duncan hatte zugestimmt. Mach dir keine Sorgen, sagt Alexander. Doch natürlich weiß ich, dass sie das längst ohne mich abgeklärt und wasserdicht geregelt haben (Duncan hat den Blick auch gesehen), wie das ihre Art ist. Jeder Punkt im Detail mit der gegnerischen Rechtsanwaltskanzlei ausgehandelt. Ein ganzes Leben in rechtstechnisch abgesicherte Form gegossen. Ich musste nur noch unterschreiben, keine Ahnung, was ich da alles unterschrieben habe. Das ist geregelt.

Duncan ist ehrlich dankbar für die Unterstützung meines Mannes, zumindest behauptet er das nach einer kurzen Pause, in der er sich von seinem Erstaunen erholt, dass ich an Alexanders Handy antworte, das der aufs Bett geworfen hat. Alexander beginnt zu strahlen vor meinen Augen, lächelnd, den Finger theatralisch an den Lippen. Selbst wenn wir nicht so ausgiebig über die Lage gesprochen hätten, würde ich erkennen, dass er dabei ist sich abzunabeln. Alexander nabelt sich von Duncan ab, und das bedeutet offensichtlich, dass jemand die Schnur durchtrennen muss, bevor Duncan es merkt.

(Wir tasten uns vorsichtig an die Sache heran. Noch sind die Wegbeschreibungen glasklar begrenzt. Da wir uns die Dinge schließlich nur vorstellen, nur Fantasiekonstrukte ausarbeiten, die uns theoretisch, aber umso eindeutiger den alternativlosen Weg vorgeben wie die Leithinweise der Sortiereinrichtung Transitbereich, macht das nichts, denn wir können den Flughafen von oben überblicken, wir sind wie immer auf Seiten der Strukturverantwortlichen und in der Senatorlounge, allenfalls, und für deren Bewohner, das ist klar, gelten im Transit andere Regeln.)

Und was sage ich? Ich sage, von allen guten Geistern verlassen, übermütig, dazu habe er, Duncan, auch allen Grund. Duncan weiß nicht recht, wie er reagieren soll und unterbricht die Verbindung rasch. Alexander drückt mich an sich, ich vergrabe mein Gesicht in der weichen Höhle zwischen Kinn und Schlüsselbein und höre dem Pochen seiner Halsschlagader zu, diesem dumpfen Schrittgeräusch des nackten Lebens.

So geht das langsam, wir kauen die Optionen immer wieder durch und das ist gut, in jedem Fall, denn wenn wir einen der Pläne wirklich umsetzen wollten, was wir ja nicht wollen, wie uns einvernehmlich klar ist (wir sind ja nicht verrückt, was wir sind ist: eine Einheit), müsste jedes Detail sitzen, auch das versteht sich. In jedem Fall ist es eine hilfreiche Übung, es schadet nicht, sich zu wappnen und bereit zu sein. Das hilft, die Geister der eigenen Gefühle in Schach zu halten, Trainingsrunden für Ausdauer und Reaktionsschnelle, so sehen wir das. Und ganz heimlich begreife ich auch, dass ich ihm Stoff geben müsste, Stoff und Zunder, wenn ich nicht will, dass er auf halbem Weg stehen bleibt. Die Planung in die Hand nehmen, denn auf halbem Weg umdrehen ist ebenso gut wie gar nicht erst losziehen; nein, schlechter. Das muss es jetzt sein, das wahre Leben, und ich bin alt genug, um gelernt zu haben, dass günstige Gelegenheiten sich nicht wiederholen.

Das ist das richtige Leben und ich verstehe, dass wir nie wieder solche Rahmenbedingungen zur Hand haben werden, es ist dieses: Und warum eigentlich nicht? das sich einnistet, nachts unter uns wie ein ins Leben geworfenes Kind, das nichts weiter will als genau zwischen uns seine Position zu behaupten.

Alexander ist geschickt darin, Duncan öffentlich zu unterstützen und doch eine gewisse Distanz zu etablieren, die Duncan eigentlich hellhörig werden lassen müsste, doch nichts dergleichen, Duncan will Sicherheit und deshalb findet er sie an den unmöglichsten Orten (das Sicherheitsbedürfnis ist die Achillesferse). Das Wort Entscheidungsschwäche wirft Alexander solcherart dem Publikum zum Fraß vor. (China wackelt.) Dass Duncan es nie soweit kommen lassen werde, dass Entscheidungsschwäche die Gestaltung der Firmenpolitik übernehme, sagt Alexander sinngemäß. Und dass er durchaus für Duncan sprechen könne, dass rassistische Tendenzen keinesfalls geduldet würden, in keinem Teil der Firmengruppe, schon immer Firmenpolitik. Und da muss ich doch was sagen, auch wenn ich Alexanders Schachzug durchaus bewundere, plötzlich habe ich das Bedürfnis, Duncan zu verteidigen: Entscheidungsschwäche, ha, du kennst ihn nicht, doch Alexander lächelt nicht einmal sonderlich erheitert und wird grob: ich solle mich nicht dumm stellen, sagt er und starrt mich an. Aug in Aug machen wir uns Konkurrenz.

Zu viele Optionen haben wir nämlich nicht, wenn man es genau betrachtet: Wir kennen beide die Alternativen, auch Nichtstun ist eine Handlungsentscheidung.

30

Nicht lange danach zeichnet sich Duncans Hosenbein dunkel ab vom hellen Leder unserer Wohnzimmersitzgruppe (die Zeit dazwischen schrumpft, ich habe keine Verwendung mehr für sie), und er legt die Hand leicht auf mein Knie, als wäre es eine natürliche Geste, um meine Aufmerksamkeit zu erregen. Das feierliche Entzünden des Weihnachtsbaumes vor dem Firmensitz sei wunderbar verlaufen. (Duncan arbeitet ernsthaft an der Imagepflege.) Da habe er sich wieder wie zu Hause gefühlt. Zuhause liefe es allerdings nicht so gut, sagt er. Ihr Ehrgeiz sei schon am Erschlaffen, und da verstehe ich, dass er von seiner aktuellen Frau spricht. Nicht so wie bei dir, sagt er, sieht mir in die Augen und festigt seinen Griff. Dein Ehrgeiz ist grenzenlos, sagt er, ich schweige, die Zunge schwillt mir im Mund und hindert mich am Sprechen. Das Übergriffige an ihm ist neu (neuerdings auf Droge?). Alexander hat die richtige Musik gefunden, er kommt auf uns zu, die Karaffe in der Hand, und Duncan zieht nachlässig seine Hand zurück. Und da begreife ich, dass Duncan denkt, er könne nach wie vor über meine Körperöffnungen verfügen und Alexander werde es hinnehmen, und was ich davon halten könnte, ist ihm ohnehin egal.

In dem Moment, in dem Duncan in das Licht des Vorraums eintaucht, wird Alexander von einer Panikwoge überschwemmt, deren Ausläufer ich erkennen kann, einen Schritt hinter ihm, als er nach den Sicherheitsleuten fragt: der Hals rotfleckig, die Farbspiele synchronisiert, so scheint mir, mit den Kontraktionen meines Zwerchfells: mir wird schlecht, während Duncan ganz ohne Gefolge eintritt, wo bleibt das, bei den Liften? Alexanders Sorge ist umsonst, diese plötzliche Angst, Gewissheit, etwas nicht bedacht zu haben, überflüssig, Duncan hat volles Vertrauen zu diesem Haus, betritt ganz unbekümmert meine, seine ehemalige Wohnung, die kaum jemals gemeinsame Sache war. Ich murmle etwas Entschuldigendes, sie hören gar nicht hin, sind vollauf damit beschäftigt, einander einvernehmlich zuzunicken. Wir sind moderne Menschen. Was sie sagen, höre ich nicht, in meinen Ohren rauscht es, während ich versuche, mein Zimmer zu erreichen, ehe ich umfalle, doch das gelingt mir nicht, mein Kopf schlägt dumpf auf, und das bringt mich wieder zu mir. Ich greife nach der angeschlagenen Stelle und sehe Blut; der Haushofmeister schon neben mir, mit dem vertrauten verächtlichen Blick konstatiert er: you drive me nuts, aber das berührt mich schon nicht mehr. Er ist verrückt, das weiß ich mittlerweile, doch das wird ihm auch nichts helfen, kein Plädieren auf Unzurechnungsfähigkeit werde ich zulassen. Ich lecke das Blut von meinen Fingern und lächle ihn gekonnt an: sowieso, sage ich in meiner Muttersprache, Vatersprache: Sowieso. Er dreht sich um und macht sich auf in Richtung Küche, wo seine Kommandos sicherlich schon ungeduldig erwartet werden. Ich höre noch sein unnachahmliches Zungenschnalzen. (Ich habe mich schon daran versucht, in der Stille des Schlafzimmers, ohne Erfolg.) Das Blut wird die Haare am Hinterkopf verkleben, wenn ich nicht schnell etwas unternehme. Wie sieht denn das aus.

Die Umrisse der beiden Männer stehen sich immer noch ungerührt gegenüber: anzugsbewehrt, dieselbe Qualitätsklasse (Senator, drunter machst du's nicht, wie Duncan gesagt hätte), die Haltung spiegelgleich, die Schuhe ununterscheidbar. These: Antithese, könnte man sagen, doch das stimmt nicht.

Vielleicht überlegt sich Duncan auch, ob man mich teilen könnte. Dass man gelegentlich heikle Geschäftsabschlüsse im Bordell besiegelt und dann mit Sicherheit über die Details schweigt, zumindest allen gegenüber, die nicht dabei waren, davon gehe ich aus. Das ist schließlich der Sinn kollektiver Entblößungen, dass man einander in der Hand hat. Und jetzt vielleicht ein Dreier mit ähnlichem Ergebnis? Du denkst zu kompliziert, denke ich, während ich Duncan von der Seite betrachte, die erschlaffende Haut an der Kinnkante: Vielleicht denkt er gar nichts.

Neues Leben, dass ich nicht lache. Ich bin das Tauschobjekt. Wie kann ich diese offenkundige Tatsache derart verleugnen. Ich bin es, die hin und her getauscht wurde wie eine strahlendweiße Milchkuh. Dabei habe ich es nicht so mit Milch. Ich weiß genau, dass Duncan eines Tages nicht lange nach unserer Standeseintragung gewünscht hat, er hätte sich nie auf mich eingelassen. Und auf einen solchen Vertrag. Der Zeitpunkt kommt doch immer früher oder später, an dem man sich sagt, dass man einen gravierenden Fehler gemacht hat. Aber das hilft dann auch nichts mehr, deshalb bin ich der Ansicht, man sollte solchen müßigen Überlegungen, die höchstens zu masochistischen Exzessen führen, keinen Raum geben. Das habe ich ihm auch klar gesagt, eines Nachts im Haus am Meer: ich bin für die Reuelosigkeit. Er hat das natürlich auf das pferdegesichtige Mädchen bezogen, das ihn zu der Zeit begleitete, und deshalb konnte er mir auch ohne Zögern zustimmen.

Alexander ist mit dem Nachschenken fertig, ich sehe ihm direkt in die Augen, zumindest versuche ich es. Er lässt sich gegenüber der Couch nieder, den See im Rücken, eine dunkle Silhouette vor dem abendlich glänzenden Wasser, ich muss raten, ich weiß nicht, ob er meinen Blick erwidert, ich muss mich an das Halbdunkel seines Gesichts gewöhnen, er prostet mir zu. Wie es seiner Frau ginge, fragt er Duncan, dann greift er nach meiner Hand: Duncan solle froh sein, so glimpflich aus dieser Ehe herausgekommen zu sein. Manche Frauen bringen dich um, sagt Alexander in einem Versuch der Männerkumpanei, und ich weiß nicht, ob das jetzt besonders raffiniert ist oder einfach seiner Nervosität zuzuschreiben. Und meistens sind es die, fährt Alexander fort, denen man es am wenigsten zutraut. Da geraten wir in gefährliches Fahrwasser, ich schreite ein und frage ihn, woher er das wissen wolle, nämlich, dass es die sind, denen man es am wenigsten zutraut. Das sage man so, gibt Alexander zu, das habe nichts zu bedeuten.

Was er meine, fragt Duncan. Sie, sagt nun mein Mann und zeigt auf mich, übernimmt gerne die Kontrolle. Das müsste doch bekannt sein? Er zeigt tatsächlich mit dem Finger, als wäre er ein Kind, das seinen Vater auf etwas monströs Unbekanntes aufmerksam macht, unsicher, ob es der Angst oder der Lachlust nachgeben soll. Und ich spüre, dass mein Gesicht nicht ganz das tut, was zu erwarten wäre, es hält die freundlich lächelnde Konvention nur mehr fadenscheinig aufrecht. Selbst wenn ich sicher sein kann, dass er spielt, frage ich mich ganz nüchtern, so nüchtern wie während der Windstille im Zentrum eines heftigen Sexualaktes, in der man plötzlich feststellt, dass man lächerlich allein ist unter all der Mechanik der eigenmächtigen Körper, was mich eigentlich so sicher macht, dass ich Alexander trauen kann.

Duncan lacht. Ja, sicher, sagt er, das ist nichts Neues. Sie ist ganz eine Nette. Und jetzt sehe ich Alexanders Blick. Wieder diese glänzenden Pupillen. Ich stehe auf und gehe zwei Schritte, bevor Alexander mich abfängt und zurückhält. Ob Duncan nicht mehr wissen wolle? Sie hat es geplant, sagt er. Jedes Detail, sie ist klug, sie überlässt nichts dem Zufall. (Die Wachleute sind draußen geblieben. Vor der Tür. Vielleicht sogar unten. Nein, vor der Tür. Den Hintereingang hat Duncan nicht bedacht, so selbstverständlich ist ihm die Existenz dieses Versorgungsstrangs und vor allem dessen Zugehörigkeit zu einer Sphäre, die ihn nichts angeht, dass er ihn tatsächlich nicht berücksichtigt, und dieser Hintereingang ist die Achillesferse.) In der Schlichtheit liegt die Größe. Und ich lasse mich auf Alexanders Knie nieder, ja, sage ich, wir haben Nacht für Nacht darüber nachgedacht. Hybrisfall Hintereingang.

Jetzt müsste Duncan gehen, irgendeinen Vorwand finden und gehen. Geh, sage ich tonlos. Doch er geht natürlich nicht, er lacht, er hört nicht auf mich, er tut so, als ob er mich nicht verstünde, sein Lachen macht mich zornig, die Spannung in Alexanders Beinen steigt. In mir steigt die Gewissheit, dass wir es tun werden, der Gewissheitspegel erreicht die Überlaufmarke, leckt den Rand, ich kippe das Becken und stülpe mich auf die sprungbereiten Muskeln, um mich zu verankern, Alexander reagiert sofort. Panik: freudig und bodenlos. Wir werden es tun, einfach, weil wir es tun können. Weil er es uns so leicht macht. Ich greife nach Alexanders Hand (wir schöpfen etwas Neues aus dem Chaos, so ist das immer schon, der Kern jeden Fortschritts), das ist nämlich gar nicht so einfach, sage ich, stehe auf und sende Duncan meinen wüstesten Kleinmädchenblick, einen Blick, wie er ihn mag, dann wechsle ich das Thema und sage irgend etwas über das Fliegenfischen und versprochene Steuersenkungen. Duncan und Alexander springen auf. (Wir haben ihn gewarnt. Er müsste es sehen, er will nicht.)

(Love, sagt er noch einmal. Vom ersten Augenblick an, in dem ich Alexanders Blick auffing und detailsüchtig analysierte, wartete ich wohl auf dieses Wort, und deshalb lege ich es ihm jetzt in den Mund, da kann er sagen, was er will. Deshalb auch habe ich am Morgen vorsorglich Peter bestellt, ich rufe unten an, um Peter zu ordern für eine kleine Hilfestellung im Haushalt. Nicht ganz der Kompetenzbereich eines Türstehers, doch ich behaupte, er habe sich dazu bereit erklärt. Es geht ganz einfach.)

Und später gehen wir trotz der niedrigen Temperaturen an den Strand und lassen die Motivationen vor uns her laufen, sie toben sich aus und spielen mit Kieselsteinen, die es in erstaunlich vielfältigen Größen gibt. Und wir versuchen, Schritt zu halten und passieren ganz spielerisch irgendeine Grenze, die gar nicht existiert. Ist gar nicht da, sagen unsere Motivationen. Wie raffiniert, sagen meine Vorboten, der älteste Trick der Kriegsgeschichte, alle Achtung, und Alexanders Ausläufer lachen, wiegen wir die zwei großen Schwächlinge in Sicherheit. Ein Stein wird einfach eingesteckt, die lederbehandschuhte Hand greift danach, bevor ich mir überlegen kann, wie wichtig die Vermeidung von Abdrücken ist. Ich überprüfe den Zustand der Überwachungskamera beim Versorgungsstrang.

Als ich zurückkomme, steht Alexander am Fenster, jetzt müsste er schlafen, nein, sage ich, warte noch. Wieder die Stirn an der Scheibe, der Blick nach unten gerichtet, so nah wie möglich an der Gebäudekante, schwimmt am Wasser auf, wo Lichtpunkte die Absaugstutzen kennzeichnen. Ich stelle mich neben ihn, nehme seine Hand, ein glücklich liebendes Paar am Fenster, so sähen wir aus, wenn man uns von außen betrachtete.

Es freue ihn, uns beide so zu sehen, hat Duncan beim Essen gesagt und dabei begütigend die Hand auf meinen Unterarm gelegt. Ich muss etwas Dummes gesagt haben, seiner Meinung nach, ich kenne diese Geste. Alexander betrachtet beunruhigt diese Hand, bevor Duncan seine Aufmerksamkeit wieder seinem Teller widmet. Die Finger lösen sich, er zwickt mich mit einem haarfeinen Zusammenschnappen seiner Fingerkuppen in die Oberhaut (ein Mann des subtilen Ausdrucks). Nein, ich vergesse nicht.

31

Zurück im Tagesablauf: Nach dem Anruf unten ging ich wirklich dorthin, wo ich hingehöre, ins Fitnessstudio im 2. Stock. Blick auf einen der Bildschirme, unumgänglich, wo Duncans Besuch und warmherzige Spende freudig erwähnt werden, ganz so, als sei er noch nie hier gewesen, nicht andauernd im Firmensitz ein und aus gegangen, während ich am Rad sitze und die Sattelkonturen sich in mein Fleisch drücken wie der Klobrillenrand bei einer besonders hartnäckigen Verstopfung. Berühmtester Sohn der Stadt, höre ich. Immer ein offenes Ohr. Dazu lächle ich die

Mittrainierenden an, wie ich es schon immer hätte tun sollen, und verwickle die Nächstsitzende, eine ältere Frau, deren Schultern glänzen unter einem leuchtendblauen Handtuch, in ein Gespräch über Wellenformationen. Ich stelle die Frage in den Raum, ob sich bei einem See dieser Größe ein Tidenhub zeige.

Während ich an der Tür auf Peter warte, höre ich Alexander den Haushofmeister instruieren, wegen irgendeiner Sache, die Duncans Besuch betrifft; der Gästetrakt wird vorbereitet. Peters Gang, sein ein wenig schlendernder Gang ist aufreizend, jeder Fuß zögerlich nach vorne geholt, als müsse er sich den nächsten Schritt erst reiflich überlegen, ich lächle, darunter erfasst mich Panik, ich höre Alexander viel zu lange sprechen; was tut er da, weiß er nicht, dass man dem Haushofmeister nicht trauen kann, je weniger er weiß, desto besser. Peter ist nahe genug gekommen, um mein Lächeln zu erwidern, arrogant wie immer, wenn ich denn recht habe damit, im Schwung der Lippen den Ansatz eines Lächelns zu erkennen. Unnahbar wie immer, Peter, dabei würde all der Höhenunterschied alles andere nahelegen, doch er kann nicht anders, das weiß ich, vermutlich denkt er sich nicht viel dabei, alles nur sein Bild in meinen Augen. Dennoch schießt der Zorn hoch (höchstens dass er mich verachtet, denkt er vermutlich). Hinten der Haushofmeister, Peter vor mir, und da kommt mir eine Idee, deren schlichte Schönheit mich schlagartig trifft, doch ich behalte sie für mich, was nicht so einfach ist, weil ich mich mitteilen will, zumindest ihm gegenüber, meinem, ja: Mann. Doch ich vergesse nicht, dass wir nicht allein sind.

Ich bitte Peter herein, weise ihm den Weg in den Badebereich des Gästetraktes, in den zimmereigenen Nassraum, den er jetzt in Ordnung bringen soll, und ich erinnere mich, wie der Haushofmeister gesagt hat, der Türsteher sei der Kommandant der Lobby, immer eine Empfehlung auf den Lippen für die beste Reinigungsinstitution im Umkreis, welcher Art auch immer, innerlich, äußerlich, Moschee, Putzerei, als ob ihm das was helfen würde, als ob er deshalb auch ein bisschen mit dazugehören würde zu dieser Turmgesellschaft, hat er die Regeln und Bräuche hier drinnen erst verinnerlicht. Dann, Peters Rücken vor mir, denke ich, er muss die zwei verwechselt haben, Türsteher und Portier, was er da geschildert hat, ist sicher Aufgabe des Portiers, nicht des Türstehers, aber die heißen hier wohl beide gleich. Wenn ich mich nur erinnern könnte, was der Haushofmeister genau gesagt hat. Und vielleicht hat Peter Anfälle ungeahnter Weichherzigkeit und Mitteilungsfreude, wenn ich nicht hinsehe.

Dabei bin ich wohl zurückgefallen, Peter dreht sich um, ich lächle ihn an und stelle fest, dass Alexander eifersüchtig sein müsste, wenn er dieses Lächeln sähe, doch andererseits wüsste er ja auch, wozu er dient, dieser Gesichtsausdruck, der sich von innen so verloren anfühlt und zu allem bereit.

Diesmal ist es die Lampe, die aus der Decke hängt: ein spritzgeschützt verankertes Scheinwerferchen, dessen Glas ich entfernt habe und das in der Folge aus seiner Verankerung gefallen ist. Ich hole ihm etwas zum Draufsteigen, keine Ahnung, wo hier eine Leiter ist, Beatrice wüsste das, doch Beatrice ist irgendwo anders, ich hole ihm also einen Hocker und bedaure es leicht, dass er Uniform trägt, deren

Jackenstoff steif absteht. Er schafft es auch tatsächlich ohne Schwierigkeiten, den Leuchtkörper samt dem Glas anzuheben und wieder plan in der Deckenverschalung zu montieren. Als er sich umdreht, um mir den Vollzug zu melden, ist etwas Freudiges in seinem Blick.

Ich verabschiede ihn durch die Hintertür, beim Versorgungsaufzug, und das geschieht ganz natürlich (ob er die Degradierung verspürt: Eingang Vordertür, Ausgang Hintertür? zu diesem Zweck sind Hintertüren schließlich erfunden worden). Ich könnte mir beinahe einreden, es geschähe absichtslos, hätte ich ihm nicht zuvor im Badezimmer noch, während der Auszahlung der durchaus großzügigen, doch im Rahmen des Angemessenen bleibenden Entlohnung nicht den Vorschlag gemacht, mich um 2:30 zu treffen, hier an der Hintertür. A.m., versteht sich. Mein einladendes Lächeln gerät etwas aus der Form, meine eigene Dummdreistigkeit ist mir auf einmal peinlich.

Noch schlimmer: Im Grunde interessieren mich diese technischen Details nicht, sie sind langweilig und notwendig, das ist alles. Auf einmal – ich betrachte Peter schon ein wenig ungeduldig, die Verwunderung über mein Angebot ringt deutlich erkennbar mit der ihm eigenen Verachtung für mich, sein Blick schwankt – tut er mir leid. Dennoch erhöhe ich den Einsatz. (Wie komme ich dazu, auf ihn Rücksicht zu nehmen, er hat mir auch noch nie etwas geschenkt. Letztlich hat er sich die Sache selbst zuzuschreiben, da kann man gar nichts machen.) Wenn er im Lift verschwunden sein wird, wird es Zeit zu handeln: jetzt führt kein Weg mehr dran vorbei, dass ich handle, dabei ist dieses Handeln für sich genommen noch recht unschuldig. Doch wer will hier von Schuld oder Nichtschuld reden. Wir tun, was nötig ist. Du allen voran.

Peters glattlaufender Bewegungsapparat, dessen Oberflächentextur ich nur ahnen kann, ist gemacht für ein besseres Leben. Der Körper bewegt sich mit einer Zuversicht, die ich zum ersten Mal so eindeutig erkennen kann und die den Umständen nicht angemessen ist, und tonlos rate ich ihm zu gehen und heute Nacht nicht wiederzukommen (ich kann es nicht lassen). Sobald er im fahrlässig unbewachten Fahrkorb verschwunden sein wird, gebe ich meine Warteposition an der Türe auf. Im Grunde will ich ihm nichts wirklich Böses, und doch: Nichts könnte menschlicher sein als das Töten. Die Milch der Menschlichkeit ist meistens unbekömmlich. Diesbezüglich bin ich sicher. (Die Tür klemmt, werde ich zum Haushofmeister später sagen. Ich weiß das, ich habe dafür gesorgt, dass die Hintertür zum Gästetrakt klemmt. Er wird mich vorwurfsvoll betrachten, wie üblich die Luft einziehen und dann die Tür aufbrechen. Ich werde sie vorsichtig wieder anlehnen.)

Wenn wir handeln wollen, führt kein Weg mehr daran vorbei, es jetzt zu tun, und ich bin Peters verschwundener Rückensilhouette, die ein Negativbild (hell leuchtend) im Raum zurückgelassen hat, böse, dass er sich so schnell auf dieses Geschäft eingelassen hat, das er sich für heute Nacht verspricht (mich endlich kleinzukriegen?). Ein wenig mehr Widerstand hätte ich schon erwartet, und er hätte die Freude vergrößert, die ich mir im Fall des Gelingens in Aussicht stelle. Wir tun es, weil es denkbar ist. Dabei ist die nun folgende Operation als solche auch noch relativ harmlos, Sachbeschädigung, von mir aus. Es hat mich ein paar

Radsitzungen gekostet, den Verlauf vorzuzeichnen, während die Fahrradnachbarin über unterirdische Gewächshäuser für den Nahrungsmittelanbau spricht; leider bin ich nicht so schnell, wie das zu wünschen wäre. Den richtigen Zeitpunkt abwarten, zurück in die Wohnung, was heißt Wohnung, Residenz nennt man so was, Anwesen, Bergfried, die richtige Kapuze unter Verwendung von Gummihandschuhen überziehen und das Kameraauge, vor dem Hintereingang aus dem Hinterhalt einschlagen ist glücklicherweise leicht (der Kieselstein mit Vorsatz eingesteckt). Und auf den letzten Bildern nur ein schemenhafter schwarzer Schatten, ein dunkler und entschiedener Geist höchstens, die Kapuze selbst, frei verfügbare Halloweenrequisite, wird wohl nicht erkennbar sein, so denkst du dir das.

Und dann spielen wir ein kleines gaumenkitzelndes Spiel um die Entsorgung der Kapuze. Das haben wir uns für gute Zeiten aufgehoben, Alexander eröffnet:

Vom Dach sollten wir sie fallen lassen, schlägt er vor, ich nicke. Zugang mit dem Dienstleistungsschlüssel des Haushofmeisters? Was heißt hier Schlüssel: Chip?, wie auch immer, improvisiere ich, brillant, sagt er freudig, der Weg von Kameras gepflastert, legt er verfinsternd nach: keine gute Idee. Nein, kühner, raffinierter, schlichter (jetzt übernehme ich): als Teile eines der gängigen Erotikkostüme in den Inhalt des Schrankraums integrieren, er lacht: Uniform von Henkern und Mönchen. Allerdings, gibt er zu bedenken, müssten wir dann ein reicheres Kostümsortiment zu bieten haben, um diese spezielle Verkleidung natürlich wirken zu lassen, das hätte man rechtzeitig bedenken und vor allem die Bestandteile rechtzeitig einbringen müssen. Nein, das geht nicht.

Durch einen der Lüftungsschlitze unter den Fenstern? Um den Stein gewickelt, damit der Luftwiderstand überwunden werden kann? Faserrückstände, kontere ich, wir haben schließlich alle unsere forensischen Hauptabendserien gesehen. Selbst dann (er legt an Tempo zu): nicht DNA-kontaminiert! Was beweist das schon? So geht das hin und her, wir haben unseren Spaß und sind uns einig, dass alles in eine Richtung deutet, und zwar in die von uns vorgesehene, als wir schließlich dem friedlich im letzten Abendlicht dahinsegelnden Stück Stoff nachsehen, das sich gerade rechtzeitig vom Stein gelöst hat, um abzuheben und sich vom Luftstrom tragen zu lassen. Ich bin von der Eleganz dieser Lösung angetan, den Stein sind wir auch gleich losgeworden, und was wir getan hätten, wenn der nicht durch den Lamellenzwischenraum gepasst hätte, will ich mir gar nicht ausdenken. Das Bild ist lange nicht so poetisch, wie ich mir das gedacht habe, fast bin ich enttäuscht, doch dann bläst eine leichte Böe das schwarze Flugobjekt, das man mit etwas Fantasie für einen Raben halten könnte, vom Turm in Richtung See, in Richtung der unter der Oberfläche lauernden Absaugeinrichtungen für die Wasserversorgung der Stadt.

Irgendwas mit Vogelflug und Vorzeichen, sagst du (bird of good-omen?), und ich antworte, dass man gute Omen nehmen müsse, wie sie fliegen: das sinkende Niveau ist der begreiflichen Anspannung geschuldet. Ich frage mich, ob es hier schwarze Seevögel gibt, und bin mir sicher, dass ich das dunkle Stück Stoff auf der Wasserfläche aufkommen sehe, ganz ohne Möwenschrei, sich vollsaugen, sinken, doch ich weiß schon, dass mir das Wunschdenken wohl einen Streich spielt. Er greift nach meiner Hand, wir halten uns kurz vor Augen, dass noch nichts geschehen ist und auch, dass wir jederzeit umkehren können, doch wir haben ein Ziel, erinnerst du dich? (Wir tun einfach so, als wäre nichts geschehen, das ist in jedem Fall nötig.) Die Finger flattern elektrisch unter der feuchten Haut, ich hebe seine Hand zum Mund und küsse behutsam den Handrücken, dann die schwitzende Handfläche, bis er sie mir entzieht. Vergiss die Arbeitshandschuhe nicht.

32

Er hat Angst, natürlich hat Alexander Angst, und ich bin froh, dass ich sie in ihm beben spüre. Sonst wäre er unmenschlich, übermenschlich, was immer das ist. Er hat Angst, doch er wird sich von ihr nicht beherrschen lassen. Wir ziehen ganz banale Vorteile aus dem Ende anderer (und das Wasser steigt im Inneren des Turms hoch, wird durch die Aufzugsschächte hinaufgezogen wie in einer Haarröhre, steigt und löscht und erreicht schließlich das oberste Geschoß, dessen Dach es abhebt wie die Verstöpselung eines Ölbohrlochs, und schießt in die Höhe, doppelt auf doppelte Turmhöhe vielleicht wächst die Wasserfontäne an: wer kann das wieder zurückdrängen, versiegeln, Sektverschlüsse vielleicht, die aussehen, als würden sie mit letzter Anspannung ihres Drahtgeflechts die viel zu dicken Korken im Flaschenhals festhalten, bevor die Flüssigkeit pflichtschuldig schäumt).

Und vor allem fällt mir so der Teil der Stärkeren zu, der Kaltblütigen mit den weißen Handrücken, durch die die Adern schimmern. Ich spiele meine Rolle gut, was daran liegt, dass ich sie mag und dass ich schon so viele Rollen gespielt habe. Ich halte ihn wach auf unserer Kommandobrücke (im sanften Stimmungslicht der Abendbeleuchtung schwach noch zu erkennen das glücklich liebende Paar, versunken in den Anblick der nächtlichen Aussicht). Ein leuchtendes Rentierschlittengespann ragt als Vorposten des Vergnügungsparks in den See, als wollte es über das Eis davonfahren: doch vor der Stadt ist das Wasser noch offen.

Schließlich geht er. Zitternd, ich sehe das Zittern (die Arbeit) in Alexanders Rückenmuskulatur, kleinteilig und disparat, eine einzige Muskeldiaspora, die Hände seltsam steif, als hätte der Körper sie aufgegeben, den Kontakt abgebrochen zu seinen Außenposten. Ich bleibe am Bett sitzen und halte die eigenen Füße und höre ins Dunkle hinein (das keineswegs stiller ist als der Tag) und umarme die Schienbeine.

Ich höre nichts, was ich benennen könnte, ich sehe nur ein Kind, das die Zehen in den Mund stecken will und nicht begreift, warum sie ihm wieder und wieder entkommen. Ich höre: nichts, höchstens ein Rauschen, das ist das Meer, nehme ich an, der Wind am Meer. Um mich zu unterhalten denke ich an ein Meer, ein Meer und Berge, die zu rau und steil sind, um einfach Hügel genannt zu werden (was ihrer geringen Höhe durchaus entspräche), sie reichen tief ins Meer, die Hänge strauchbewachsen, das Meer gespannt und ruhig, es dehnt und bauscht sich leicht in seinem Hafenbecken, noch nicht bedrohlich, ruhig und gläsern, es sammelt Kraft für das nächste Unwetter, die nächste Stadtbelagerung durch wendige Flottenverbände. Dann kommt der Wind, der die Häuser eingrenzt und aus der Welt trägt, eingekapselt in ein Baumrauschen, das ausreicht, um das Bild einer hingeduckten Ansiedlung entstehen zu lassen.

Ich höre leise Stimmen, sie sprechen, Duncan erwacht, ein nackter Alexander in seinem Schlafzimmer, und ich denke, dass ich eingreifen werde müssen, Duncan die Situation plausibel machen werde müssen, ich improvisiere: ein Blickwechsel, spielerisch, wo soll ich diese Spielstimmung jetzt herkriegen, aus einer leichtgängigeren warmen Unterströmung holen? Dort, wo ich die Zehen spielerisch zum Mund führe wie ein Säugling? Der Säugling weiß aber wohl, dass ich hätte selber gehen müssen. Ich, im Türrahmen stehend, lächelnd, mit dem abgerutschten Träger meines Nachthemds spielend, wie sich das gehört, also zu Alexander: Und, was sagt er? Duncan: Was? Alexander: Sag es ihm. Wie haben wir uns das gedacht?

Wie wir uns das gedacht haben: Wir treffen uns beiläufig in deinem Bad, mein lieber Duncan. Ein kleiner Irrtum. Wir geben dir zu verstehen, dass unser Bad das deine ist. Nein umgekehrt. Deines ist unseres. Der richtige Ort: der zimmereigene Jacuzzi, der unter dem Nachtlicht einladend schimmert. An den wirst du dich noch erinnern? Hast du den nicht selbst einbauen lassen in Hinblick auf raffinierte Reinlichkeit? Wir legen dir das Baden nahe, damit kein Blut auf unsrer Haut zurückbleibt. So viele Gelegenheiten wie diese gibt es im Leben nicht, das wirst du wissen. Alexander sieht zu, ich handle. Nein, umgekehrt, du siehst zu, ganz wie du willst, du suchst dir aus, welche Rolle du einnimmst. Ein etwas lahmer Versuch, zugegeben, doch alles, was mir im Moment einfällt. Die Stimmen sind versickert, geschluckt von der Auskleidung der Wohnung. Ich horche in den finsteren Gang hinein und rieche Alexanders Angstschweiß, noch bevor ich seinen Körper erkenne, der bleich und nackt auf mich zukommt, verstörend langsam in den Lichtstreifen des Zimmers tritt, in den ich ihn hineinziehe: ich muss nicht fragen.

Auf seinem Bauch über dem Nabel ein kleiner Blutspritzer über dem frischrasierten Haaransatz, nicht mehr. Seine technischen Fertigkeiten sind überwältigend. Was wäre das für ein Desaster geworden, wenn ich mich eingemischt hätte. Die Stimmen? Gespinste meines sanft köchelnden Hirns. Die Handschuhe abgezogen und über die Gästetoilette kleinteilig in die Kanalisation eingespeist. Die Waffe: Eines unserer Küchenmesser. Das Nächstliegende deckt uns, denken wir.

Bevor ich ihn in die Arme nehme, lecke ich das Blut ab, das wird am sichersten sein, die rückstandsneutralste Säuberungsart, organisches Material übersteht den menschlichen Verdauungstrakt nicht unverfälscht. Der Geschmack ist vertraut. Das Blut ist kein Fremdkörper, so wie es jetzt Teil von mir geworden ist, meinen innersten Verwertungsprozessen unterworfen, aufgenommen, was verwertet werden kann. Und wenn das Verwertbare seinen Endlagerplatz in meinen Körperzellen eingenommen haben wird, könnte er sagen (hätte sagen können, wenn es zu seinen Lebzeiten schon zugetroffen hätte, ich finde nicht die richtige Zeitform): du bist Fleisch von meinem Blut, auch wenn ein solcher Gedanke nicht zu Duncan passen würde, gepasst hätte, und ich lecke sorgfältig die Haut wie eine Katzenmutter, dann die Stoppeln, die krause Bauchbehaarung wird nachwachsen. Ich habe mein eigenes Blut geleckt vor den Augen des Haushofmeisters, das ist keine zehn Stunden her, und das erinnert mich daran, dass ich noch etwas zu tun habe, wir noch etwas zu tun haben, doch zuvor, zuvor spüre ich die nackte Erektion zwischen meinen Brüsten und blicke hoch, um Alexanders verzerrtes Gesicht zu sehen, scharf gezeichnet (und dramatisch überhöht) von der seitlichen Beleuchtung. Er wirft mich aufs Bett und bohrt den Daumen in meine Unterhose, ich reiße mir den Rest vom Leib, denn falls ich nicht alles erwischt habe, soll meine Kleidung keine Gelegenheit zur Entdeckung von kriminaltechnisch verwertbaren Spuren geben, soweit reicht meine Restvernunft noch, bevor ich ihn in mir spüre, bedürftig und wild. Er flüstert mir etwas ins Ohr, das ich nicht verstehe, dann verstehe ich es doch:

Love, sagt er.

Liebe, sagt er und der Abgrund unter uns ist so tief, dass Adrenalinschockwellen durch den Körper schießen, immer schneller aufeinander folgen, so dass ich mich frage, wie lange es dauert, bis die späteren die früheren einholen, überholen, bis sich nicht mehr sagen lässt, welche früher und welche später losgelassen wurde, sie sind ununterscheidbar (fast könnte man sagen: in Sachen Ursache und Wirkung), und dabei arbeiten wir uns aneinander ab, souverän und eingespielt machen unsere Geschlechtsorgane, was sie wollen. Wir warten auf diesen speziellen Überschallknall, den Schockwellenstau im Brustkorb, auf Lungenhöhe, wo die Luft knapp wird, und dabei erreicht das dicke

Ende dieser Stoßwellenverdichtung die Schädeldecke, ein Schlag von innen, der erwarten lässt, dass das Knochendach nachgibt und aufplatzt, und dann denke ich noch, dass das ein würdiges Ende wäre. Ich muss lachen, und er hält kurz inne und sieht mich seltsam an, liebevoll, möchte ich sagen und ihm über die zitternden Lider streichen.

Es dauert keine fünf Minuten, und das ist gut so. Wir haben noch was anderes zu tun (die Zeitleiste im Kopf). So wenig Blut.

33

Und als es klappt, stehen wir vor einem noch größeren Rätsel. Wir stehen vor einem Rätsel, nicht ich: nie mehr allein. Wozu der Hass doch einen Menschen treiben könne, sagt er. Alexander, mein Mörder. Andere sagen, so hört man, dass sie sterben würden für eine Frau, er hat für mich gemordet, was ja ungleich zukunftsträchtiger ist. Hat er es für mich getan? Nicht ganz, doch eindeutig auch. (Es hat mich auch nicht ganz mit der Freude erfüllt, die ich erwartet habe, den alten Mann tot zu sehen. Friedlich, könnte man sagen, mit friedlich im Schlaf versunkenen Zügen, der Kopf zuversichtlich und vertrauensvoll zur Seite fallen gelassen, der alte faltige Hals ganz freundlich dargeboten. Hat gar nicht gekämpft: alles meine Einbildung, Vielleicht hat er sich auch bereitwillig töten lassen, Alexander ist schließlich versiert im richtigen Setzen von Schnitten. Wie kann er nicht kämpfen? Ein kampfloser Untergang macht mich zornig.)

Während Alexander wie besessen die Duschtasse reinigt, gehe ich meinen Aufgaben nach. Der Haushofmeister, durch den gutturalen Schrei alarmiert, den wohl ich ausgestoßen haben muss, steht vor der Schlafzimmertür und wird vorausgeschickt; er überwältigt Peter im Eingangsbereich des Gästetrakts, wo ich die Tür für ihn angelehnt gelassen habe, 2:30 a.m., in der stillsten Zeit der Nacht. Brav, nehme ich an, hat er den Dienstleistungsaufzug verwendet. Pflichtbewusst im Verborgenen, weil er dachte, dass das ihn selbst decken könnte und seine Absichten, und welche das waren, kann ich nur vermuten, hat nicht begriffen, dass er mir in die Hände spielt, hat das große Ganze nicht gesehen, immer im Windschatten der Kameras, und die, auf die es ankommen könnte, vorsorglich von mir geblendet. Ich komme dazu, frisch geduscht und behelfsmäßig seidengegürtet. Peter entdeckt das sanfte Schimmern einer Messerklinge auf dem Boden neben dem fürstlichen Gästebett mit einem Aufschrei, dessen helle Schärfe obszön nachklingt, und ehe ich seinem Blick folgen kann, sieht er mich an, und ich denke, dass er in dem Moment begreift, während der Haushofmeister (aus dessen Griff er sich entwunden hat) vor sich hin summt. Kein Ort für Küchenmesser, schon gar nicht für schmutzige. Das Bett übergehe ich noch mit Blicken, noch bin ich nicht bereit, mich auf das einzulassen, was mich dort erwartet: der unumgängliche Schlachthauscharakter des Arrangements.

Ich ertappe die beiden auf frischer Tat, könnte man sagen, und das werde ich auch tun. Vorausschauend und zu meiner eigenen Sicherheit bin ich mit einem Revolver bewaffnet, der allerdings nicht geladen ist, wie ich der Polizei zeigen werde. Waffen sind mir ein Greuel, ein Umstand, der meiner handzahmen europäischen Sozialisation geschuldet ist, wie ich schulterzuckend und ein wenig verständnisheischend ausführen werde. Ich verwende sie nur im äußersten Notfall, und diesmal, wie sich zeigte, nicht umsonst, unbedingt erforderlich, um die beiden Verdächtigen in Schach zu halten, den Wächter und den Haushofmeister, die augenscheinlich gemeinsame Sache gemacht haben.Ob die politisch war oder rein kriminell, wird sich zeigen.

Um Peter tut es mir ein wenig leid; ich erinnere mich an ein erstes verhaltenes Lächeln an der Hintertür. Das muss früher am Tag gewesen sein. (Ob er sich gefreut hat auf die Verabredung? Ob er jemandem davon erzählt hat? Macht keinen Unterschied, lässt sich als Schutzbehauptung deuten.) Dennoch wähle ich die Notrufnummer, geschockt von den endlich zur Kenntnis genommenen Spuren des rohen Gewaltausbruchs: ein geschächteter Duncan, ausgeblutet durch einen von ruhiger Hand gesetzten Schnitt am Hals. Alexander muss dem hochschießenden Strahl geschickt ausgewichen sein, ich kann nicht umhin, sein Können zu bewundern, und mein Gefühl für ihn wächst.

Das Wasser steigt im Turm; ich höre es flüstern in den Leitungen, als ich, das Heft noch so fest in der Hand, dass die Knöchel weiß werden, auf das Auftauchen der Behördenvertreter warte, während der hauseigene Sicherheitsdienst und die endlich alarmierten Leute Duncans (Alexanders Grinsen ein wenig zu euphorisch) die ruhiggestellten Gefangenen und vor allem einander eifersüchtig beobachten. Vorher noch sage ich Stuart Bescheid, das ist natürlich, man kennt sich schließlich, das ist bekannt, er hört mir zu. Ich erzähle ihm erschüttert von dieser Greueltat in unserer

Wohnung – in der Wohnung, die Duncan so sehr geliebt habe, das erwähne ich unter Tränen, nach denen ich mich schon gesehnt haben muss, so üppig überschwemmen sie mich –, unter unseren Augen gewissermaßen, und wir schon im Bett, es hätte nicht viel gefehlt und wir wären alle von unseren Dienstboten erschlagen worden, aus Neid, Gier, Rache, was wisse man schon. Stuart sorgt umgehend dafür, dass Archivbilder der beiden Verdächtigen publiziert werden (aus irgendeiner freiwillig befüllten online-Datenbank, einem sozialen Netzwerk, alumni-Verein, was auch immer), wobei natürlich darauf hingewiesen wird, dass die Unschuldsvermutung gilt. Der Mord am Spender am Tag der Weihnachtsbaumentzündung, das hat dann doch ein gewaltiges emotionales Potential. Mit der Unschuldsvermutung ist das so eine Sache.

Das obszön Schmutzige eines leblosen Körpers verstört (ich habe wohl doch hingesehen). Warum die Evolution für das Sterben keine saubere Lösung entwickelt hat? Warum der Tod immer so ein Ärgernis sein muss für die mit den Überresten Übriggebliebenen? Diese Frage beschäftigt mich, während jemand auf Antwort wartet, einer der Beamten, die sie uns schließlich geschickt haben, und das dauert, was gut ist, die Zeit spielt für uns, ich denke an stockendes Blut und auch an Stuart, und diesmal dankbar. Ich sage, ich hätte geschlafen (das Toben des Haushofmeisters im Hintergrund, von Peter hört man nichts). Der Polizist sitzt uns auf einem zur Couch passenden Möbelstück gegenüber, das Leder immer noch makellos, wir passen gut zueinander, Alexander und ich, und er sagt, er habe etwas gehört, das ihm jetzt, bei genauerer Überlegung, wie ein Klopfen erschiene. Ein Klopfen, mein Gott, was sagt er da.

Er schickt einen flackernden Blick unter sich schließenden Lidern hervor, er sucht Halt, das verstehe ich, doch ärgere ich mich darüber. Weiß er nicht, dass wir nur uns haben, einander, und das auch nur, wenn wir alleine sind, die Kommunikation muss nonverbal und eingespielt sein, wie die der Körper, weiß er das nicht, sonst ist die ganze Sache sinnlos, gegenstandslos, all die Arbeit umsonst, nicht ganz umsonst, um den Preis des Todes.

Wir haben diese eine Chance, sage ich beschwörend und stumm, während ich nach seiner Hand greife, etwas zu tun mit unserem Leben, auf das wir stolz sein können, bei allen Nebenkosten; wir haben alles auf eine Karte gesetzt: auf die schlichteste. Wir können nur dabei bleiben, eine andere Möglichkeit gibt es nicht.

Einkapseln muss man sich in die Lüge und immunisieren gegen den absichtslosen Verrat (kein falsches Wort im richtigen Satzgefüge), und so übernehme ich, wieder einmal, ich reiße die Deutungshoheit an mich, die Wut macht mich überzeugend, das weiß ich. Mit einer erklärenden Geste zu unserer spärlichen Bekleidung (wohldosiert spärlich, übrigens, im Voraus überlegt, im entscheidenden Moment des Handelns wäre ich zu einer solchen Überlegung nicht mehr fähig gewesen, also: vorausschauende Planung, die Punkt für Punkt abgehakt wird), und vor allem, damit der Polizist, der sich sehr um uns zu bemühen scheint, gar nicht erst anfängt, sich Gedanken über unser offenkundiges Frischgeduschtsein zu machen, das in krassem Gegensatz zu seiner glänzenden Haut und dem nicht mehr frischen Körpergeruch steht, der für eine lange Schicht spricht, beginne ich zu erläutern, so deutlich und so laut, wie ich kann, ohne dass es übertrieben wirkt, ich schaffe das: wir schlafen nämlich immer unbekleidet. Ich sage nicht: nackt, ich kenne den hiesigen Sprachgebrauch lange genug, ich umschreibe, er lächelt, senkt den Stift. Ganzkörperenthaart, näher an die Hautbloßlegung kommt man nicht ran.

Ich bin sicher, Peter hätte verstanden, dass man manchmal Opfer bringen muss. Unter anderen Umständen hätte er mich ergänzen können beim Alles-auf-eine-Karte-Setzen.

Der Detective, denn das war er, wie man uns gesagt hatte, starrte mich weiterhin an und schien auf etwas zu warten; seine Freundlichkeit wohl dem Versuch geschuldet, die natürliche Überlegenheit, die ihm die trotz der deutlichen Gebrauchsspuren korrekte Dienstbekleidung gegenüber unseren Schlafzimmerüberwürfen gab, herunterzuspielen und dabei doch gerade darauf hinzuweisen. Ich entschuldigte mich mit einer Stimme, die unsicher klang, das hörte ich genau, und so sollte sie auch klingen. Die Sache setzt mir zu, ergänzte ich, etwas dünn, doch das schadete gar nicht, ich muss meine Schwäche nützen, so schwach kann ich gar nicht sein, wie ich scheinen sollte. Ich fahre mir mit der Hand über die Stirn in die Haare, ein sicherer Hafen, Unterholz, ein Waldhafen für meine zittrigen Finger (die toten Züge so friedlich, was könnte es Schöneres geben?), die zittern ganz von allein, ich kann ihnen dabei zusehen und weiterzittern. Und das in diesem Haus! in unserer Wohnung! sage ich, und in dem Moment steht mir die Löchrigkeit der gläsernen Hülle deutlich vor Augen, deren Eingänge und Hintertüren sie von allen Seiten zugänglich machen. Seines Lebens nicht mehr sicher, murmle ich, doch er will etwas von mir, hat etwas gefragt, und ich sehe ihn so verzweifelt an, dass er die Frage wiederholt, ich nehme an, dass es dieselbe Frage ist, die er zum zweiten Mal in den Raum stellt, aber sicher bin ich diesbezüglich nicht. Auch die Erinnerung ist löchrig, doch ich kann nicht eingeschlafen sein. Nein, ich habe an meinen Vater gedacht. Dass er wohl erst als Toter Ähnlichkeit mit meinem Vater hatte, denn sonst hätte mir das früher auffallen müssen. Doch die Erinnerung an meinen Vater ist blass.

Ob ich auch etwas gehört habe, will er wissen. Als käme ihm der Ton selbst etwas zu ungeduldig vor, bremst er sich ein, legt eine Schicht Mitgefühl auf, nickt aufmunternd. Nein, sage ich, nein, nichts, aber ich denke, ich sehe Alexander ein wenig schüchtern an, um Erlaubnis fragend, könnte man sagen, wir sollten ihm die Wahrheit sagen. Nein (mein Lächeln bittet um Verständnis), ich sage besser, wie es war: wir haben noch nicht geschlafen, wir waren bei einer sehr ehm ehelichen Beschäftigung, und ich schenke dem Beamten, der ungläubig grinst und den Blick senkt, ungläubig, denke ich, angesichts der Plumpheit des Manövers, ein verhuschtes Lächeln; jedes Unsicherheitseinsprengsel sitzt, ich bin stolz auf mich und greife nach Alexanders Hand, die der mir aber entzieht, in gespielter Empörung, denke ich, über meine Enthüllung, perfekt! Das entringt mir doch ein kleines zufriedenes Grinsen, das ich mit einem schnell hervorgepressten Hüsteln überdecke. Deshalb die Dusche, soll das heißen, das hätten wir dem Ermittlungsteam schließlich nicht zumuten können, unseren postorgasmischen Geruch, angstschweißscharf, in Wahrheit. Das wird sich sicherlich prüfen lassen, sagt der Polizist, nun schon etwas ermattet, und dass er uns natürlich bitten müsse, uns für die entsprechenden Untersuchungen bereit zu halten. Aber immer doch. (Ein wenig fürchte ich, dass der Angstschweißgeruch in der Zwischenzeit längst nachgereift ist; riechen kann ich nichts, doch das kann daran liegen, dass ich ihn ebenso verströme wie mein Mann. Zeitverschwendung, darüber nachzudenken.)

Dort auf dem milchweißen Sofa, unter den Augen der Staatsmacht, deren forensische Abteilung in der Zwischenzeit die halbe Wohnung in Beschlag nimmt, begreife ich, was für ein schönes Paar wir sind. Wir sind soweit: wir ergänzen uns zu einem Bild perfekter Harmonie. Seine unantastbare Hochglanzerscheinung und meine glasklare Entschlossenheit. Der Erfolg sickert uns aus den Poren und gibt uns Recht. Ich strecke meine schmale Hand nach seiner aus, und diesmal erwidert er den Griff mit verbindlichem Druck.

Das Hauptschlafzimmer

34

Die Nacht dauert schon viel zu lang (ich führe Alexanders Hand zu meinem Hals, er zeigt die Schnittführung im Fall des Aug-in-Auge-gegenüber-Stehens, er ritzt den Hals mit einem Kugelschreiber, den wohl der Polizist vergessen hat, links oben nach rechts unten, nicht umgekehrt, wie ich vermutet hätte); seeseitig wird der Nachthimmel fahl. Ich könnte mich wieder an den Rand des Wohntabletts stellen, auf dem wir uns gerne präsentieren, und wieder den Blick herabfallen lassen, der so nah wie möglich an der Gebäudekante entlang nach unten streift – nicht seeseitig, stadtseitig. Die Menge von dunklen Punkten im grell erleuchteten Einfahrtsoval ließe sich beobachten (tatsächlich ein Oval, wie man von hier aus eindeutig feststellen kann), die sich dort seit der Verbreitung der Todesnachricht auf allen Kanälen angesammelt hat: Duncan würde sich freuen. Und wer hätte gedacht, dass auch um diese Tageszeit noch so reges Publikumsinteresse besteht? (Die Medien reagieren schnell: keiner will hintanstehen beim Verbreiten der Todesnachricht, und dass die unmittelbar auf die frohe Geschenkbotschaft folgen muss, macht die Sache um so aufwühlender.) Das stille und erwartungsvolle Ausharren der ständig dichter werdenden Ansammlung, der plötzliche Aufruhr, als die Punktmenge ameisengleiches Strömungsverhalten ausbildet, das Kesseltreiben zum Eingang hin, wo das Vordach sie verdeckt und ich nichts erkennen kann außer den Ausläufern eines Handgemenges, bis ein dunkler Kern zurück zur Mitte schwärmt, und dieses Schwärmen hat was von der

Bösartigkeit eines Wespenvolkes: die Beute (zwei Epizentren der Punktbewegung) wird am Baum ausgestellt, nachdem man sie den Einsatzkräften abgejagt hat, das sehe ich nicht, die Einsatzwagen stehen halb unter dem Vordach, das kann man nur ahnen, und dass die Einsatzkräfte dem Geschehen zusehen, ebenso, dem längeren Prozess des Aufhängens der beiden zum Beispiel, von dem man aus unserer Perspektive nicht viel mehr erkennen kann als eine dunkle Traube im Wintergeäst des Baumes. Ein Anblick, dessen Einzelheiten ich mir ersparen kann; was Schwarze betrifft, die man einer solchen Tat bezichtigt, wird nicht lang gefackelt, das war schon immer so, das hat Tradition, und uns kann es recht sein, das sagt mein Verstand, aber mein Gefühl wehrt sich noch; Weiße, die mit Schwarzen gemeinsame Sache machen, dürfen keine andere Behandlung erwarten, das versteht sich, und in diesem Fall habe ich auch keine emotionalen Probleme. Wir können nur hoffen, dass es nicht die Falschen getroffen hat, doch das lässt sich von hier oben trotz beeindruckender Zoomleistungen nicht sagen. Die Videomitschnitte, die wir schon aus Selbstschutz anfertigen, und schließlich, von welchem anderen Punkt aus hätte man die Dinge besser im Blick? bekommt einer der Sender, die nun Alexander zu verwalten hat, und Alexander ist auch gleich bei der Sache, beansprucht den Posten, ohne zu fragen, und der neue Sicherheitsbeauftragte, dessen Namen ich noch immer nicht kenne, hält ihm den Rücken frei.

Den Todeskampf eines unsachgemäß Gehängten im milchigen Morgenlicht musste ich zum Glück nicht ansehen, das hätte ich nicht ertragen. Die Volksseele ist kein geübter Henker, doch sie kennt ihre Traditionen. Unnötige Qualen müssen nicht sein und werden bei geordneten sauberen Hinrichtungen vermieden. Doch auch einer solchen möchte ich nicht zusehen müssen. Dann noch lieber selbst hingerichtet werden; nein, natürlich nicht. Nicht einmal denken will ich so etwas. Für das Morden muss man sich den richtigen Bundesstaat aussuchen.

Ich bin zu sehr mit dem Nötigen beschäftigt, als dass ich mich groß aufhalten könnte mit den Ereignissen dort unten. Nur das noch: wie gut eingefädelt, zeitgerecht ausgestrahlt, Alexander hat seinen Teil getan, leitet umgehend die Rettung der chinesischen Sache ein, denke ich, und wenn der Flashmob seinen Hobbys nachgeht, so geht mich das nichts an, ein tragischer Zwischenfall (wobei Alexander äußerste Sorgfalt darauf verwenden wird, den Opfern des unerklärlichen Gewaltausbruchs ein ehrendes Andenken zukommen zu lassen: unabhängig von der Frage ihrer Schuld, wird er sagen, ein solches Ende habe niemand verdient. Da werden wir aber schon offiziell erfahren haben, wer die beiden waren, deren Leichen nur kurz hängen, ehe die Einsatzkräfte eingreifen. Alexander übernimmt den öffentlichen Teil, daran ist nicht zu rütteln: die Stelle ist vakant.)

Dennoch muss ich mir vorstellen, dass Peters Körper länger zuckt als der des Haushofmeisters, sein Hemd hängt aus der Hose, und man kann die Muskelstränge sehen, ausgedünnt im Tod. Die anwesenden Beamten – erfahren, doch der Übermacht der Menge nicht gewachsen – konnten den Schutz der Tatverdächtigen vor dem Volkszorn nicht gewährleisten. Die Tatverdächtigen: dabei versichert Alexander zuvor in der Wohnung noch, dass er vollstes Vertrauen zu den langjährigen Angestellten habe, Peter starrt, sein Starren gilt mir, nur mir, er sagt nichts. Dahinter ballt sich was zusammen, das erkenne ich, konzentriert die Kräfte, bevor es zuschlägt und mir seinen Ekel vor die Füße spuckt, ein für allemal; es kommt nicht mehr dazu, Peter wird aus meinem Gesichtsfeld entfernt. Er sieht mich an bis zuletzt.

(Unter anderen Umständen, in einem anderen Leben, da bin ich mir sicher, hätten wir einander mögen können. Doch. Wenn er nur nicht von Anfang an so eine Wand hochgezogen hätte. Das hängt mit unserer Haut zusammen, das weiß ich wohl. Und wenn die Mauer nicht in der letzten Zeit zu bröckeln begonnen hätte, ausgerechnet! Im Grunde verstand er das. Seine Verantwortung. Auch, dass man manchmal Opfer bringen muss für die größere Sache, auf die kommt es an. Die muss ich im Auge behalten.)

Ich nehme wirklich an, man hätte Peters Bauch sehen können, und der wäre wirklich so schön gewesen, wie ich es immer vermutet habe. Die Volksseele ist zufrieden und verzieht sich, so schnell sie kann, denn in rascher Folge rauschen weitere Einsatzfahrzeuge auf den Vorplatz; ein paar Langsamere lassen sich unter dem japanisch kargen Baum wohl noch einsammeln. Was das für Bilder gibt.

Alexander war klug genug, bei Stuart nicht noch einmal nachzuhaken, mit Telekommunikationsdaten muss man sparsam umgehen.

35

Der Damm ist also gebrochen, und ich liege im breitesten Bett (Kingsize, und das ist nicht so großzügig kalkuliert, wie der Name glauben machen möchte), im Bett, das das wildwerdende Wasser sich so gräbt und mit jedem unterspülten Ufer ausweitet. Ein sich selbst verstärkendes System, scheint mir, und das macht mich glücklich, denn es zeigt, dass wir recht gehabt haben, von Anfang an: es beweist die Notwendigkeit des Dammrisses, unumgänglich angesichts der Ausgangskonfiguration, wenn der Fluss sein eigenes Bett ans Licht holt. Ein klarer Schnitt schafft Abhilfe. Ob er das Aufblitzen der Klinge noch gesehen hat? Das kleinteilige Spiel der Wellen, von der Decke reizvoll reflektiert und scharf gespiegelt?

All die Details wunderbar ausgetüftelt, Zahn in Zahn gegriffen wie bestellt, und manches sogar noch besser: Duncans Witwe und Lieblingsjournalistin Ann taucht wieder auf und arbeitet sich an den möglichen politischen Hintergründen der Tat ab, und siehe da, es zeigt sich, dass Peter zwei entfernte Verwandte hat, die nach den Unruhen als Plünderer verurteilt wurden. So viel Glück gehabt. Dass die Medienräder dann gar so geschmiert laufen, lässt das Blut im Kopf übermütig aufschäumen.

Das Wasser ist nicht mehr zurückzudrängen in die ursprüngliche Röhre: schon sieht alles ganz anders aus. Bald kommt die erste Ansiedlung am Ufer, ein kleines Dorf, in dem billig Geschäfte gemacht werden können mit illegalem Handelsgut. Mein Status ist vollwertig, das habe ich erreicht.

Alexander wächst an seiner Aufgabe, dass es mir unheimlich werden könnte. Unsere Schleimhautabstriche ergeben das gewünschte Ergebnis: wir sind verlässliche Zeugen. Dann noch die erste Aussage des Haushofmeisters, er habe uns im Schlafzimmer gehört. Die Evidenz im Gästetrakt. Eins passt zum anderen, und Alexander wird vom Aufsichtsrat bestätigt, sein provisorischer Firmenretterstatus in eine permanentere Position übergeführt. Stuart will ein paar Geschichten machen; doch ihn in die Schranken zu weisen war leicht, sagt Alexander, als ich ihn danach frage (der Fitnessraum ist unverwanzt, Gemeinfläche, davon gehen wir einmal aus, hier unterhalten wir uns höflich flüsternd, nichts stillerer Ort als die Öffentlichkeit, auch wenn sie überschaubar ist und wohldefiniert). Wer sonst noch alles seine Geschütze in Stellung bringt, weiß ich nicht, er ignoriert meinen fragenden Blick und widmet sich stattdessen der Feinjustierung von Steigung und Herzfrequenz, seine morgendliche Routine im 2. Stock wird immer länger ausgebaut. Ich gehe, ich bin klug, mein neuer Mann: die Probezeit bringen wir einvernehmlich zu einem positiven Abschluss. Kaffee trinkt er später mit rotgeriebener Haut, dampfend vor Tatkraft.

Das Begräbnis steht noch ins Haus, und Ann muss erkennen, dass sie zwar einen Sitz im Aufsichtsrat des Fernsehsenders, aber kein wirkliches Mitspracherecht im Firmenkonglomerat geerbt hat (das hätte ich ihr gleich sagen können), allerdings muss festgehalten werden, dass ihre Sendung nach der Wiederaufnahme besser läuft denn je. Jedenfalls will sie unter allen Umständen verhindern, dass die Kinder ihr den Platz am Sarg streitig machen; ich lasse ihr den Vortritt, manchmal kann ich großzügig sein. Im übrigen gibt es keinen Sarg. Ann präsentiert die Pläne für ein Mausoleum, eine hochtrabende Säulenhalle mit Fernblick auf Duncans Lieblingsgrund am Strand. Der Grundstein schon gelegt. Das Haus dahinter (in den Dünen) bereits entkernt und hallend, als wir ankommen (das zukünftige Besucherzentrum, wie die souveräne Witwe erläutert, doch warum sollte sie nicht souverän sein, sie ist das Auftreten schließlich gewöhnt), und auch die langen Tische füllen es nicht. Ich bin erleichtert, den Ort derart verändert zu sehen. Nur das Muster des Brokats kommt mir bekannt vor, allerdings nicht aus dem Haus, und woran er mich erinnert, darauf komme ich nicht, als ich mich setze, neben mir Alexander. Alexander zieht die Luft scharf ein, bevor er seiner Tischdame eine nette kleine Gesprächsvorgabe macht, (mir zugewandt zieht er die Brauen hoch und fragt mich leise und vorwurfsvoll, ob ich nicht dafür sorgen könne, dass die Kinder ruhig sitzenblieben) und ich breche mir etwas vom Brot ab und denke: Fleisch von meinem Fleisch, bevor ich lächelnd auf den Mann mir gegenüber eingehe, diesmal nicht Stuart, natürlich nicht, wieso kann ich mich nicht daran gewöhnen, dass er woanders steht, ein anderer, irgendwer aus dem zahnlosen Aufsichtsrat, an den ich keinerlei Erinnerung mehr habe und der gerade etwas über den imposanten Baukörper von sich gibt. Die Kinder, welche Kinder, ich erinnere mich, ein paar wohlgesittet am Rand sitzen gesehen zu haben, warum sollte ich für die verantwortlich sein. Meine Kinder sind es jedenfalls nicht, denen habe ich die Sache erspart, was mich mit Erleichterung erfüllt; wir haben beschlossen, das weiß Alexander doch, eine kleine private Gedenkfeier für sie abzuhalten, immerhin geht es um ihren Vater, und ich halte mir zugute, mich nie zwischen diese Fronten gestellt zu haben.

Als wäre in unserer Mitte die Leiche aufgetischt worden, gegart, mundgerecht zerteilt und wieder zusammengesetzt (muss man sich nicht zerstückeln und in den Topf werfen lassen, um wieder jung daraus emporzusteigen, da war doch was mit einer Schlafmütze?), sitzen wir aufgereiht um diesen zentrumslosen Tisch, dessen Mitte zusammengehalten wird von der Fehlstelle, der Todesfehlstelle, und die liegt tatsächlich aufgetischt, schockgefroren und aufgebart in ihrem Gefriersarg. Auf Wunsch der Witwe wurde da an nichts gespart: Fleisch von meinem Fleisch, auf unseren Tellern übrigens zartrosa gebratenes Wild, nichts weiter.

Alexander erhebt sich und fragt in die Runde, was denn die Kinder trieben, die Umsitzenden schrecken auf und senken rasch wieder den Blick; auch Kinder wurden schon serviert, wo kommt das nur alles wieder her, von den biederen Brüdern, den grimmigen Brüdern, so bieder können die nicht gewesen sein, oder vielleicht gerade doch, der wahre Schrecken ist die Biederkeit, dass ich das nicht vergesse. Ich greife nach seinem Arm (die Kameras haben ihre Anstandsrunde schon gedreht, die sind draußen, was für ein Glück): die Kinder sind versorgt, sage ich. Und überhaupt, wenn hier jemand nach den Kindern fragen müsste, dann wohl ich, und ich tue es nicht, es ist besser, sie in Sicherheit zu wissen, weit weg. Auf der Fahrt zum Flughafen macht sich Alexander über seine eigene Überspanntheit lustig, wie er das nennt, und der Chauffeur schielt trotz der fast schalldichten Glastrennwand in den Rückspiegel. Und ich sehe das Brokatmuster in der Scheibe, eine deutliche Negativprägung, komplementär gefärbt, und das saugt mich in Richtung Fluchtpunkt, Schlafmütze: versunkenes Land, ich muss alle Kräfte zusammennehmen, um mich auf die Sitzbank zurückzuzwingen, doch es gelingt.

36

Das war der Zeitpunkt, wo die alten Liftvideos im Netz auftauchten. Kaum überraschend, anlässlich von Duncans Begräbnis. Jemand trug Alexander zu, wer das Material habe und was er dafür verlange, Alexander wollte noch klarmachen, dass er die Publikation verhindern werde, aber ich sage: lass sie nur machen, das wird ein Eigentor, das garantiere ich, und er lacht auf (die Polizei lässt uns in Ruhe, wir glauben es selbst nicht: die Spurensicherung hat ergeben, sagt Alexander, dass alle vier in diesem Zimmer waren, wir und die Verdächtigen, und dass wir dort waren, scheint sie nicht wirklich zu kümmern. Wie sie nur spurlos kommunizieren, Stuart und Alexander, das wüsste ich gerne. Schschscht, sagt er, wenn ich ihn danach fragen will; Alexander sieht es mir an, er legt die Finger auf seine Lippen oder auf meine, wenn ich unvorsichtig werden und etwas mitteilen will, den Gedanken zum Beispiel, dass Duncan nicht gelitten hat, denn der ist tröstlich. Es war ein schneller Tod, den er nicht kommen hörte, hat er? Das wüsste ich gerne. Hat er die Augen noch weit aufgerissen?

Lass sehen, sagt Alexander, im Zukneifen der Augen sehe ich die freudige Erwartung eines unerwarteten Zwischengangs, eines amuse-gueule der wirklich unterhaltsamen Art, wir verstehen uns. Ich kenne jetzt schon die tief empfundenen Worte der Trauer, die ich nach dem ersten, pietätvollen Zögern dann doch formulieren können werde, und ich führe sie Alexander vor, nämlich wie traurig es sei, dass ich mich vor dem Hintergrund des tragischen Todes meines Exmannes und des Vaters meiner Kinder mit einer solchen Geschmacklosigkeit konfrontiert sähe wie der Ausstrahlung intimen Materials aus der ersten Zeit unserer aufflackernden Leidenschaft, die, ich lächle schuldbewusst, uns zweifellos manchmal zu unüberlegten Handlungen hingerissen hätte, aber, noch einmal Leidenschaft einflechten, Duncan sei eben ein leidenschaftlicher Mann und liebevoller Gatte gewesen. Jetzt der geschäftliche Teil. Wer denn eine solche Pietätlosigkeit begehen könne, unfassbar, und dann natürlich die Ankündigung rechtlicher Schritte. Das alles improvisiere ich vor Alexanders leuchtenden Augen, nur das Lachen rutscht ein wenig ins Hysterische. Doch ich weiß, dass ich jetzt in seiner Schuld stehe, in einer Tätigkeitsschuld, und die werde ich abtragen. Gleich heute fange ich damit an. Ich lache auch, ich bin eine ganz Nette, sage ich. Nur dass ich leider eine Mörderin bin, das sage ich nicht, das denke ich nur, nicht zuviel reden. (Sie werden die Wohnung verwanzt haben, davon ist auszugehen. Und all das mitschneiden. Später. Diesen Punkt klären wir später. Ob man sich auf Stuart wohl verlassen kann?) Dass ich leider keine Mörderin bin, genau genommen, ist eine andere Sache, bloß Komplizin, Mittäterin, Rädelsführerin und was nicht sonst noch alles: ich mag dich noch für meinen erbärmlichen Ausgangszustand, als wäre es dein Verdienst, mich dort rausgeholt zu haben.

Wie kurzsichtig. Man darf sich nicht erpressbar machen. Was für eine unsinnige Maxime, sobald man lebt, ist man erpressbar. Doch wenn man Angst zeigt, tritt das nur umso eher ein, was man fürchtet. Die Lösung also: offensiv entgegentreten. Na bitte, geht doch. Ich triumphiere still in meiner unzugänglichen Höhenlage, von der aus ich jederzeit den Schritt hinaus tun kann, nicht vergessen, einen Schritt weiter, als die Dachgeometrie vorsieht, und die aufwärtsströmende Warmluft (zunehmend aufgeheizt während des Aufstiegs entlang der Glasfront), würde mich ein kleines bisschen tragen, bevor ich dem See entgegentaumeln kann, man kennt die Bilder.

Hochhausuntergeschosse werden für Gemüseplantagen verwendet, von Nachteil ist nur, dass der Kunstlichteinsatz die Sache ein wenig unrentabel macht, doch daran lässt sich arbeiten: die Hülle lichtaktiv, das Dach windradbestückt, und was sich aus dem See noch holen lässt, wer will das wissen. Der Turm könnte autark sein, ein sich selbst genügendes Schlachtschiff.

Später, bei der Begutachtung der medialen Umsetzung meiner Rede, muss ich feststellen, dass es manchmal gar nicht so hilfreich ist, die Sätze vorher auszuformulieren: in derselben Qualität gelingen sie nicht zweimal, und außerdem fehlt der sympathische Spontaneitätseffekt. Überzeugender und herzerwärmender ist doch ein wohldosiertes Suchen nach den richtigen, ein bisschen hilflosen Worten. Das fällt auch Alexander auf; er ist über Nacht eine öffentliche Figur geworden, und er füllt sie souverän mit Leben: die Regeln gibt er vor, zurückhaltender als der späte Duncan und doch präsent. Anzugsstoffe, die am Bildschirm Schlieren zeichnen, passieren ihm nicht. Die Ablehnung der rassistisch motivierten Gewalttaten ist echt. Die Glaubwürdigkeit der Zeugen (unsere) ist über jeden Zweifel erhaben. Die Menschen, sagt der Bürgermeister, hätten ein Recht, sich selbst zu verteidigen und notfalls das Recht in ihre Hand zu nehmen (für die zweite Satzhälfte wird er von ein paar versprengten Zeitungen angegriffen), wenn die Ordnungskräfte schon nicht rechtzeitig für ihren Schutz sorgten, wie das in Duncans Fall geschehen sei (Seitenhieb auf Stuart). Ihn wundere es nicht, sagt er also etwas gemäßigter, dass da einige mutig und bereit gewesen seien, ihren Boden zu verteidigen und die Meuchelmörder der gerechten Strafe zuzuführen.

Von irgendwelchen Unruhen hört man: das wird geschickt im Keim erstickt, sonst wird ja aus den Unruhen ein Aufstand. Man hat schließlich damit rechnen können, nach einem Lynchmord an einem Schwarzen, und Stuart will sich nicht noch einmal sagen lassen, er müsse die Armee rufen, um für Sicherheit zu sorgen. Die richtigen Stadtviertel werden rechtzeitig abgeriegelt, im Zweifelsfall wird geschossen. Und Alexander gibt die Maxime vor, das weiß ich, das ist ihm ein Anliegen, dass kritisch über den letzten Armeeeinsatz berichtet wird: Rassismus wird in seinen Medien nicht geduldet.

So soll es bleiben. Ich frage ihn, ob er zufrieden ist. Apropos Tätigkeitsschuld (Bringschuld): ich will eine Funktion, sage ich zu Alexander, der das für einen Scherz hält.

37

Wir haben das Neuland gemeinsam betreten, zumindest fast, nie mehr allein, das war die Bedingung, nun will ich dort auch Thron und Krone und vor allem eine Tätigkeit. Ja, sagt er, was hast du dir denn vorgestellt? Na was: Aufsichtsrat, dort, wo Ann einen Platz geerbt hat, auch wenn Duncan dafür gesorgt hat, dass es nicht der Vorsitz war. Besser verhandelt als ich, muss ich sagen. Das ginge nicht, sagt Alexander, die Frau eines CEO im Aufsichtsrat, wo käme man da hin, wo bliebe die Kontrollfunktion? Es tue ihm sehr leid. Kontrollfunktion, dass ich nicht lache. Könne ja nur in seinem Sinn sein, sage ich, wenn er eine Vertrauensperson an dieser Stelle hätte – ob ich denn denke, dass er die nicht schon längst habe, wofür ich ihn halte, einen Stümper? Nein, ganz im Gegenteil, sage ich, das besänftigt ihn, doch es entspricht der Wahrheit.

Ich senke den Blick und finde die Zeitungen. Der Wert der Aktien nähert sich wieder dem der Zeit vor Duncans Entgleisungen: Alexander wird es nicht versäumen, diesen Sieg für sich zu reklamieren. Und was habe ich? Noch nicht einmal die letzte Nacht, an der ich mich festhalten könnte, ich muss mir was erfinden. Jeremias habe ich gesehen, im Schatten der Unterführung der Uferstraße. Dort wird die Dunkelheit ausgebrütet, die hängt dort fest und man durchfährt sie wie eine Nebelsenke.

Ein paar der Titelseiten zeigen das Bild des Mausoleums: Einbalsamiert, saturiert (flüssigkeitsgetränkt bis zur Absättigung) und ledrig wie eine bronzezeitliche Moorleiche stelle ich mir Duncans Körper vor, auch wenn ich weiß, dass das nicht stimmt, er liegt in seinem Tiefkühlsarg; man kann sich nur wünschen, die tatsächlich im Moor versenkten Menschen hätten das kreisförmige Ausstanzen der Warzenvorhöfe nicht mehr erlebt, unnötige Grausamkeit. Als Randanmerkung eine Jugendfreundschaft zwischen Stuart und Alexander. Draußen kehrt jetzt wieder so etwas wie Alltag ein.

Und Alexander brütet, das ist nicht schwer zu erkennen. Ich will Vertrautheit, und das sage ich auch. Vergiss nicht, wer ich bin. Auf dem Rücksitz eines gepanzerten Fahrzeugs vollführte er eine Geste in meine Richtung, die wohl verbindlich sein sollte, während er telefonische Anweisungen gab: Das müsse mehr hergeben. Jemand Beteiligten, unmittelbar Beteiligten an den Unruhen müsse man hervorholen (die Unruhen flackern immer noch hier und da auf wie Irrlichter, begleitet von ein paar Mittelklassedemonstranten vor dem Weißen Haus). Ob schon abgeklärt worden sei, wie das mit Familien aussähe? Ann? fragte ich tonlos, er bestätigte nickend meine Vermutung, und ich spürte das kurze Ziehen eines Glückssplitters in mir, dieselbe Denkungsart, doch etwas anderes zog auch noch. Und in dem Moment entdeckte ich Jeremias, erkannte ihn auch sofort, was wohl daran lag, dass er in Turmnähe auftauchte, in der Umgebung, in die er meiner Erinnerung nach gehört. Ich weise Alexander auf Jeremias hin, doch er reagiert nicht, tippt etwas in sein Gerät, dann lächelt er mich an, und seine Schönheit erschüttert mich. Er küsst meinen Scheitel, bevor ich aussteige. Jetzt wird es wirklich Zeit für einen Schnitt.

Ich leiste einer Vorladung Folge und sehe mich einem völlig Fremden gegenüber, was mir die Angst zu Kopf steigen lässt, bevor ich routiniert Gefallsucht und Spieltrieb den Vortritt lassen kann: was ich zum Vorleben meines Mannes zu sagen hätte (und mit dem Spieltrieb kommt die Leichtigkeit, ich lasse mein Lächeln für mich sprechen). Ob ich wisse, dass Polizeichef Superintendant Stuart und Alexander gemeinsam studiert hätten. Nein, sage ich, davon wisse ich nichts. Superintendant Stuart, wo kommt die Frage her, ich denke darüber nach, ob der Mann vor mir auf eigene Faust handelt (was ist er eigentlich, kein Namensschild vorhanden, kein Rangabzeichen, das ich deuten könnte) oder ob das Vorgehen mit Vorgesetzten akkordiert ist, und wenn, was das bedeuten könnte, Rivalitäten, in jedem Fall? Ich leere mein Gesicht bis auf die nichtssagende gutwillige Freundlichkeit, die mir Behörden gegenüber schon vor langer Zeit zur Gewohnheit geworden ist, während der Polizist seinen Laptop konsultiert, Mails abruft, Kurznachrichten online stellt, was weiß ich. Gut: Stuart. Ich bin gebrieft. Nein, sage ich etwas zögerlich, davon hätte ich noch nichts gehört, aber ich denke, sie waren in ein und derselben Armeeeinheit. Das stimmt sogar. Klar, irgendwo muss man das sachgerechte Schächten schließlich lernen. Die Schnittführung.

Ich denke an Alexander und muss sagen, er ist schön und frisch und voller Leben, glühend. Alexander, heißt es, baue seinen Einfluss auf dem chinesischen Meinungsmarkt aus, während China sich die besten Stücke aus der europäischen Demokratiekonkursmasse herauspickt. Da haben alle was davon (das Ratingspiel hat die Einigung beschleunigt), und Duncans Firma obliegt die Interpretation. Ich muss doch eine Vorstellung von mir in diesem Bild gehabt haben. Alexander strahlt. Es kann nicht nur die Perfektion meines Plans gewesen sein, in die ich mich verliebt habe. Allein für den Perfektionsgrad müsste er mich höchstpersönlich auf den Thron heben. Ich lege Wert auf technische Details, seine Sache ist das nicht, er tut da unbekümmert; sollen andere den Dreck wegräumen. Männliche Sozialisation. Alexander gibt sich immer noch diesen Unfertigkeitsanschein, der es erforderlich macht, dass er sich fortlaufend transformiert (in ansteigender Richtung), und das mit einer Unbekümmertheit, die mich atemlos macht. Dann fragt er mich auf einmal, ob ich mit ihm spielen will, mein Mörder. Und ich will. Die Vertrautheit muss doch wieder herstellbar sein.

Und wirklich: In der Fernsichtbadewanne am nächsten Wintersonntagmorgen amüsieren wir uns über die eigenen Fehleinschätzungen. Bei all dem Erfolg, den wir offenbar haben, können wir großzügig sein; das Ausmaß der Medienflutwelle hat uns beide überrollt. Die Unruhen haben das Vorbeben unter ihrem Schutt begraben, und erst nach dem Versiegen der Aufregung darüber kommen die raumfüllenden Nachrufe auf Duncan. Ann wird durch eine neue Sendeschiene ruhiggestellt, klugerweise besinnt sie sich darauf, dass sie Duncans Namen angenommen hat: Statt Fragen an Ann nun *Duncan's Answers*.

Und Duncan antwortet. Die aktuelle Version, getragen nicht zuletzt von Interviews mit den paar Angehörigen des todbringenden Volksauflaufs vor dem Turm, die zu langsam und zu instinktlos gewesen waren, um der Festnahme zu entkommen, lautet wie folgt: Der Mord an Duncan ist die Folge der liberalen Hetze gegen seine Mediengruppe. Eine direkte Konsequenz der feindseligen Berichterstattung von Leuten, die ein paar unbedachte scherzhafte Äußerungen, wie sie schließlich nur zu verständlich seien und uns allen passieren könnten, wie es hieß, zu einem Riesenskandal aufgebauscht hätten. Die Frage stelle sich ja, sagte ein besonders findiger Fernseheiferer, ob nicht das für sich genommen der eigentliche Rassismus sei. Wie auch immer: Aufgestachelt von den einschlägigen Medienberichten hätten zwei irregeleitete Angestellte, (unzufrieden, sich zu Unrecht deklassiert fühlend etc.) Rache mit Bereicherung verbinden wollen. Der Rest ist absehbar; die Möglichkeit religiöser Hintergründe werde verfolgt usw., man untersuche, ob einer der Verdächtigen, gemeint ist Peter, wer sonst, Kontakt zu einschlägig bekannten Predigern gehabt habe. Absehbar und sehr überzeugend, überhaupt in Alexanders Interpretation, die er mir in seinem Badezimmer liefert. Ich weine fast vor Lachen, lautlos, während mein Oberkörper sich am Rand des Whirlpools krümmen muss. Und der Grund dafür, dass Alexander so überzeugt, ist, dass er seine Darstellung selbst umso mehr glaubt, je plastischer er sie ausmalt, nicht nur fürs Abhörprotokoll, das Gesicht vergoldet von der Morgensonne, deren deformierter Ball sich im See spiegelt.

Pressekontakte, wird er später vorschlagen, als ich die Wasserunterbrechung erwähne, die die Hausverwaltung angekündigt hat. Wegen eines Wasserschadens im 22. Stock? Verstopfung? Kann mich nicht mehr erinnern. Jedenfalls soll ich von Alexanders Taten sprechen. Ausblick hätte ich auf den grünen Fluss und all die glasklaren Hochhauspfeiler gegenüber, die die Farbe eisig reflektieren und das Ufer säumen wie die Teile eines Sicherheitszauns, ein Arbeitszimmer in der Stahlstadt, und Alexander sagt: na, was sagst du. Das wäre dann dein Lohn, sagt er, mein Anzugskrieger, ohne mit der Wimper zu zucken, ein wenig lächerlich finde ich das und ich versuche, den Körper unter der Schale zu berühren, er lässt sich schälen. Erst Nächte später küsst er mich, in einem tiefen Nachtloch küsst er mich endlich, saugt mir die Zunge aus dem Mund und lässt es zu, dass unsere Körper den Abgrund überbrücken, und wie jedes Mal kann ich nicht glauben, dass diese Überbrückung nicht von Dauer ist, nicht sein kann, dass sie nichts als eine manifest sich austobende Vortäuschung ist. Wovon? Von Einigkeit. Von zwei Körpern in einem. Von einem Geist in zwei kommunizierenden Gefäßen, das zumindest haben wir mit Sicherheit, den zweifachen Anteil am gemeinsamen Ungeist, die Erinnerung, doch auch die teilt sich, die Hälften wandern ab, während die Schnittmenge schwindet. Was mir bleibt: die Deutungshoheit. Anzugskrieger und Funktionsträger sind austauschbar.

38

Die Nacht schlägt einen weiten Bogen, von einer Bettseite zur anderen, den ich abwandere, immer ohne Alexander zu wecken, horchend: sein Atem gerät nur manchmal ins Stocken, taumelt, überstürzt sich, läuft voraus. Statt dass ich in mein Zimmer gehe, horche ich, statt dass ich der unstillbaren Wachheit gut ausgeleuchtet freien Lauf lasse und mir zum Beispiel einmal wirklich zu Ende überlege, wo der Fassadenputzkorb nun geparkt wird (vermutlich klappt ihn die Putzfirma zusammen und verstaut ihn in einem Fahrzeug), bleibe ich hier. An der Kante spielt sich alles ab, dem

Rand der Hüftschaufeln, der Schlüsselbeinkante, die ich mit den Händen entlangfahre, während die Atemgeräusche neben mir stottern.

Diese lange Nacht arbeite ich ab, als müsste ich auf den Morgen warten. Polizistenmord: Giftspritze. Nein, in Illinois ist die Todesstrafe ausgesetzt. Nicht nur Stuart fordert ein Moratorium des Aussetzens in ausgewählten Fällen. Geschickt. Manchmal frage ich mich, auf welche raffiniert verschachtelte Weise das alles in einem Selbstbewusstsein Platz haben kann. Ansonsten so wenig Staat wie möglich, Unstaat, nur bei den Ordnungskräften hört der Spaß sich auf.

Spritze: natürlich nichts für mich. Ich bin weiß und schön. Und nachweisen kann man mir auch nichts außer ungeschütztem Sex mit meinem Ehemann. So lange ich kein Leck habe, was dringt da schon nach draußen? So erzähle ich seinem hoch aufragenden Schulterumriss von der Straße – und die plötzliche Erkenntnis der Ähnlichkeit der Bilder erschüttert mich bis ins Mark, Rücken um Rücken, Schulter auf Schulter, nur dass diejenige vor mir muskelgerundet ist, nicht knochig wie die andere, die ich gewohnt war, verdichtet sich zu einem Adrenalintornado, der alles niederwalzt. Sodass der Gedanke an die Spitze des vergessenen Kugelschreibers, mit der Alexander meinen Hals gezeichnet hat, jetzt beinahe beiläufig neben dem Strudel an die Oberfläche steigt, unmittelbar gefolgt von der Frage, ob es sich bei dem Objekt um eine geschickt getarnte Kamera gehandelt haben könnte und wo das verfluchte Ding jetzt ist, ob Alexander es einfach eingesteckt hat in die Sakkotasche, wie gewisse Anzugträger das gewohnheitsmäßig tun.

Ich erzähle Alexander von Stuarts Bild, tonlos, während ich die Reflexion der Wellen an der Decke ansehe, immer gleich, ein ewig junges Geschwappe, das mich hochfahren lässt: sein Schlaf ist gut.

Von dem seltsamen Gefühl, wieder hinauszugehen, erzähle ich ihm, ins Freie zu gehen, allein, zu Fuß, ich suche im Hochhausgestrüpp nach Kindern. Die Kinder sind aber gut aufgehoben, ich weiß, dass ich ihnen nicht begegnen werde. Keine der Gestalten im Dunstkreis der aus den U-Bahn-Lüftungsschächten aufsteigenden Dampfschwaden gehört zu mir. Sie beachten mich auch nicht: hier könnte ich die richtige Technik des Schlagadernschnitts vermutlich lernen (nicht durch den Kehlkopf, nehme ich an, drunter, drüber? ich muss fragen). Ich denke an Grillkohlenrauch. Auf der Suche nach den Kindern stoße ich auf Stuarts Bild, mit dem die Kinder ihre Scherze getrieben haben: *Mörder* steht darauf, *Murderer* natürlich, ich frage mich kurz, woher diese Enddoppelung im Englischen kommt. Dabei ist er gar nicht der Mörder, Stuart doch nicht, und ich will es ihnen sagen, es empört mich, dass sie Stuart unrecht tun. Ich habe auf einmal das unreif pubertäre Bedürfnis nach Gerechtigkeit. Aber sie meinen nicht Duncans Tod, sie meinen die Niederschlagung der Aufstände, bei denen es Tote gab, so zwanzig, dreißig Tote, genau weiß ich das nicht mehr, ein paar auch auf Seiten der Einsatzkräfte, Tote, die bitter gerächt werden, der Prozessausgang steht bereits fest, bevor die Angeklagten aus denjenigen ausgewählt worden sind, die man dingfest machen konnte.

Hinter meinen Lidern ruhen keine Pupillen, ich müsste langsam lernen, diese Leere zu benennen. Wenn der Boden wegbricht, weil das Geschehene auf einmal in eisiger Nachtklarheit vor uns liegt, scharf umrissen und unüberwindlich, dann hilft nur noch der Rückzug nach innen. Wenn unübersehbar ist, was man getan hat. Was wir getan haben, leibhaftig. Der fleischgewordene Begriff. Liebe, sagt er. Vielleicht bin ich das auch. Nicht dass es für Duncan ein Problem gewesen wäre. Er hätte uns gratuliert zu unserem raschen Handeln und dem entschiedenen Einsatz verfügbarer Mittel. Klares, schnelles, geschmeidiges Handeln erfordert Mut. Da hast du deine zwei, drei Sekunden reale Welt, mein lieber Duncan; mehr Zeit wird es kaum in Anspruch genommen haben. Am Anfang zwar nur – ich muss lächeln, ich kann nicht anders – in Form eines netten kleinen Gedankenspiels, das niemandem schadet, im Gegenteil. Der Fantasie freien Lauf zu lassen ist Training, und das kann nie schaden. Die Praxis allerdings geht ihre eigenen Wege. Ausformulierte Gedanken sind Tatbestände und führen zu höchstpersönlichen Blutlachen.

Im Abgrund zwischen drei und vier betrachte ich die Konturen von Alexanders maßvoll trainiertem Körper. Ich will ihn hier in mir, will diesen Durchbruch zu einer Gegenwart, der ich nicht auskommen kann, auch wenn ich ganz genau weiß, dass ich diese Gegenwartsschaumkrone nicht benennen kann, geschweige denn festhalten, bevor sie zerläuft. Der Nachtbogen: muss doch einmal runterkommen.

Ich greife nach der verlockenden Festigkeit seiner Schulter, er zuckt, ich lasse die flache Hand über den Rücken gleiten, den schönen Rücken, in dem die Muskeln unkontrolliert zu arbeiten beginnen, als sie mich spüren, eine lokale Brise, die die Oberfläche furcht, und tief im Schlaf noch nimmt er meine Hand und drückt sie an den Brustkorb, er schließt sich in meinen Armen ein, und ich sage ihm, dass er mir leid tut. Er dreht sich um und reißt die Augen auf, als wollte er mit aller Kraft aus einem schlechten Traum erwachen, er spricht mit mir und kratzt sich dabei am Hals.

39

Dass er und Stuart einfach so in einen Straßenkinderhinterhalt geraten seien, berichtet Alexander leise und ein wenig überrascht. Vor einer gefälschten Absperrung an einer Baustelle. Verschanzt am Rücksitz ihrer Limousine; zum Glück, sagt Alexander, kann Stuart mit Kindern umgehen. Ja, sage ich, und sie dann verhaften: das jüngste Kind, das bei den jüngsten Plünderungen festgenommen wurde, war fünf Jahre alt. Doch es hatte gestohlen, was will man machen. Wer alt genug ist zum Stehlen, ist alt genug zum Sterben. Das hat der Bürgermeister gesagt, glaube ich. (Nein: schon wieder eine falsche Zuordnung, aber die Kommentare gleichen sich immer mehr.) Dabei ist das Kind gar nicht gestorben, höchstens ein paar Wochen in Verwahrung genommen worden. Die Eltern geloben Besserung vor den Kameras. Du wirst doch nicht an Stuart zweifeln, fragt Alexander mit diesem leeren Staunen im Blick, das ihn von jeder Schuld freisprechen soll, lass es, sage ich. Nicht mit mir.

Stuart jedenfalls hat die Kinder, die Alexander und ihn offenbar nicht erkannten, gar nicht wussten, wer ihnen da ins Netz gegangen war, bei dem Versuch, einfach nur ein wenig zu überfallen (warum auch mit so einem Auto in so eine Gegend, ist ja blöd, inkognito, ganz ohne den üblichen Tross aus Begleitfahrzeugen), einfach auf seine Seite gezogen, indem er keine Angst gezeigt hat. Das ist der Trick, sagt Alexander, keine Angst zu zeigen. Dann die Kinder, die nun schon mit gesenkten Waffen und nicht mehr ganz so schussbereit in seiner geöffneten Tür standen (wie hat denn das passieren können, frage ich, Zentralverriegelung defekt?), in ein Gespräch über den Autotyp verwickelt, gescherzt, zum Einsteigen aufgefordert: und in das Auto hätten nicht alle hineingepasst, natürlich nicht, und in dem Moment, als sie sich um die Plätze gestritten hatten und die Waffen gegeneinander richteten, dem Chauffeur gesagt, er solle Gas geben. Den Mutigsten habe es aus der Türöffnung geschleudert, vielleicht hat Stuart nachgeholfen. Die Kugeln erreichten nur den Lack.

Aber ich, sagt Alexander und leckt ausgiebig die Haut um meinen Nabel, die so bedürftig ist, so ausgehungert, ich habe keine Angst. Ich streiche über die geröteten Stellen seines Halses. Vielleicht setze ich ein wenig die Nägel ein; ich weiß es nicht mehr. Ja, sage ich, mein furchtloser Mann, er lächelt seltsamer als üblich, nein, ich werde niemals Angst haben, nicht wahr, niemals mehr. Es ist der Lauf der Dinge. Wer überleben will, muss früher töten. Duncan hätte das ebenso gemacht. Wo kommt denn der auf einmal her? Und Alexander sagt, Stuart habe höhere politische Ziele und er rechne mit der Unterstützung von Alexanders Sendern. In jeder Hinsicht. Ein Schritt ins Offene werde auch die Gerüchte über Stuart und Alexander verstummen lassen. Was offensichtlich sei, darüber könne man schließlich nicht spekulieren. Das sei der eigentliche Grund gewesen für die Spazierfahrt, sagt Alexander, das Besprechen der Kampagne. Stuart profiliere sich auf seine Kosten. Wie er dazu komme, fragt Alexander, nicht mich, nicht die Abhöreinrichtungen, die sind bereits entfernt worden. So muss es sein. Sonst würde er doch nicht so reden? Nein. Kein akustischer Kanal mehr offen, das steht fest. Alexander sinkt wieder auf seine Seite. Die Bauchhaut trocknet.

Ich schlage mit der flachen Hand aufs Bett. Sein stiller Körper provoziert mich, so wirble ich die Milben aus dem Bettzeug, ich weiß schon, manchmal zischt sein Atem, und die Haut ist schweißbedeckt in der Mulde am Rückenende vor dem symmetrischen Anstieg der Gesäßmuskulatur.

(Das Erleben muss so intensiv sein, dass es weh tut. Nur hinter unmittelbarer Gegenwart kann ich die Tatsache verstecken, dass in mir niemand mehr drin ist außer mir, und das ist nicht viel.) Er verscheucht mich wie ein Insekt, mit einer unbestimmten Handbewegung, vage und ohne Tötungsabsicht, so wichtig ist diese Insektensorte nicht, dass man gleich ans Töten denken müsste. Er sagt etwas, das ich nicht verstehen kann. Zusatzversicherungseinzelzelle, wie altweltlich: ich will ihn hier bei mir haben, doch er sagt nur, ich solle in mein Bett gehen. Das hier gehöre ihm. Ich widerspreche nicht, ich schaffe Tatsachen mit meiner unwiderlegbaren körperlichen Präsenz.

Das ist meine Wohnung, in der ich allein bin mit meiner Liebe, das begreife ich jetzt. Fast nie stelle ich mich an die stadtseitige Glasfront und lasse mich anstarren aus tausend leuchtenden Fensteraugen, oder, noch schlimmer, aus blinden. Jedes Mal sind es mehr, so kommt es mir vor. Nicht mal die Angst teilen wir, wir haben jeder für sich einen eigenen Angstzug, zwei parallel geführte Angstzuggarnituren, zwischen denen kein Wechsel möglich ist: die Fahrtrichtungen gegenläufig, die Relativgeschwindigkeit zu hoch.

Dagegen hilft nur ein gewaltsames Einbremsen (ich vergrabe meine Nägel in seinen Hüften). Warum musst du mich immer wecken? Ich bin dein Schlafmangel, dein Schlaf-nicht-mehr. Wenn du, sagt er, also ich, wenn du die Kraft nicht hast (the gutts), mit der Vergangenheit zu leben, dann kann ich dich nicht brauchen. Dann musst du sehen, wo du bleibst. Jedenfalls nicht hier.

Ich hebe die Hände in einer internationalen Beschwichtigungs-, was sage ich, Unterwerfungsgeste, die leider völlig umsonst an ihm vorbei ins Leere läuft (gegenläufige Zuggarnituren); dennoch beruhigt er sich. Na gut, sagt er, komm her, und greift nach meinem Schlüsselbein, dem Tellerrand: wenn du dann still bist. Er zieht mich zu sich, und ich hoffe schon, das kleine Lächeln zu sehen. Sei endlich still, sagt er, dabei ist er es, der erzählt, von Stuart und den Straßenkindern und immer wieder Stuart. Immer ist es Stuart, um den seine Gedanken schleichen wie ein verängstigtes Tier, denke ich, als Alexander in mich hereinkommt, einfach so, mitten im Satz, und dieser Vorgang gestaltet sich glatt und locker. Das Vorrecht der Eingespielten. Sei still, sagt er, mir fehlen die englischen Wörter (quiet? etwas von Schotten, die man dicht machen müsse?), doch an die Botschaft erinnere ich mich, die Botschaft ist eindeutig, und selig (kein störendes Hintergrundgeräusch, kein erratisches Herumdenken an einer Sache, die doch so klar ist) spüre ich den Druck des Daumens auf dem Knochenrand, dessen

Querschnitt, auch das wird fühlbar, rund sein müsste. Ich kann mich festhalten, ich halte meinen Körper fest, kopple zurück, während er wütet, dieses Nachttier, das er sonst hinter dem letzten Hemdknopf so akkurat verschließt. Sein Wüten dröhnt in meinen Ohren und macht mich frei.

(So frei, dass es schmerzt. Das zu Erlebende darf auch gerne in Todesnähe kippen, so lange es nur unempfindlich macht für die Halbherzigkeiten des Alltags. Roh und stets so, dass man sich ernsthaft verletzen kann, muss es sein, damit die Einsamkeit bereit ist, den Köder zu schlucken.)

Ich konzentriere mich, der Daumen agiert aus dem Hintergrund, erzeugt den Druck, den Nachdruck, den es braucht, um die Gegenwart zu bannen; offenbar ist da eine Grenze eingebaut, eine Trennschicht, durch die ich nicht hindurch kann und die mitten durch die Handfläche geht. Weiter kann die Vorstellung nicht reichen. Ich muss dringend das eigenhändige Töten lernen; ich darf den Zeitpunkt nicht verpassen. Im Morgenlicht endlich, das am anderen Ende des Nachtbogens, dort, wo die Goldtöpfe vergraben sind und die Nachttöpfe rausgestellt werden für die Hausangestellten, kalt und gelb vom See aufsteigt, lache ich und sage: ein unvorhersehbarer Tod ist doch was Schönes. Nichtsahnend zu sterben. Immer schön beten vor dem Schlafengehen. Da muss ich dann ganz nüchtern seine ruhige Hand bewundern und das Segel zwischen Daumen und Zeigefinger zwischen die Lippen nehmen, den flachen Muskelstrang, der meine Zähne teilt, und das Salz von der Haut saugen. Ich ergebe mich dieser Hand. Blind. Wenn ich nur töten lerne.

Stuart, beginnt Alexander wieder, anscheinend in dem Versuch, die Sache zu verzögern und neu aufzukochen, was will er denn, mich ärgern? Hier bin ich, und ich ergebe mich. Was willst du noch? (Eine unabhängige Existenz, sagt er.) Wenn er Kinder hätte, habe Stuart gesagt, dann würde er das auch entspannter sehen. Das ewige Herumhacken auf seiner Kinderlosigkeit ertrage er nicht mehr, sagt Alexander wehleidig. Ich küsse ihn, auch wenn ich weiß, dass dieses Selbstmitleid nur ein Vorbote ist, die Schauseite, hinter der eine Aggression steht, die sich dann nur gegen mich wenden wird können, denn ich bin da (Doppelzelle), doch heute noch nicht, jetzt noch nicht, und ich küsse ihn und weine auch, und endlich einmal sind seine Bartstoppeln so rau, wie ich es mag: wir machen gerade welche, sage ich sanft in die zarte, gut durchblutete Haut seiner Ohrmuschel.

Ich bin nämlich fruchtbar. Der Gedanke an die Kinder führt auf Abwege, zu denen ich mir den Zugang verwehrt habe; sie sind gut untergebracht. Das zählt. In derselben Privatschule wie Stuarts Sohn, wenn mich nicht alles täuscht. Dafür hat Duncan gesorgt. Kein Duncan mehr in diesem Bett, wer überleben will, muss früher töten, das hätte Duncan ebenso gemacht. Ich vergesse: Kein Duncan mehr, und Alexander legt noch nach und schildert, dass Stuart die Gunst der Stunde nutzen wolle, in der er sich so klar profilieren habe können und sich als Präsidentschaftskandidaten ins Spiel bringen, erst muss er die eigene Partei davon überzeugen (die teetrinkende Seite der Republikaner), er rechne mit der Unterstützung von Duncans Sendern, schon wieder Duncan. Ich will den Namen nicht mehr denken, ich muss mich konzentrieren auf das, was hier passiert: Gegenwart, das war das Stichwort. Teaparty-Kampagne (Alexander beißt in meine Brustwarzen). Wo kämen wir denn da hin, mein schrecklicher Mann, mein furchtbarer Mann, ich werde keine Angst vor dir haben: Mad as a hatter, sagt Alexander lachend, und das Lachen rutscht ab, kurz vor dem Höhepunkt. Als ob ich es für Stuart getan hätte. Wir, sage ich, wir. Sei endlich still.

40

Frühstücksfernsehen: Die Aufstände sind endgültig beendet. Auch die in den nördlich gelegenen Stadtrandbezirken. Die Kaufhäuser diesmal unversehrt, am Strand unter uns nur fröhliche Menschen, die irgendein Sportereignis feiern. Ein paar weitere Polizisten müssen betrauert werden; Stuart gibt eine bewegende Pressekonferenz und teilt im übrigen mit, dass die Einkaufsstraßen weiterhin sicher und ohne Probleme frequentiert werden könnten, das sei – das sagt er nur leicht scherzend – ja schließlich das Wichtigste, was ein patriotischer Bürger für die Wirtschaft und das Land tun könne.

Alexander zieht die Augenbrauen hoch, durchaus berechtigt, Stuart überschreitet seine inhaltliche Kompetenz. Dennoch bleibt ein Unbehagen, das ich nur in der vorübergehenden Abgeschiedenheit der Toilette formulieren kann. Ich weiß, dass mir die Art missfällt, wie Alexander über Stuart spricht. Diese Zäune, Panzersperren, die er aufstellt, die kenne ich, das Sich-Distanzieren auch, all das könnte ich für zufällig gesetzt halten, wenn ich mir Mühe gäbe, aber das kann ich nicht. Manchmal denke ich, dass ich Duncan darum beneide, dass er dieses Stadium hinter sich hat, aufgelassen, denke ich, und projiziere das Bild eines Vorstadteinfamilienhauses an die großflächigen Schieferplatten, die den Raum verkleiden, das Bild eines einstöckigen Gebäudes mit pappendeckeldünnen Wänden und einer Garage, die vier SUVs nebeneinander beherbergt, der Asphalt der Zufahrtstraße überwuchert, wo habe ich das nur her?

Der Blutgeruch ist ein Hirngespinst, das weiß ich. Es kann hier keinen Blutgeruch geben, es ist wahrscheinlich Milch, die diesen Ekel auslöst, und überhaupt: der Geruch war ja nicht schlecht, hat mich erregt, warm und wild, ein Zeugnis der Tatkraft, der Lebendigkeit, des Gestaltungswillen dieses Mannes, den ich liebe, für den ich mich jetzt nun einmal entschieden habe, was bleibt mir anderes übrig. Doppelzelle, keine Einzelzelle, denke ich, während wir uns über die Butter hinweg belauern, während die Zitzen der Espressomaschine Zwillingsstrahlen in die gierig geöffneten Tassenmäuler speien, und Alexander nippt bereits am Milchschaum.

Im Nachhinein muss ich sagen, dass das Blut mir nichts ausgemacht hat. Mit dem Blut war zu rechnen, da siehst du hin und sagst dir, dass das dazugehört, eben nicht anders geht, dass das der Preis ist, der für den radikalen Schnitt zu zahlen ist. Überhaupt hat es mir nichts ausgemacht, den alten Mann tot zu sehen. Das Neue kommt, das Alte geht, das entspricht dem natürlichen Ablauf (die Störung ist keine Störung der natürlichen Ordnung, allenfalls der zivilisatorischen, und das zählt wenig im Vergleich zu dem Umstand, dass wir der Natur so ein wenig auf die Sprünge geholfen haben); vor der Milch graut mir.

Der Milchschaum lässt eine dünne Spur auf Alexanders Oberlippe zurück, und ich bringe es nicht über mich, ihn darauf hinzuweisen oder sie gar abzuwischen, ich starre nur. Milch habe ich noch nie gemocht, nicht einmal meine eigene habe ich riechen können. Dieses süßliche Zeug, das ranzig wird, verklumpt und sich verfärbt, nach Fäulnis riecht und nach Verfall, sobald es mit frischer Luft zu tun bekommt, das löst nichts als Würgereflexe bei mir aus, da kann es noch so symbolträchtig und lebensfroh aus den Warzen quellen, die hell und wund werden am Anfang, denn nichts ist hartnäckiger als Säuglingsgaumen, überhaupt Zwillingsgaumen. Und während Alexander die Tassen vor uns hinstellt, mit spiegelgleich abstehenden Porzellanohren, fällt mir ein, wie man Neugeborene noch täuschen kann, mit dem Zeigefinger am Gaumen kitzeln, wie sie reflexartig damit beginnen, wild und hungrig am Finger zu saugen, und dabei einen beängstigend großen Unterdruck erzeugen, solange, bis sie merken, dass nichts kommt, was ihr tiefstes Bedürfnis stillen könnte, nichts, das nahrhaft wäre, und schließlich loslassen, um ihren Frust sich Bahn brechen zu lassen in heftigem Geschrei. Verrat ist natürlich, denn die Natur hat noch alle verraten, die annahmen, sie wäre auf ihrer Seite. Auf irgendeiner Seite. Die letzten Tropfen fallen aus der Maschine durch den Ablaufrost: beim römischen Brudermord ging es auch nur um einen Gebietsstreit, stelle ich fest. Er blickt vom Kaffee auf, ratlos, ich setzte fort: Wann geht es je um etwas anderes?

Er verlangt Resultate. Auf der Stelle. Man solle in Peters Umfeld graben, ob das nicht klar genug gewesen sei, Peter, wiederholt er, den Nachnamen habe er vergessen (das stimmt nicht, er hat ihn nie gekannt, denke ich), der Schwarze jedenfalls, den sie umgebracht hätten, da müsse doch was klingeln. Vor unserer Tür, sagt er. Da müsse sich was finden lassen. Jemand, der einen ordentlichen Zorn auf das Vorgehen der Polizei in sich trage. Nicht nur beim Niederschlagen der Unruhen. Zorn gibt immer was her. Da kommt man weiter. Und dann ganz kühl analysieren, sagt er. Der Quelle des Zorns auf den Grund gehen. Dass die Leute Stuarts raschen Gang an die Medien mit dem Mord in Verbindung brächten, sei ja nur zu verständlich (ich zucke zusammen, der Mitschnitt?). Die Flugzettel. Ja, sagt er abschließend, ich sehe, wir verstehen uns.

Ich habe auch verstanden. Ich habe längst verstanden, worauf das hinauslaufen soll: die Aufhetzungsnummer, Rachebedürfnisse bei den Angehörigen schüren. Schüren lassen, natürlich, doch mit wem versteht er sich da? Das Werkzeug nicht selbst führen zu können, ist ein Fehler.

(Das sanfte Schwingen eines leblosen Körpers ist es, das mir nicht aus dem Kopf geht. Die Vorstellung, dass sie ihn nicht mal an Genickbruch sterben haben lassen, nein, langsam haben sie ihm die Luft abgeschnürt, und weil das so schnell auch nicht geht, ist er erst im Krankenhaus gestorben. Zum Glück, könnte man sagen, angesichts der Folgen der massiven Sauerstoffunterversorgung des Gehirns. Und nebenbei bemerke ich, dass nicht nur ich den Haushofmeister schon vergessen habe.)

Am Seeufer halte ich nach Kindern Ausschau, doch ich sehe keine mehr, die Kinder sind vom Strand verschwunden, wie mir scheint. Er wird mir doch nicht eine Falle stellen, eine Grube graben, doch nicht solange die Kontraktionen des Unterbauches uns zusammenschweißen. Geh dahin zurück, wo du hergekommen bist, wo soll das sein? Das Negativ des Gasthausnamens – nein, es war eine Stadt, da bin ich mir sicher. Die hiesigen Kinder könnten mich Schnittführung lehren, davon gehe ich einmal aus. Ob sie es nicht an mir üben würden? Ich muss mir ein kleines nehmen, ein kleines, und von hinten (links unten nach rechts oben) die Klinge ziehen. Das Problem sind die DNA-Spuren, Haare, Jackenflusen. Von vorne, auf Abstand, Augenhöhe (links oben nach rechts unten), nur im Schlaf. Der Kugelschreiber übrigens, nichts als ein Kugelschreiber, ich habe mich vergewissert.

Was soll diese Sentimentalität in Bezug auf Peter? Wer ist schon Peter? Ein einzelner aus einem ganzen Baseballfeld von Leichen auf der ewig unruhigen Südseite. Wir wissen doch, dass wir auf Lebenskosten unzähliger anderer leben, die die Ungnade der falschen Geburtsumstände kalt erwischt hat, die das Unrecht pflichtschuldig abtragen, das wir ihnen antun, ohne dass wir etwas daran ändern könnten oder es auch nur persönlich meinten, das versteht sich. Und vorher stopfen sie uns noch ihre Billigprodukte hinten und vorne hinein, bis wir Essstörungen kriegen vor lauter Gier. Was tut da ein Toter mehr auf der Habenseite? Auf unsere Seite, wenn ich wüsste, was meine Seite ist: die richtige Seite der Ungleichung, soviel ist sicher. So was wie Hass habe ich eigentlich selten empfunden. Einmal am Strand, glaube ich, aber ich kann mich nicht mehr an den Grund erinnern, nur dass das Hassgefühl ganz tröstlich war. Da das Ziel, dort das Hindernis, die Einsicht in die Notwendigkeit der Hindernisbeseitigung, das war alles.

Im übrigen weiß ich nicht einmal, ob Peter von der Südseite stammt. Ich könnte mir was ausdenken, das schon. Apropos Sicherheit: Die Verwanzung können wir jetzt endlich unschädlich machen, ohne dass es auffällt, denke ich, ich muss Alexander daran erinnern, den neuen Sicherheitsbeauftragten loszuschicken. Alexander lacht. Es herrscht schließlich Krieg (das Meer türmt sich), und die Leute haben dringendere Sorgen als unsere Überwachung. Und dass wir unsere unmittelbaren Aufenthaltsorte (Innenräume, Fahrgastzellen) irgendwann auf Abhöreinrichtungen überprüfen würden, muss den Behörden klar sein, im Gegenteil, es wäre fast schon auffällig, wenn wir diese Möglichkeit außer Acht ließen.

Wenn das Meer sich türmt, dann weiß ich, dass es ein Meer ist von lärmenden und um sich schlagenden Armen: wie unhörbar die sind vom Turm aus. Das Meer steigt nicht, und außerdem ist es ein See. Die Abhöreinrichtungen sollten übrigens schon längst entfernt worden sein. Da war doch was.

Wo ich herkomme: Es muss da einen Quellcode geben.

41

Prozessende: Todeszelle. Die Verwandten des Opfers dürfen sich vergewissern.

Wir haben uns einander ausgeliefert, sage ich mir. Zuerst ich ihm ausgeliefert, dann er mir, denn nur ich weiß, wie er die Nacht verbracht hat. Woher also diese Panik, das plötzliche Gefühl für die absolute Unkontrollierbarkeit der Situation?

Dieser Glaube an die Sinnhaftigkeit einer Strafe, die die Welt wieder aussöhnt, vollständig macht, eine doch offenkundig verlorene Unversehrtheit wieder herstellt, ist nicht auszurotten. Was mich betrifft: wer wäre bei der Hinrichtung dabei? Peters Schwester, Freundin, Mutter? Keine Hinrichtungen in Illinois, doch hat Superintendant Stuart da nicht andere Pläne? Wenn ihn das nur nicht selbst betrifft. Aber das ist eindeutig ein Hoheitsstreit zwischen Stadt und Bundesstaat, und so was zieht sich.

Haben wir das nicht auch gemacht, vom 68. Stock aus: den Tod der Mörder überwacht? Bin ich nicht verwandt? Würde die neue Frau meinen Tod überwachen? Die Anstiftung wird manchmal schärfer geahndet als die Tat selbst. Todesstrafe: ausgesetzt. Nur nicht von hier wegbewegen. Auch tagsüber liege ich wach. Der Mann im Zeppelinkorb vor dem Fenster schiebt die Brille nach oben, und darunter erscheint das Gesicht Jeremias', ganz ohne Zweifel, das ist Jeremias, und ich möchte ihm zuwinken, doch natürlich sieht er mich nicht, das weiß ich doch, die Scheibe ist von außen betrachtet gänzlich undurchsichtig.

Akustisch ebenso undurchdringlich, fast: Und wenn die Abhörtunnel nun nicht mehr zu Stuart führen, sondern direkt zu Alexander? Wenn längst nur ich allein im Fokus des Abhörinteresses stehe, und das ist alles andere als polizeilich? Kann nicht sein. Was hätte er davon? Entscheidende Informationen jedenfalls nicht. Statt dessen sein eigenes Lachen, das seltsam war. Seltsam, da war doch was: wir, habe ich gesagt. Wir haben es getan; darauf habe ich bestanden und mich ungefragt hineingezogen in die Sache. An den eigenen Haaren.

Jedenfalls ist ein Mordvorhaben seinem Aufbau nach völlig anders als eine Hinrichtung, es ist irgendwie menschlicher, es hat bis zuletzt diesen Beigeschmack von Ergebnisoffenheit, diesen spontanen Charakter, viel erträglicher als ein Todesurteil, dessen Vollstreckung eine unabwendbare Demonstration der völligen Ausgesetztheit der hingerichteten Person ist, eine Ausstoßung aus dem Kreis der Lebenden, umso härter, weil der Vorgang ein leidenschaftsloser ist. Ist er das?

Wohingegen ein Mord eher als eine spontan zu Ungunsten des Opfers schiefgegangene Sache betrachtet werden kann, nichts Persönliches. Vor allem: im allgemeinen wird der Mord opferseitig nicht vorhergesehen. Was ich als Vorteil sehen würde, ein schneller Tod aus heiterem Himmel ist andererseits, unter bestimmten christlichen Vorzeichen, ein Nachteil: das Sterben nicht im Vollbesitz der Erlösung. Selbst wenn das physiologische Resultat das gleiche ist, eine Leiche, die Auswirkungen beider Aktionen sind völlig verschieden. Duncan ist schnell gestorben. Ein guter Tod ist da gelungen. Ich sehe auf die Wolkenwand vor dem Haus und höre, wie die Haushälterin, eine neue, scheint mir, hinter mir den Raum durchquert. Ich kann mich an kein Gesicht erinnern, und der Baum ist gewachsen in der letzten Zeit.

Dass Stuart, der sicherheitsbehördliche Hohepriester, eine unsagbar hohe Abfertigung erhalten habe beim Verlassen von Duncans Mediengruppe, ist plötzlich nachzulesen; Duncans Namen werden wir nicht los, wär ja dumm, er ist schließlich markteingeführt, damit muss man leben. (Nach Duncans Namen suche ich manchmal noch aus reiner Gewohnheit. Ich falle in mein persönliches Wurmloch, direkt durch den einladend leuchtenden Touchscreen, ich muss nur die Hand ausstrecken. Ich finde Ann.) Die Information ist frei verfügbar, und ich bin es, die sie entdeckt. Ein Whistleblower hat das ausgeplaudert, ein Wiedergänger, der sich ein frisches Leben schaffen will. Frei verfügbar, das sagt auch Stuart später, pikiert, dass man ihm etwas so offenkundig Selbstverständliches wie eine Abfertigung vorhalten will. Alexander weiß von nichts.

Der Turm ist das einzige Gebäude jenseits der natürlichen Stadtbegrenzung zum See hin, auf der Seeseite der Uferstraße; eine einzigartige Baugenehmigung, deren Erteilung sicher eine interessante Vorgeschichte hat, online verfügbar. Die vertikale Stockwerkshierarchie ist einsichtig, der Status ohne Umstände erwerbbar. Wo blieben wir ohne die Käuflichkeit? Alexander beginnt, ihr zu misstrauen, das ist klar. Alexander könnte mich durchaus davon überzeugen, dass Stuart gefährlich ist und seine Ausschaltung eine Notwendigkeit, wenn er sich die Mühe machte, mit mir zu reden.

Ich rede: Eine Nachbarschaftsverschwörung – 7. bis 20. Stock, unter Beteiligung von ein paar besonders verräterischen Elementen jenseits des 50. – hat die Hausverwaltung auf Schadenersatz geklagt aufgrund des Vertrauensverlustes in den Standort durch die fahrlässige Inkaufnahme krimineller Vorfälle und vor allem wegen des damit einhergehenden Wertverlustes ihrer Besitztümer. Das neue Bodenpersonal in der Lobby hat sich allerdings noch nichts anmerken lassen, vielleicht muss ich genauer hinsehen, denn eines ist klar: die Hausverwaltung wird sich an uns schadlos halten. Apropos Hausverwaltung: Das Wischmuster der Fensterputzeinheit lässt in letzter Zeit zu wünschen übrig in Sachen Symmetrie. Kein Synchronwischen der Herren mehr für mich.

Ich lasse mich zur Arbeit fahren, zur Öffentlichkeitsarbeit, wie vorgesehen, ich bin allein in dieser Stadt. Die Fassaden sind hart und grau, nicht nur im Winter, wo sie sich aufhäufen wie Eisbruchkanten auf der Seeoberfläche; wie können die abweisend spiegelglatt aufragen, verletzend in ihrer Perfektion, und mich an meinen externen provisorischen Status erinnern. Nein, das war einmal. Mein Status ist mittlerweile makellos. Abgesehen von der Demütigung, die darin liegt, als Alexanders Frau respektiert werden zu wollen von all den Leuten, die um uns stehen bei Ausstellungseröffnungen und Empfängen und was weiß ich noch alles. Ich habe früh gelernt, das Beste aus einer Situation zu machen. Und jedes Leben ist provisorisch, sage ich mir dann, doch das hilft auch nichts. Ein spiegelglatt verkleidetes Loch ist in mir, das spiegelt die äußere Form, denn wenn ich mich vorbereite in aller eisigen Stille, dann tut es nicht so weh, vorbereite auf das, was ich zu erwarten habe: dass er sich gegen mich wendet. Alexander hat nur eine Funktion. Eine Funktion, die ihn verschließt wie eine Rüstung, und die ihm, übrigens, besser passt als Duncan. Funktionsträger und Anzugskrieger sind austauschbar, das werde ich im Auge behalten. Wie Livrierte und Ehefrauen. Ich hänge nicht an ihm (was für eine Lüge), im Frontenwechseln bin ich gut.

Beim Aussteigen zwischen Tür und Autodach (dem Autohimmel) ein Blick nach oben, an den Auswüchsen der etwas albernen Fassadenverzierung des Firmensitzes entlang, stalinistischer Zuckerbäckerstil würde man sagen, wenn das Gebäude nicht im Land der Freien stünde, Alexander wird in seinem Büro sein. Ich lächle nicht, ich nicke nicht, ich muss nur den Querverweis zur ungeschwärzten Quellinformation setzen, zum Quellmaterial, dessen Zugänglichkeit im öffentlichen Interesse liegt. Die Freischaltung wird zur richtigen Zeit erfolgen: Ich muss den Code im Kopf behalten. Meine Aufgabe besteht in der umfassenden Aufklärung der am Konsum Interessierten: So war das.

(Der Fluss kommt nicht zur Ruhe. Das Leck in der Fließwanne erlaubt den Zugang zu darunterliegenden Röhrensystemen.) Keine Ahnung, warum mir jetzt die Gummihandschuhe einfallen.

42

Öffentlichkeitsarbeit: Hier entlang. Das läuft mir aus dem Ruder. Ich lege mich seitlich auf den Boden des Gästetraktes und finde etwas Silberglänzendes unter dem Bett. Ich winke dem Putztrupp zu: auch ich sorge für Sauberkeit. Kein Spinnenkadaver, ein Manschettenknopf, der sich in die Hosentasche stecken lässt, ich muss nur eine Hose finden.

Ganz ehrlich tust du mir leid, sage ich zu Alexanders Bildschirmabbild auf der wanddeckenden Fernsehinstallation in der Eingangshalle (der Reproduktion des Magazincovers, in dem sich eine als Interview mit dem erfolgreichen Medienunternehmer getarnte Modestrecke finden lässt; Alexander hat sich ganz alleine fotografieren lassen, er macht sich gut; die Brille hat er abgelegt, und überall betont man seine jugendliche Erscheinung). Schnitt, dann ein Kopf, den ich nicht gleich erkenne, so riesenhaft, ein Zoom auf Alexanders Kopf, der lächelt und freudig etwas über die Firmenbilanz sagt, während die neuesten Börsendaten über ein blaues Band vor dem Hals laufen. Es tut mir leid, entgegne ich, wenn ich dein missglücktes Lachen sehe. Da auf der Seite hat dein Lächeln was Eigenwilliges, kommt ins Rutschen in Richtungen, die mit deinem sonstigen zielorientierten, auf den Punkt geschulten Benutzungslächeln nichts zu tun haben. Und schon das Neueste aus der Gegend, das blaue Band im Vordergrund: Ein Schwenk über ausgebrannte Vorstadthäuser. Leerstehend, sagt der Kommentar, schon lange. Und bevor man sie dem Einbruch Obdachloser preisgibt, werden sie ausgebrannt. Ob von den Nachbarn oder den Investoren, wer will das sagen.

Danach Ann im Gespräch mit Peters jugendlicher Schwester, wo haben sie die auf einmal her? Alexanders rüder Ton hat gewirkt. Ann ist geschickt. Peters Schwester steht auf offener Straße, vor einer Brandruine; live ins Studio zugeschaltet, kommen wollte sie offenbar nicht. Ann bedankt sich. Wenn sie recht verstünde, dann mache Peters Schwester die Behörden für den Tod ihres Bruders verantwortlich. Zur Erinnerung, das erläutert sie dem Publikum, es ginge um den Tod des Mannes, der von der Polizei für den Mord an dem Medienunternehmer Basil Duncan verantwortlich gemacht würde. Sie wischt eine Träne ab, ein Bild des Mausoleums wird eingeblendet. Ihr Bruder sei kein Mörder, sagt Peters Schwester mit angespannten Zügen. Dass diese Nachricht verbreitet wurde, sei ein Skandal. Aber damit greife sie die Behörden und letztlich Polizeichef Stuart selbst an, ob ihr das klar sei? Peters Schwester schnappt nach Luft. Nicht unelegant, muss ich sagen, die erfolgreiche junge farbige Moderatorin gegen die linkische Unterschichtsschwarze auszuspielen, das denke ich, mein machtgeschultes Hirn denkt das, doch ein anderer Teil von mir, eine tiefere Schicht, weiß, dass diese Denkrichtung dabei ist, sich gegen mich zu wenden. Ich sehe, dass Ann mir einiges an Handlungsfreiheit voraus hat.

Ann hätte ein Motiv gehabt, wenn man es sich recht überlegt, sage ich später zu Alexander. Und was für eines; dass mir das nicht früher aufgefallen ist. Er sieht mich fragend an, du musst es wissen, sagt er. Die Medien, sagt Peters Schwester mit mühsam beherrschtem Zorn, der bei jeder der ungezählten Wiederholungen dieser Sequenz deutlicher wird, die Medien und nicht zuletzt dieser Sender hätten massiv zum Tod ihres Bruders beigetragen; Ann fällt ihr ins Wort: Sie könne nur für diesen Sender sprechen und der sei selbstverständlich nur seiner Informationspflicht nachgekommen, der Dienst an der Öffentlichkeit sei oberstes Gebot. Sie macht ihre Sache gut, wie Alexander feststellt. Peters Schwester kommt nicht mehr zu Wort, und Ann schafft es tatsächlich, noch einmal Stuarts Namen einzuflechten, sie weist darauf hin, dass die Polizeipräsenz an Stuarts Wohnsitz (das Bild wird eingeblendet) aufgrund solcher Anschuldigungen bereits verschärft werden musste.

Ich blicke Alexander an: Du glaubst doch nicht im Ernst, dass du damit noch einmal durchkommst.

Womit? fragt er und blättert in irgendwelchen Unterlagen, ich muss in die Sendung. So geht das nicht weiter. Womit durchkommen, was meinst du, sprich deutlich, sagt er noch einmal. Na mit dem Nicht-die-Hände-schmutzig-machen. Mit dem Anstacheln und Aufhetzen. Ich weiß nicht, sagt er, wovon du sprichst. Wie hast du dir das gedacht? Dass die Schwester eine Engstelle sucht, wo die Begleitfahrzeuge nicht neben der Limousine Stuarts fahren können, um ein sprengstoffgefülltes Fahrzeug in seine Seite zu rammen? Ein Selbstmordanschlag nur wegen dem bisschen Provokation? Dass ich nicht lache. (Die Spur eines gemeinsamen Lachens blitzt auf.) Du wirst auf professionelle Hilfe zurückgreifen müssen, sage ich, und die Frage ist, was du damit gewinnst. Für jeden eliminierten Mitwisser (Mitwisserin, ich vergesse mich) hast du zwei neue. Der Tatsache wirst du ins Auge sehen müssen.

Jetzt bist du König, sage ich. Dieser goldene Glanz in deinen Augen ist einzigartig. Alexander lacht. Ich bin es nämlich, die diesen Begriff dauernd zur Verfügung stellt: König. Und ich Königin. Königsgefährtin ohne eigenen Herrschaftsbereich, genaugenommen, Herrin über Spinnenkadaver und Bekleidungsordnungen. Ich könnte mich in ein Resort für abgelegte Ehefrauen der Oberklasse zurückziehen. In Florida zum Beispiel, meerseitig. Was hilft mir all die Entschlossenheit, wenn das alles ist, was für mich dabei herausspringt. Das sage ich nicht, ich frage, was uns all das Erreichte helfe, wenn wir nicht stehenbleiben können und uns umsehen und zufrieden sein. Jetzt zählt: das Erreichte.

Er nickt bedächtig, als wolle er mir nach reiflicher Überlegung recht geben.

43

Dann sehe ich Jeremias. Er macht sich gut im Studio, die bedächtig übereinander gelegten Hände, die Körpersprache überzeugen. Was er zur Sicherheitslage im Turm zu sagen habe, wird er gefragt (von Ann? Ich kann es nicht erkennen). Er müsse doch Erfahrung haben. In all seinen Jahren dort, sagt er, nie ein einziges Vorkommnis, und jetzt wischt er sich tatsächlich Tränen ab, und Peter einer der besten und verlässlichsten Mitarbeiter, die er je gehabt habe. Er habe nicht nur einen Freund durch einen grausamen Mord verloren, sondern auch erleben müssen, wie dessen Andenken in den Schmutz gezogen werde. Und deswegen werde er nicht aufhören, alles in seiner Macht Stehende zu tun, um die Wahrheit ans Licht zu bringen. Das sei das Wenigste, was er dem Freund schulde, sagt er mit einheimischem Pathos, und das Klägerkonsortium sei außerordentlich interessiert an seiner Erfahrung.

Jeremias, denke ich, hätte mich einladen können zum Abendessen in einem anderen Leben. Mich und Peter.

Er hätte mir das beiläufig zurufen können, als mich die Müdigkeit vom Lifthallenstehen so im Würgegriff hatte, dass ich schon dachte, ich hätte endlich gelernt, im Stehen einzuschlafen. Ich denke, mir fehlen ein paar Minuten zwischen 7:40 und 7:58, verschollen im bleiernen Kunstlicht zwischen der Frau mit dem Kind (52. Stock), dem einzigen

Kind im ganzen Turm, soweit ich mich erinnern kann und einem schüchternen Halbwüchsigen aus dem 35sten. Die Mutter mit dem Kind schreckt auf, als würde ich sie aus einem Selbstgespräch reißen, grüßt zurück und sagt dann schnell etwas zu dem Kind, einem Mädchen im Kindergartenalter. Kindergarten, was sage ich, als ob man hier ein solches Kind einer so bedenklichen Umwelt wie der eines turmfremden Kindergartens aussetzen würde. Die Kinderbetreuungseinrichtung ist selbstverständlich im Turm integriert, wie alles andere auch, das die Turminsassen brauchen könnten. Das Mädchen lässt die Hand aus der der Erwachsenen rutschen, um die Rückseite seines Puppenmonsters zu untersuchen. Diese aufgeschreckte Art hat die Frau aber nicht daran gehindert, wie ich weiß, an der Stockwerksrevolution maßgeblich beteiligt zu sein, ich habe ihren Namen identifizieren können. Andererseits muss ich sagen, dass ich keinerlei Beweise dafür habe, dass die Person, die ich mit dem Kind gesehen habe, überhaupt dessen Mutter und damit die Rädelsführerin war. Die Beobachtung eines solchen Ereignisses könnte aber durchaus der Höhepunkt eines Vormittags sein, wer weiß.

Ich wäre mit Peter zu Jeremias gefahren, der Hochbahn gefolgt, deren graues Gestell an der Ausstiegsstelle von Graffitis überwuchert war. Wie schön, hätte Jeremias gesagt, als ich ihm in der Tür die Blumen überreicht hätte, während seine Frau noch irgendwo beschäftigt gewesen wäre, um einen freundlichen langweiligen unendlich friedvollen Einladungsabend zu eröffnen. Der Hintergarten, auf den die in sich geneigte Dachterrasse blicken ließ (eine Neigung, die nahelegt, dass der Kugelgrill davonrollen könnte), die sorgsam gehegte Vegetation der ganze Stolz von Jeremias und seiner Frau, einer Anwältin, die Grundstücksgrenze das Hochbahngestell, dessen Erschütterungen sich im Minutentakt auf das Haus übertrugen. Früher, hätte Jeremias' Frau zum Abschied gesagt, hätte man sich in dieser Gegend kaum auf die Straße getraut. Peter hätte sein übliches Grinsen gezeigt, die beiläufige Überheblichkeit schon eine Spur aufgeweicht an den Mundwinkeln, als ob die einfach so freundlich sein wollten.

Hilfreich sind in jedem Fall gereimte Zeilen, Zweizeiler, die wiederholen sich in mir ohne mein Zutun bis zum Erbrechen, vor allem, wenn mir die zweite Zeile fehlt: *four walls around me*, auch wenn es nur drei sind, die Lifthalle ist dreiseitig und spiegelt die Geometrie der Außenhaut wieder, oder: *es war in meines Lebensweges Mitte*. Mitte? Damals müsste ich sechsundzwanzig gewesen sein, ja, sechsundzwanzig, wenn man die Lifthallenzeit dort ansetzen möchte, wo das Duncan-Kapitel seinen Anfang nahm.

Zwei Wochen später hatte Mr. Duncan mich gebeten, ihn nach oben zu begleiten, und mir dabei erklärt, dass der Lift, einmal auf den 68. Stock eingestellt, unterwegs nicht mehr anhält. Und Peter spricht nicht mehr mit mir, als ob er das je getan hätte.

44

Aber auch diese Möglichkeit habe ich hinter mir gelassen. Ich muss völlig unkonzentriert sein, solch unergiebigen Spekulationen über unausgeführte Vergangenheitsvarianten nachzuhängen. In Wirklichkeit müssen wir nur bedenken, wie weit wir es gebracht haben. Und dass die Sache nur dafür steht, wenn wir bereit sind, das Erreichte zu verteidigen (und irgendwie ist ein Bild von mir in Umlauf geraten, am Abend aufgenommen, wenn die Scheiben nur von außen einsichtig sind; ich liege neben dem Gästedoppelbett auf dem Boden, in der Hand etwas Glänzendes, das ich neugierig betrachte). Ich lege meine Lippen an Alexanders Ohr und flüstere zärtlich und beharrlich, dass wir was erreicht haben und dass es gilt, das Erreichte zu genießen. Er seufzt und rollt zur Seite. Die Haut des Innenohrs ist dünn und empfindlich, was dem Informationsaustausch sicherlich entgegenkommt. Immer mehr empfindliche Hautstellen kann ich entdecken, wenn ich genau hinsehe.

Man spürt das Arbeiten der Pumpe. Die Pumpe ist eigentlich dazu da, im Bedarfsfall Löschwasser für den Turm aus dem See zu fördern, doch wenn der Druck aus der Kanalisation zu groß wird, kann sie auch in umgekehrter Richtung tätig werden. Ich habe den See im Blick, dabei könnte man beinahe übersehen, dass das neue Gebäude an der Flussmündung wächst. Die Stadt rückt auf, sobald man ihr den Rücken zukehrt.

Ann und Alexander. Sie lächeln einander an, als könne nichts ihr Einvernehmen trüben. Dass ich nicht früher dran gedacht habe: sie könnte mich ersetzen, ein zweites Mal, weiß ich doch: Ehefrauen und Funktionsträger. Ersetzen. Vielleicht hat sie es von Anfang an getan. Sie lächelt herzergreifend und lässt die Zähne leuchten. Sie freue sich so sehr, ihn bei sich zu haben. Sie rotiert auf ihrem Präsentationsstuhl, um nach einem Papierstapel zu greifen, der Turm wird eingeblendet, und einen Moment lag denke ich daran, dass die Schaltung live sein könnte und das Bild mich samt der Wohnung beinhalte. Dass er nicht einmal bedenkt, dass ich ihn ebenso fallen lassen könnte.

Was er zu den Klagen gegen die Gebäudeverwaltung sagen wolle, Ann klopft auf das Papier, während das Deckblatt gezeigt wird, die Schlüsselbegriffe rausgezoomt: Schadenersatz, Wertverlust. Und er antwortet programmgemäß, er werde sich selbstverständlich alle Schritte vorbehalten, der Tod der beiden Verdächtigen war natürlich ein Unglück für die Menschen, die dort wohnten und hätte auf alle Fälle vom Sicherheitsdienst verhindert werden müssen. Da gäbe es welche, die sagten, sagte Ann, sein Name tauche interessanterweise sehr häufig im Umfeld der Morde auf. Warum das so sei? Der Sicherheitsdienst sei Aufgabe des Managements des Condominiums, entgegnet er. Sie lächelt, nein, Alexander, sagt sie vertraulich, sie sprächen von seiner Verantwortung, und Alexanders Gesicht wird dünnhäutig, bevor er antwortet, der Haut geht die Luft aus, sie zieht sich an die Knochen zurück und zeigt scharfe Kanten, nur ein bisschen, doch die jugendliche Weichheit, die ich an ihm kenne, hat sich verflüchtigt. Sicher, sagt er, man habe der Polizei vertraut und alle Daten, wie sie, Ann, sicher wisse, laut den Aufgaben der Informationspflicht, er kommt ins Stocken, er betrachtet sie verwirrt, und ich muss sagen, wenn das ein Bild gemeinsamer Sache ist, dann spielen die beiden gut. Besser, als ich das für möglich halte. Ich lache fast, denn diese Sorge ist unbegründet, die Sorge nämlich, dass er mich ersetzen könnte wie ich Duncan. Basil Duncan, sagt sie gerade. Ich lächle ihn an: die Deutungshoheit, sage ich, bleibt uns, das ist das Wichtigste. Manche sagen, sagt Ann (Duncan wäre stolz auf sie).

In Wirklichkeit kommt die Haushälterin auf mich zu, bleibt stehen, fragt, ob sie etwas für mich tun könne. Was soll ich da sagen, ihre Ambitionslosigkeit macht mich zornig; ich gebe meine Wünsche für das Abendessen bekannt. Irgendwer kommt zu Besuch, glaube ich. Ein bisschen Blutgeschmack hätte ich gerne, sage ich, und sie geht weiter ihrer Wege, ich frage mich, welchen Status sie haben könnte.

Manche gingen sogar soweit zu denken, sagt Ann, er sei verantwortlich für Duncans Tod. Eine leichte Rötung flattert fiebrig über Alexanders Haut. Doch man sieht sie nur, wenn man ihn gut kennt. Sie solle sich da nicht aufregen, sagt er betont ruhig, er verstünde ihren begreiflichen Schmerz. Duncan sei unersetzbar. Wir alle trauern, sagt er. Jetzt ist er es, der nach ihrem Arm greifen will, doch sie entzieht sich, und man erkennt, dass er über ihre Schulter hinweg nach Regisseuren, Sendeverantwortlichen Ausschau hält, nach Ansprechpartnern, Vorgesetzten, Stellvertretern, an denen er seine Wut festmachen kann, er fischt nach seinem Mikrophon, als wolle er es abpflücken, und das ist definitiv das, was er nicht machen darf, wo denkt er hin, was tut er da: eine Kommunikationsverweigerung vor laufender Kamera ist ein Schuldeingeständnis, kann nie was anderes sein. Das darf er nicht tun, und ich beschwöre ihn mit geschlossenen Augen, während ich genau weiß, dass er das

Kabel von sich reißt und aus dem Bild steigt. Nein, er bleibt vernünftig und setzt sich wieder, doch eindeutig zu sehen bleibt sein Ausreißversuch, und er wird wieder und wieder gezeigt werden, eine Ausreißendlosschleife, garniert mit hilfesuchendem Blick, wenn auch nicht auf diesem Sender. In zwei Minuten ist ein artig zusammengestutztes Filmchen online, da gibt es keinen Zweifel. Die Sicherheit in seiner Wohnung sei schließlich sein Verantwortungsbereich, sagt Ann. Seiner und der seiner Frau, legt sie nach; da müsse er jetzt etwas richtigstellen, erstens habe Duncan schließlich sein eigenes Wachpersonal gehabt, und das sei nun der wirklich zu untersuchende Teil der Angelegenheit. Und vor allem: das sei ja gerade das Tragische, dass laut dem Polizeichef alle Hinweise dafür sprächen, dass es genau das Wachpersonal gewesen sei, dem man nicht trauen hätte dürfen. Sie danke ihm sehr für seine Version der Dinge, sagt Ann, die Version eines unmittelbar Betroffenen, eines Insiders, den, wie gesagt, manche in direkten Zusammenhang mit den Verbrechen brächten, doch Alexander insistiert, die Züge wieder voll prallen Lebens vor lauter Wut, denn Kampf, da kann man sagen, was man will, ist seine Stärke: Bei der Auswahl des Wachpersonals habe das Management keine glückliche Hand bewiesen. Drogen- und Gewaltdelikte in Peters Umfeld, das sei ja nach Angaben der Polizei nichts Neues, (Polizei, immer schön Stuart hineinziehen, doch das wird dir nichts helfen, du hast dich gerade selbst hineingeritten, sage ich zum Fernseher; das Schüren von Racheambitionen bei Peters Schwester hast du augenscheinlich aufgegeben und nicht mehr bedacht, mein Lieber, oder schon vergessen?).

Ich kann durch die Hintertür gehen zum Versorgungsstrang, zur Versorgungsstiege neben dem Versorgungslift und den richtigen Schlüssel nehmen (Beatrices), und mit diesem Schlüssel, Schlüssel, kein Chip, manche Dinge funktionieren auf konventionelle Weise, es ist zum Heulen, die Tür des letzten unnummerierten Stockwerks öffnen und auf das Dach hinaustreten und mich verblasen lassen. Man hört das Singen in den Lüftungsschlitzen unter den Fensterfronten, auf deren Abdeckung ich mich gerne setze: Windzinnen.

Ob sie gewusst habe, dass der zweite, Archibald H., einschlägig bekannt gewesen sei in der Gewaltpornoszene? Ann zögert, nun ist es an ihr, sich ein wenig nach Hilfe hinter den Kulissen umzusehen. Allerabscheulichste Kinderpornos? (Da muss ich lächeln: das ist tatsächlich kühn, jetzt erkenne ich dich wieder.) Das Material ist offenbar nicht vorbereitet, und Ann scheint fast so etwas wie ein Schwächefenster zu zeigen, Kontrollverlusttendenzen, die Alexander dringend nutzen müsste, doch sie fängt sich, sie lächelt, das sei nun leider wirklich nichts, was man im Rahmen dieser familienfreundlichen Show abhandeln wolle, er lächelt, was bleibt ihm übrig. Sie danke ihm für den Besuch und freue sich auf eine Fortsetzung des Gesprächs, und geistesgegenwärtig wird die Signation für Werbeunterbrechungen über die Szene gegossen, aus einem Guss das Ganze. Ann ist nicht absetzbar, nicht jetzt, das weiß sie.

Beim Abendessen sitzt mir dann die Frau irgendeines Geschäftspartners gegenüber, wie hat denn das passieren können, was für ein Fauxpas, immer Mann-Frau, und er fragt, wie es den Kindern ginge, die Grünfärbung des Flusses, sage ich, lässt leider derzeit noch zu wünschen übrig. Wissen Sie, für sie rollt man ja immer den roten Teppich aus, sagt der Mann neben mir gerade, was bleibt da für mich, er kichert, also sie ist die Geschäftpartnerin, jetzt verstehe ich, aber welches Hierarchieprinzip hat dann den Vorrang, ich wette auf das geschlechtsspezifische. Ich sehe mich nach Alexander um, da läuft was schief, Alexander hat sich entfernt, ich höre ihn im Hintergrund etwas regeln, er hat diese abschließende Regelungsstimme, ich gehe in die Küche und frage Beatrice, wie denn das mit der Sitzordnung hat passieren können, ich sehe schon, dass ich störe, denn hinter ihr steht Jeremias und hält eine Teetasse in der Hand; er stellt sie ab, bevor er sich rasch wegdreht. Ich kann es gar nicht glauben.

Darüber muss ich Alexander informieren, da ist was im Gang, und ich weiß auch schon, was im Gang ist, und Alexander folgt mir, sich bei dem Gästen entschuldigend, und ich fahre Beatrice an und frage sie, was Jeremias da macht, wie sie so pflichtvergessen sein kann und wiederhole die Sitzordnungsgeschichte, und Alexander lächelt seltsam. Jeremias ist natürlich weit und breit nicht mehr zu sehen.

45

Verrat liegt immer nahe, er könnte mich zum Opfer bringen. Es könnte jemand aus der Wohnung gewesen sein. Sehen wir uns das an, sagt Ann zu Alexander (Alexander geht jetzt in die Offensive, und ich bin einmal mehr das Publikum, wie habe ich das satt): sie zeigt eine läppische Animation, deren grelle Blockfarben die vorbeilaufenden Kursinformationen am unteren Bildschirmrand beinahe unkenntlich machen. Eine stilisierte Figur biegt um Korridorecken, vage schwebend, vage einen Gang andeutend, da waren wir doch schon vor Jahren weiter, ich muss lachen, die unbeholfene Ästhetik soll wohl authentische Polizeisimulation widerspiegeln (so lächerlich mies ist die Ordnungsmacht finanziell ausgestattet, soll das heißen, keine Chance vertun!). Die Figur zerschlägt die Kamera mit einem nicht erkennbaren Objekt, da haben sie sich nicht viel angetan, und verschwindet in der Wohnung, mit Sicherheitschip, oder, in einer zweiten Version, Ann lehnt sich zurück, sehen wir uns das gemeinsam an, die Figur kommt aus der Wohnung, was eine bessere Erklärung für die Ausnutzung des toten Kamerawinkels ergäbe (der Winkel wird dunkelgrau eingeblendet). Alexanders Blick wird gläsern, aber das liegt sicher nur an der mangelnden Synchronisation von Bild und Ton, am Hängenbleiben des Bildes. Er zögert, da flackert Verrat auf, doch zum Glück war Alexander nicht dabei, er kennt das nur vom Hörensagen, deshalb kann er seine Ahnungslosigkeit überzeugend geltend machen: das sei ja gerade das Problem, dass einer der beiden Verdächtigen Zugang zur Wohnung gehabt habe. Ja, aber, sagt Ann, was hätte der für ein Motiv?

Er wolle da nicht den behördlichen Ermittlungen vorgreifen, sagt Alexander. Doch denkbar sei immerhin, dass die Aufdeckung der Kinderpornosache verhindert werden sollte. Nicht schlecht. Und doch ertappe ich mich dabei, wie ich will, dass sie sich nicht abspeisen lässt. Sei es nicht viel wahrscheinlicher, dass diese Person (ein Bild des Videomitschnitts zeigt einen dunkel gefüllten schemenhaften Menschenumriss) bezahlt worden sei?, der Videomitschnitt, und jetzt wird es heikel, beweise allerdings, dass diese Person von unterdurchschnittlicher Größe gewesen sei (das Material stammt im übrigen von einer privaten Sicherheitsfirma, die von der rebellierenden Hausgemeinschaft angeheuert wurde), von einer für einen Mann eher unüblichen Größe, was auch eine Frau nicht ausschließe. Jetzt, sage ich zu Alexander. Jetzt kannst du die ganze Sache ein für allemal loswerden. Wirf mich zum Fraß vor, rette deine Haut. Doch Alexander sagt, dass er genug Vertrauen in die polizeiliche Arbeit habe, um zu wissen, dass alle Daten mit denen des Hauptverdächtigen, Archibald H. abgeglichen worden seien, der im übrigen, soweit sein persönlicher Eindruck, von eher unterdurchschnittlichem Wuchs gewesen sei. Aber so genau sehe man seine Mitarbeiter ja leider nicht immer an, sagt Alexander süffisant und betrachtet Ann. Doch Ann wird sich wehren, das müsste er langsam begriffen haben. Manche sagen, sagt sie, die Erde würde fiebern. Fieber? Das kann nicht stimmen, die Märkte können vielleicht fiebern, mit etwas Fantasie, doch nicht die Erde, ich muss mich verhört haben, und die vorbeilaufenden Fußnoten beginnen etwas von Stuart zu erzählen, da hält es mich nicht mehr:

Ich beginne, mich sorgfältig und sehr technisch anzukleiden, ich versuche, mich an irgendwelche Vorgaben zu halten, die ich im Hinterkopf haben müsste, ein blass karamellfarbenes Kostüm, rote Strümpfe und Schuhe, deren Lederfarbe passgenau der des Stoffs entspricht (grün, glaube ich) – es dauert ein wenig, bis ich die entscheidenden Bestandteile zusammengesucht habe, doch die Tätigkeit gefällt mir auf einmal, es ermöglicht mir ein abgerundetes Bild von mir selbst zu entwerfen, und die einzige Extravaganz, die ich mir gestatte, besteht in der Andersfarbigkeit der ungewöhnlich geformten Absätze. Ich zögere bei der Wahl von Tasche und Mantel, ich habe sowieso nichts, das ich mit mir herumtragen wollte, dann rufe ich den Chauffeur, der mich im Einfahrtsrund erwartet, wobei ich nicht anders kann, als das dunkle Astgerüst von unten zu betrachten, das den grauen Himmel elegant durchschneidet wie eine japanische Kalligraphie, und ich denke nichts als das Wort *Kalligraphie* und stelle mir eine in Tinte getunkte Feder vor, mit der historisch bedeutende Taten schon immer festgehalten wurden, und um bedeutsam zu sein, muss man grausam sein können, vor allem zu sich selbst. Alexander weiß das.

Beim Betreten des Firmensitzes kein Blick für die Zuckerbäckerfassade, das Angstgerüst, ein Rauschen kommt aus der Eingangshalle, das vom erhöhten Stimmenaufkommen am dortigen Bildschirm herrührt: Ein Standbild Anns, das nicht mehr mit dem Ton synchron geht, während die Spruchbandschrift am Bildschirmrand an Fahrt zulegt: *killed*, zieht vorbei, *explosion*. Das Spruchband ist einzeilig, einzellig, lachhaft. Da fehlt die Hälfte. Killed: explosion. Wirkung und Ursache. Polizeichef Stuart bei Explosion eines Autos getötet – zahlreiche Tote und Verletzte. Ann verschwindet. Aus aktuellem Anlass Schaltung ins Nachrichtenstudio, steht da, dann das Bild eines merkwürdig unversehrt scheinenden Fahrzeugs, das aber das Unfallauto sei, was heißt Unfall, Autos explodieren nicht aufgrund von Unfällen. Erste Vermutungen. Bombe nicht im Auto, sondern in Kanaldeckel vor Baustelle platziert. Fernzündung. Passanten hätten den Rauch bemerkt, doch aus noch ungeklärter Ursache habe der Tross um Stuarts Wagen nicht die Route geändert. Kompetenzstreitigkeiten, sage ich leise. Das Szenario kenne ich, ein heißer Strahl Eifersucht spritzt auf: Durchführung offensichtlich ganz ohne mich. Was hast du dir eingekauft?

Er steht schon, als ich sein Büro betrete, hat sich dem allgegenwärtigen Wandbildschirm genähert, er kommt auf mich zu, noch bevor sich die Tür (automatisch, lautlos) hinter mir schließt, er nimmt meinen Zorn vorweg, sieht meinen Zorn, nimmt mich in den Arm, so kenne ich dich, mein Mörder, sage ich, so gefällst du mir, endlich findest du zu deiner alten Form. Und er sagt, glaub ja nicht, dass du die Sache noch unter Kontrolle hast, er packt mich am Hals und drückt auf den Kehlkopf, dass mir schwindlig wird, die Kontrolle ist bei mir, bei mir, verstehst du. Ja, sage ich, allzu viel Luft lässt er mir nicht, ja, sicher, ich weiß, bei wem denn sonst. Dass ich, und nur ich, über den Schlüssel zum Quellcode verfüge, erwähne ich nicht. Auch wenn er die zweite Hand hebt, erkenne ich am Zucken eines Mundwinkels, dem Ansatz eines schiefen Lächelns, dass ich ihn erreicht habe, mir fällt ein Stein vom Herzen, ich erkenne dich wieder, endlich erkenne ich dich wieder, mein kleiner König.

Vorher schon spüre ich die zweite Hand warm und weich auf meinem Oberkörper, zärtlichkeitssuchend. Halt den Mund, sagt er, auch das klingt zärtlich, während auf den Monitoren die Bilder Stuarts kommen und gehen und die des zweiten Wagens, und Alexander auftaucht und seiner Trauer über das Ableben Stuarts tief getroffen Ausdruck verleiht, und darüber, dass die älteste Tochter noch in Lebensgefahr schwebe. Und ich merke, dass es wahr ist, er ist wirklich tief getroffen, unter dem Weiß der Augen liegt ein dunkler gewaltiger See, der mich anzieht, an den ich andocken könnte mit meinem Mund, während die Wimpern die Lippen kitzelten, wenn er mich ließe. Die Lippenhaut ist ja so dünn. Wie herrlich still Gewalt sein kann, das sehe ich, auch wenn ich selbst der Gegenstand dieser Gewaltanwendung bin. So wie jetzt, wo er vor mir steht und mich auf Abstand hält, doch seine Wut richtet sich nicht gegen mich. Sie zeigt mir seine Lebendigkeit, auch wenn ich an seinem Haar vorbei (dunkel, voll) ins Bildschirmunendliche sehe und höre, dass drei Kinder getötet wurden, zwei davon mit noch unbekannter Identität. Mein Liebstes, sagt er und betastet seinen Reißverschluss, die Sollbruchstelle der geschäftsmäßigen Männerrüstung.

46

Meine Kinder können es nicht sein. Schon deshalb, weil ich nie welche hatte. An mir ist es nicht gescheitert. Es sind die Männer, die keine Kinder wollen. Diese Hypothek auf zukünftige Möglichkeiten erscheint ihnen unzumutbar, denke ich. Der unverfälschte Quelltext wird zugänglich zu machen sein, den Teil übernehme ich. Gleich. Und zwar in meiner Eigenschaft als Inside Source: innen liegende Quelle. (Wenn das Rudel neu übernommen wird, beißen die neuen Männchen die alten Jungen tot.) Ich sehe bäuchlings aufschwimmende Kinderkörper.

Der Turm ist autark, eine vertikal geschichtete autarke Ansiedlung, und oben ist der natürliche Herrschaftsbereich samt privatem Helikopterlandeplatz; ich darf nicht vergessen, die Nettozahlenden von den Stadträndern zu holen und aus der Südstadt, und zwar in ausreichender Menge. Die stellen das Publikum. Dann werde ich einfach aus dem Turm aussteigen. Wie kann es aus dem Kanaldeckel rauchen, wenn doch der Wasserdruck steigt? Wasserfontäne, meinen sie wohl. Ich meine: Wasser kann aus dem Kanaldeckel kommen, kein Grillkohlenrauch. Wasser, das die stillgelegten Röhren eines längst aufgegebenen unterirdischen Transportsystems (Rohrpostsystems) geflutet hat, dort kein Auslangen mehr findet und sich vermischt mit all den Abwässern aus den Kanälen darüber. Den Dreck nimmt es wie immer mit beim Aufstieg.

Ich sähe Ann gerne gewinnen. Was in mir kann so denken? (Siehst du, Ann, diese Frage habe ich nicht gelöst.)

Den Dienstleistungschip an die Navigationsleiste des Transportlifts halten; nein, Stiege, Tür, so war das. Das verbotene letzte Stockwerk betreten: das Dach, auf dem der Wind ein lauer Nachtwind sein müsste. Der Turm sackt ab, das spürt man. Kein Wunder bei all dem Wasser in der Verankerung der Fundamente, wie sollen die sich halten, wenn dem Hochhauswurzelwerk die Erde zwischen den Zehen davon gespült wird, das denke ich mir, was für eine dumme Annahme, dass Stahlbeton so fest verankert ist, dass ihm die Konsistenz des Untergrunds nichts anhaben könnte. Wenn der Untergrund nachgibt wie Gelee, wie Sandpudding, dann muss ich nicht dem See entgegentreten, der kommt von alleine, die Transportkanäle endlich vom märzgrünen Flusswasser geflutet; das Leck schon vor Monaten gemeldet, doch die Stadtverwaltung hat sorgfältig das Für und Wider der kostengünstigsten Gegenmaßnahmen erwogen. So ist wochenlang nichts weiter geschehen, als dass man den

Fluss der Jahreszeit und den irischen Bevölkerungswurzeln zuliebe grün eingefärbt hat, was sich aber jetzt bezahlt macht, denn das Wasser, das in die Keller dringt, ist immer noch ein bisschen frühlingsgrün; es riecht nur nicht mehr ganz so gut, das lässt sich sogar von hier oben feststellen.

Der Turm wird nicht kippen, und vor allem wird das Licht nicht ausgehen, der Turm neigt sich, verneigt sich demütig vor der Weite des Sees, und ich steige hinauf aufs Dach und steige aus; wenn der Rumpf in die Knie geht, ist es erforderlich, dass man aussteigt. Man fällt auch nicht mehr, wie denn auch, oben und unten sind nicht so eindeutig zu bestimmen, deshalb werde ich aussteigen und erst einmal die Kante suchen, an der die Schwerkraft angreift. Die Notstromversorgung hält ihr Versprechen. Mit einem letzten stillen Leuchten setzt der Turm mich über der Wasseroberfläche ab, damit ich schwimmen kann, kurz bevor er sich flach und splitternd in den See legt und die Blechgestänge des Vergnügungsparks unter sich begräbt.

Bitte sehr: der Quelltext.